KB180217

비웃는 숙녀 두 사람

嗤う淑女二人 by 中山七里

WARAU SHUKUJO FUTARI

© Shichiri Nakayama 2021

First published in Japan in 2021 by Jitsugyo no Nihon Sha, Ltd.

Korean translation rights arranged with Jitsugyo no Nihon Sha, Ltd.

through JM Contents Agency Co.

Korean edition copyright © 2022 by Blueholesix

비웃는 숙녀 두 사람

嗤う淑女二人

나카야마 시치리 장편소설
문지원 옮김

블루홀6

비웃는 숙녀 두 사람

1판 1쇄 인쇄 2022년 5월 2일
1판 1쇄 발행 2022년 5월 16일

지은이 나카야마 시치리 옮긴이 문지원
책임편집 민현주 디자인 박진범 제작 송승욱 발행인 송호준

발행처 블루홀식스 출판등록 2016년 4월 5일 제 2016-000100호
주소 경기도 파주시 회동길 483-1 전화 031-955-9777 팩스 031-955-9779
이메일 blueholesix@naver.com

ISBN 979-11-89571-72-6 03830

차례

일러두기
본문의 각주는 전부 독자의 이해를 돕기 위한 옮긴이 주입니다.

히사카
고이치

I

이게 뭐야.

연회장에 한 걸음 발을 들여놓은 고노시로 호나미는 소리 없는 비명을 질렀다.

천장에 매달린 다양한 모양의 크고 작은 샹들리에가 반짝이며 연회장 전체를 비췄다. 가장 큰 샹들리에는 보석으로 만든 성처럼 보였다. 눈부시게 화려하다는 말이 바로 이런 것이리라 저절로 이해가 갔다.

이번 동창회는 후지미 임페리얼 호텔 '비취홀'에서 고급스럽고 성대하게 열릴 예정입니다.

3주 전에 받은 초대장을 읽었을 때 개최 장소를 알고는 놀랐다. 후지미 임페리얼 호텔은 도쿄는 물론 일본을 대표하는 고급 호텔 중 하나였다. 과거 열렸던 동창회보다 몇 단계나 수준 높은 장소여서 놀랐고, 참가비가 5천 엔으로 이상할 정도로 저렴해서 두 번 놀랐다. 혼자서 고민만 하다가 마는 고급 호텔과 이름이 비슷해서 헛갈리기 쉬운 장소를 찾은 것인가 추측했는데, 동창회 장소에 도착해 보니 진짜 후지미 임페리얼 호텔이어서 세 번 놀랐다.

그리고 호화로운 '비취홀'에 네 번 놀랐다. 도대체 연회장 대관료는 어디서 나온 것일까. 간사인 무로하시 겐지에게 물어보려고 했는데 참가자들을 확인한 순간 의문이 눈 녹듯 사라졌다.

참가자 명단 가운데 히사카 고이치의 이름이 있어서였다.

히사카 고이치가 모습을 나타내자 그가 참석한다는 사실을 몰랐던 여자들의 목소리가 일제히 높아졌다. 어떤 사람은 교성을, 어떤 사람은 환호성을, 그리고 어떤 사람은 모멸감이 노골적으로 밴 목소리를 냈다. 히사카는 카메라맨까지 대동하고 나타나서 한층 더 눈에 띄었다.

평범한 반 친구. 중학교 시절에는 여드름 난 얼굴에 찌질한 남자아이 중 한 명에 불과했다. 그러나 지금은 반에서 가장 출세한 인물이다. 대학 졸업 후 여당 의원의 비서가 됐고 몇 년 뒤 국회의원 선거에서 보란 듯이 당선됐다. 분에 넘치는 듯한 행사장도 히사카가 손을 쓴 것이라고 생각하면 납득이 갔다.

어려서는 아무리 신동 소리를 들어도 나이를 먹으면 평범한 사람이 된다고들 하지만 현실은 대부분 학급에는 신동도 영재도 없다. 그래서 동창회에서는 유명인사라는 사실 하나만으로 온갖 스포트라이트를 받는다. 연예인에 댈 것은 아니지만 국회의원이라는 직함도 못지않게 강력하다. 게다가 히사카 고이치라는 이름은 또 다른 의미에서도 세간의 이목을 끌었다.

"설마 히사카가 올 줄이야……."

우연히 바로 옆에 서 있던 도모에가 말을 걸었다.

"호나미는 알았어?"

"아니. 접수대에서 참가자 명단을 받고 처음 알았어."

"뻔뻔하게 얼굴 내밀 생각을 다 했네. 쟤 요즘 한창 시끄럽잖아."

도모에가 목소리를 낮췄다. 아마도 행사장에 있는 모든 사람이 아는 일이겠지만 그래도 입 밖으로 꺼내려면 용기와 심술이 조금 필요했다.

그런데 도모에가 입을 열자마자 마치 고성능 마이크로 소리를 포착한 듯 히사카가 다가왔다.

"이야, 도모에에 호나미까지. 오랜만이다."

히사카는 반강제로 두 사람의 손을 세게 쥐었다. 악수할 정도의 사이도 아닌데 손을 쥐다니, 호나미는 이 상황이 마치 길거리 유세 현장의 한 장면처럼 느껴졌다.

"잘 지냈어? 둘 다 예전이랑 같아 보여서 다행이네. 아, 사진 찍어도 되거든. SNS에 올려도 돼."

히사카의 옆에서 카메라맨이 그의 모습을 촬영하고 있었다. 호나미와 도모에에게 촬영을 허가하는 것이 교환조건인 셈인 듯했다.

"동창회엔 오랜만에 나왔네, 내가 정신없이 바쁜 건 너희도 알지? 국회 대책이니 스터디 모임이니 이것저것 많아서 개인 시간을 통 못 내. 남들이랑 똑같이 사회생활 다 하려고 하면 의원 같은 건 못하겠지. 그럼 또 보자."

히사카는 얼굴에 싹싹한 미소를 붙인 채 다른 그룹으로 걸음을 옮겼다. 당연히 카메라맨도 그의 뒤를 바짝 따라붙었다.

"뭐야."

도모에는 어리둥절했지만 히사카의 속셈을 눈치챈 호나

미는 짜증 났다.

"도모에. 저런 게 바로 정치 활동이라는 거야."

여권의 젊은 의원들 가운데 히사카가 특히 주목받는 것은 대략 정치와는 거리가 먼 이유 때문이었다.

하나는 자신의 사설 비서*에게 갑질을 한 사건 때문이었다. 열 살이나 많은 비서에게 사무실과 차 안에서 차마 듣기 힘든 욕설을 반복하고, 때로는 주먹을 휘두르기도 했다. 참다못한 비서가 녹음 파일을 직접 방송국에 공개하면서 시청자들에게 알려졌다.

다른 하나는 같은 국민당 여성의원과의 불륜 의혹 때문이었다. 이 사건은 어느 날 롯폰기에 있는 호텔에서 두 사람이 함께 나오는 현장이 사진 주간지에 찍히며 세간에 알려졌다. 문제는 두 사람 모두 기혼자라는 점이었다. 히사카는 정책회의의 연장으로 진행한 회식 자리였을 뿐이라고 해명했지만 그 해명을 믿는 사람은 극소수였다.

두 스캔들이 연일 보도되면서 히사카의 평판은 땅으로 곤두박질쳤다. 그러나 히사카에게는 반성하거나 사죄하겠다는 갸륵한 마음이라고는 털끝만큼도 없었다. 자신의 블로

---

* 국회의원이 자비로 고용하는 비서.

그에 결백을 주장했을 뿐 아니라 동영상을 업로드하기 시작하며 사생활을 공개하고 주변 지인들을 소개하면서 친근감 심기에 주력하고 나선 것이다.

한눈에 봐도 자신을 향한 비판을 피하려는 행동이 당연했고, 어차피 오늘 동창회도 동영상 컨텐츠로 삼을 속셈일 것이다.

행사장 안에서 무로하시를 발견한 호나미는 재빨리 달려갔다.

"무로하시, 수고했어."

"어, 왔어?"

"그런데 히사카 뒤에 붙어 있는 카메라맨은 뭐야?"

"저건 그러니까 뭐랄까……."

"히사카 고이치는 의원이 되고 나서도 옛 친구들과의 교류를 절대 소홀히 하지 않는다. 그런 그림을 연출해 주는 대가가 바로 과하게 호화로운 행사장 대관료지?"

"알면서 묻지 마."

무로하시는 언짢은 기색으로 눈살을 찌푸렸다.

"남자 7천 엔, 여자 5천 엔밖에 안되는 참가비로 어떻게 이런 연회장을 빌리겠어."

"동창회를 국회의원의 쇼장으로 팔지 마."

"욕먹는 김에 알려 주는데, 건배사는 히사카가 하기로 되어 있어."

"우웩."

"후반부에 선생님이 연설할 예정인데 아주 감사하게도 히사카 사무실에서 시나리오를 준비했지. 내용은 이미 짐작했겠지만 히사카 고이치 칭찬 대회야."

"윽."

"마음에 안 들면 빨리 집에나 가. 나도 이제 지긋지긋하거든. 끝날 때쯤이면 분명 여기 있는 녀석들 대부분이 짜증 날 걸. 선생님도 조금 늦는다고 하시고 말이야."

"빨리 집에나 가라고? 무슨 소리야. 맛있는 요리와 술을 실컷 음미하고 갈 거야. 이왕 이런 동창회에 왔으니 본전 뽑고 가야지."

무로하시는 동의를 표하듯 엄지손가락을 세워 보였다.

이윽고 예정 시간이 되자 무로하시가 단상에 올라갔다.

"네……, 오늘 이렇게 참석해 주셔서 대단히 감사합니다. 간사 무로하시입니다. 우리가 아키가와 제1중학교를 졸업한 지 벌써 25년이 다 되어 갑니다. 오랜 세월이죠. 당시 친구 중 세상을 떠난 이도, 연락이 끊긴 이도 있습니다."

참석자 중 몇 명이 고개를 끄덕였다. 호나미가 입학했을 무렵, 저출산 현상이 이미 도쿄를 덮쳤는데도 학교 수만큼은 매우 많았다. 그 때문에 호나미와 친구들은 입학한 해에 1학년 1반이 된 뒤로 반이 바뀌지 않았다.

"그래도 스무 명이 이 자리에 모였습니다. 간사로서 더할 나위 없이 기쁩니다. 더군다나 친구 중 한 명은 무려 국회의원이 되었습니다. 소개합니다. 히사카 고이치입니다. 여러분 박수로 맞아주세요."

행사장이 박수로 뒤덮이면서 히사카가 단상으로 올라가 무로하시와 교대했다. 과연 경험이 많아서 그런지 마이크를 잡고 무대에 선 모습이 익숙했다.

"여러분, 오랜만입니다. 히사카 고이치입니다."

선거 연설이나 파티 연설로 다져진 언변도 역시나 싶었다. 말이 청산유수로 흘러나왔고 말투도 거침없었다. 히사카의 연설을 처음 듣는 사람이라면 감탄하리라.

하지만 중학교 시절 히사카를 아는 호나미는 못마땅했다. 현재 본인이 일으킨 스캔들은 차치하고라도 도무지 히사카가 매력 있는 사람이라는 생각이 들지 않았다. 아마 히사카에게 박수를 보내는 다른 친구들도 호나미와 비슷한 마음일 것이다. 다만 국회의원이라는 현재 지위를 배려해 주면서 모처럼 열린 동창회에 찬물을 끼얹고 싶지 않을 뿐이다.

히사카가 연설하는 동안 호텔 직원들이 참석자 모두에게 잔을 건넸다.

"자, 다들 잔 드셨습니까? 졸업한 지 어언 25년. 변한 것도 있고, 변하지 않은 것도 있습니다. 하지만 우리의 우정과 바람은 여전합니다. 내년, 아니 다음 25년 후에도 이렇게 잔을 주고받을 수 있기를 바라며. 건배!"

히사카의 건배사에 맞춰 모두가 잔을 들이켰다. 호나미도 방금 받은 레드와인을 한 모금 삼켰다. 역시 특급호텔에서 준비한 와인……이라며 감탄한 것도 잠시, 입안에 묘하게 떫은맛이 퍼졌다. 탄닌의 떫은맛이 아니었다 그 사실을 깨닫는 순간, 식도부터 위까지 극심한 통증이 덮쳤다.

입에 남아 있던 와인을 내뿜었다.

마치 소화기관을 불태우는 듯한 고통에 호나미는 상체를 뒤젖히며 바로 바닥에 쓰러졌다.

극심한 통증은 소화기관에서 다른 장기로 전이됐다. 폐를 뜻대로 움직일 수 없고 숨도 쉴 수 없었다.

순식간에 정신이 흐릿해졌다. 급속도로 좁아지는 시야로 자신 외에 다른 사람들도 바닥에 쓰러진 모습이 보였다.

어렴풋이 정신이 들자마자 구토가 치밀었다.

히사카 고이치

17

호나미는 본능적으로 상체를 일으켰다. 그러나 위에서 나온 것은 옅은 노란색 액체 조금뿐, 대부분 헛구역질이었다.

주위를 둘러보고는 병실이라는 사실을 알아차렸다.

"환자분, 정신이 드세요?"

옆에 서 있던 간호사의 목소리에 의사로 보이는 남자가 달려왔다.

"아직 움직이지 마세요."

"……토할 것 같아요."

"아까 위세척을 꼼꼼하게 했습니다. 토할 건 이제 안 남아 있어요."

그러면 방금 토한 노란 액체는 위액이었다는 말인가.

"환자분, 천만다행이에요."

의사로 보이는 남자가 안도한 듯 말했다.

"소량만 삼킨 데다 그것도 토해서 다행이었어요. 게다가 운 좋게도 출동한 구급팀이 가장 먼저 발견한 사람이 환자분이어서 위세척도 빨랐고요."

"그 와인에 뭐가 들어 있었어요?"

"자세한 내용은 분석 결과를 기다리고 있는데, 청산화합물일 가능성이 커요."

청산화합물.

평범한 자신의 인생과는 전혀 관계없는 단어이지만 그렇다고 해도 청산화합물이 독극물이라는 사실 정도는 잘 안다.

호나미는 얕게 숨을 쉬며 자신의 생존을 실감했다.

그제야 다른 참석자들에게 생각이 미쳤다. 의식을 잃기 직전 몇 명인가 바닥에 쓰러진 사람들을 목격했다.

"다른 사람들은 무사한가요?"

의사가 호나미의 손 위에 손을 얹었다. 이야기를 듣기 전에 마음의 준비를 하기를 바라는 몸짓이었다.

"세 명. 환자분을 포함해 목숨을 건진 사람은 세 명뿐입니다."

생각지도 못한 숫자에 계산이 더뎠다.

"그럼 나머지 열일곱 명은."

"안타깝게도……."

호나미는 순간 말을 잃었다.

곧이어 등줄기가 서늘해졌다.

상황을 정리하면 세 사람은 살았지만 참석자의 약 90퍼센트는 목숨을 잃은 듯했다. 즉 묻지 마 살인이 벌어졌고, 호나미는 뜻밖의 행운으로 목숨을 부지했다는 뜻이다.

"다들 저마다 다른 음료를 마셨어요. 와인도 있고 맥주도 있었어요."

"경찰에서 이제 막 수사가 시작된 상태라 자세한 건 아무것도 밝혀지지 않았습니다. 그런데 돌아가신 분들 전부 같은 증상으로 사망했어요. 십중팔구 모든 잔에 같은 청산화합물이 들어 있었을 겁니다."

"저까지 세 명이 살았다고 했죠? 나머지 두 명은 누구예요?"

"저도 이름까지는 파악하지 못했습니다."

그때 문이 열리며 한 남자가 들어왔다. 차림새부터가 확실히 의료종사자는 아니었다.

"이제야 좀 회복하신 것 같네요. 선생님, 이제 조사를 시작해도 괜찮겠습니까?"

"'이제'가 아니라 '아직'입니다. 예측 불허한 상황이니 질의응답은 5분 이내로 끝내 주세요."

일단 양해를 구한 남자는 경찰수첩을 꺼내 보였다.

"경시청 형사부 수사1과 미야마입니다. 사건에 대해 여쭐게 있습니다."

수사1과라는 부서명을 듣자 자신이 엄청난 사건에 휘말렸다는 사실을 다시금 깨달을 수밖에 없었다. 침대에 누워 있는데도 다리가 후들후들 떨렸다.

미야마의 질문은 복잡하지 않았다. 파티 목적과 참석 인원, 그리고 음료가 참석자 모두에게 건네진 경위를 물었다. 호나미도 필사적으로 기억을 더듬었지만 아직 두통이 남아서 머리를 충분히 굴릴 수 없었다. 애당초 오랜만에 만난 옛 친구들의 모습을 좇기 바빠서 호텔 직원의 행동 따위 눈곱만큼도 신경 쓰지 않았다.

　"독을 탄 범인은 호텔 관계자인가요?"

　"아직은 피해자를 특정하는 단계입니다. 의심 인물은 없습니다."

　미야마는 그렇게 말했지만 호나미는 그 얼굴을 보고 거짓말이리라 생각했다. 벌레 한 마리도 못 죽일 듯 순한 인상이지만 눈만은 웃지 않았다.

　"저도 질문해도 될까요?"

　"제가 답할 수 있는 질문이라면 괜찮습니다."

　"살아남은 사람은 세 명뿐이라고 들었어요. 나머지 두 명은 누구와 누구죠?"

　미야마는 순간 머뭇거린 뒤 별수 없다는 듯 입을 열었다.

　"간사인 무로하시 씨와 시모리 메이카 씨입니다."

　시모리 메이카. 이번 동창회 때는 말을 나누지 않았지만 옛날에는 함께 노래방에 갔던 사이다. 그래, 그 아이도 살았구나.

"두 사람 모두 술을 못해서 건배할 때 소프트드링크를 고른 게 신의 한 수였습니다. 이물질이 섞였을 때 알코올류에 비해 알아차리기 쉽거든요. 한 모금 머금었다가 맛이 이상하다는 걸 금세 눈치챘다고 합니다."

"지금 대화를 나눌 수 있을까요?"

"호나미 씨와 마찬가지로 5분 이내로 조사를 허락받았습니다. 피해자끼리 만나서 이야기를 나누는 건 좀 더 시간이 필요하지 않을까 싶은데요."

미야마는 창문을 손가락으로 가리켰다.

"괜찮으시면 저기 좀 보시죠."

호나미는 침대에서 내려와 창가로 향했다. 밖을 내다보고 소리를 지를 뻔했다. 병원 주변이 온통 언론사 중계차와 보도진으로 북적거렸다.

"저 사람들 다 언론사예요?"

"열일곱 명이나 되는 사람들이 독살당했습니다. 우르르 몰려오는 것도 당연하죠."

"대형 사건, 이죠?"

"병원에 몰려든 언론 관계자 수에 밀리지 않을 정도의 경찰관이 투입됐습니다."

말투가 조금 바뀌었다. 뒤를 돌아보니 온화한 얼굴을 벗어던진 미야마가 있었다.

"고노시로 호나미 씨. 이건 흔한 사건이 아닙니다. 최근 몇 년 사이에 발생한 강력 사건 중에서도 최악이라고 해도 무방합니다. 희생자 수만 문제인 건 아니지만 그래도 열일곱 명은 터무니없는 숫자거든요."

"묻지 마 살인이라니, 최근에는 들어본 적도 없어요."

"누가 묻지 마 살인이라고 합니까?"

미야마는 눈썹 하나 까딱하지 않았다. 호나미에게는 예상치 못한 대답이었다.

"그렇잖아요. 연회장에 모인 사람들 모두에게 독을 먹였어요. 누가 봐도 묻지 마 살인 아닌가요?"

"형사는 일반 시민보다 더 다양한 가능성을 생각하는 사람이라서요."

제한 시간이 지났습니다만, 라고 미야마가 서두에 깔며 질문을 이었다.

"히사카 의원에 대해 묻겠습니다."

"그 사람도 죽었죠?"

"발견 당시 다른 희생자들과 똑같이 심정지 상태였습니다. 정치인이라서 일반인보다 중요하다는 뜻은 아니지만 구급대는 최선을 다했다고 했습니다. 이송한 병원의 담당의도 마찬가지였고요. 하지만 필사적인 노력이 헛되게도 의원님은 살지 못했습니다."

미야마 말에는 어딘가 가시가 있었다. 인명은 언제 어디서나 평등하다는 것은 교과서에나 나올 법한 듣기 좋은 소리일 뿐이다. 스캔들로 얼룩졌어도 히사카가 당내 각 위원회에 몸을 담고 있다는 이야기는 소문으로 들었다. 생물학적 의미는 어떻든 국가 입장에서의 중요도는 일반인에 비할 바가 아니었다.

"히사카 의원이 건배사를 맡았다지요. 즉 여러 사람이 지켜보는 가운데 단상에서 잔에 든 음료를 마셔야 하는 상황이었습니다. 독살을 계획한 범인이 노리기 가장 쉬운 대상이었죠."

"설마 히사카가 표적이었다는 말인가요? 그렇다면 어째서 모든 사람의 음료에 독을……."

말을 하던 중에 혐오스러운 가능성이 떠올라 말이 끊겼다.

"……히사카에게 어느 잔이 갈지는 모르니까?"

"네, 히사카 의원에게 잔을 나르는 직원도 그가 독이 든 잔을 고르도록 하는 건 쉽지 않을 겁니다. 그렇다면 차라리 모든 음료에 독을 섞는 편이 손쉬운 방법이었겠죠."

한 사람을 확실하게 살해하려고 다른 열아홉 사람을 끌어들인다.

방법론으로서는 지극히 타당하다. 확실성을 추구한다면 그보다 좋은 선택은 없으리라.

하지만 너무 잔인해서 도무지 정상인이 할 만한 발상이라고는 생각할 수 없었다.

다리가 다시 후들거리기 시작했다.

"히사카 의원이 같은 반 출신 누군가에게 원한을 산 적은 없습니까?"

미야마가 호나미를 똑바로 쳐다봤다.

"무로하시 씨나 시모리 씨, 혹은 호나미 씨가 히사카 의원을 증오한 적은 없습니까?"

"없어요."

호나미는 딱 잘라 대답했다. 무조건 반사 같은 대답이었지만 얼버무리기에는 너무 늦었다.

"적어도 나는 몰라요."

"마지막 질문인데요, 히사카 의원의 출석 번호를 기억합니까?"

호나미가 다닌 학교에서는 생년월일이 아니라 이름의 50음도 순서로 출석 번호를 정했다.

"히사카는 분명 12번이었던 것 같아요."

"히사카 의원이 '1번'이라는 번호를 받을 만한 이벤트나 선별 방식에 짐작 가는 건 없습니까?"

호나미는 잠시 생각에 잠겼다가 대답했다.

"국회의원이 된 뒤로는 가장 출세한 사람이긴 한데, 그것 말고는 생각나는 게 없네요."

좋게 평가할 만한 것이 국회의원이라는 직함밖에 없다는 어투가 되고 말았지만 정정할 마음은 없었다.

미야마가 병실에서 나가고 두 시간이 지나자 이번에는 무로하시가 병실로 들어왔다. 제대로 걷지만 안색은 좋지 않았다.

"깼다며."

"벌써 돌아다녀도 되는 거야?"

"병원 안에서는 괜찮다고 허락받았어. 한마디로 병원 밖으로는 나가지 말라는 뜻이야."

무로하시가 침대 옆에 자리 잡고 앉았다.

"우리 다 난리도 아니네."

"우리는 운이 좋지. 나머지 열일곱 명은 죽었잖아."

"애들을 모은 간사로서 견딜 수 없는 심정이야."

"무로하시 잘못이 아니야, 그 일은."

"나도 알아. 하지만 그렇다고 어떻게 그렇게 무 자르듯 할 수 있겠어. 네가 내 입장이었다면 어땠을 것 같아."

"……미안. 나라도 못 견딜 것 같아."

"게다가 살아남았다는 이유로 범인으로 의심받잖아. 여기도 형사가 왔었지?"

"미야마라는 사람이 왔었어. 처음에는 친절해 보였는데 이야기하다 보니 인상이 바뀌었어."

"용의자와 대화하니까 그런 거야. 태도가 딱딱해지지."

무로하시의 말에 자조가 섞여 있었다.

"스무 명 중 우리 세 사람만 살아남았어. 구사일생으로 목숨을 건졌다고 호소해도 생존자 중에 묻지 마 살인을 계획한 범인이 있다고 생각하는 게 당연할 거야."

"무로하시는 누굴 의심해? 나야 메이카야?"

"바보냐?"

무로하시가 일축했지만 아닌 척하는 기색을 숨길 수 없었다. 예전에 같은 반 친구였다고 해도 몇 년에 한 번 보는 얼굴이다. 그사이에 변했다고 해도 전혀 이상하지 않았다.

"반 애들 중에 히사카에게 원한을 품은 사람은 없었냐고 묻던데."

"너도? 그래서 뭐라고 대답했는데."

"모르쇠로 일관했지. 무로하시는?"

"나도 무조건 모른다고 했어."

무로하시가 거북한 듯 얼굴을 찌푸렸다. 거북하기는 호나미도 마찬가지였다. 상대가 아무리 경찰관이라도 선뜻 말할 수 있는 것과 말할 수 없는 것이 있다.

호나미는 머뭇머뭇 그 아이의 이름을 입에 담았다.

"이번 동창회에 미카는 참석 안 했지?"

"연락이 안 되더라고."

그 시절 진노 미카는 반에서 여왕 같은 존재였다. 그런데 어떤 사건을 계기로 등교를 거부했고 얼마 지나지 않아 전학을 갔다.

"가족이 다 같이 이사 갔다나 봐. 어디로 이사 갔는지 들은 사람이 아무도 없대. 초대장을 보내고 싶어도 보낼 방법이 없었어. 설령 연락처를 알아내서 초대장을 보냈다고 해도 미카가 태연하게 참석했을 것 같아? 지금까지 계속 안 왔잖아."

"……그래 안 오겠지."

호나미가 이해한 듯 고개를 끄덕였다.

히사카 고이치를 죽이고 싶을 만큼 증오하는 인물이 있

다면 미카밖에 없다. 하지만 호나미는 도저히 그 사실을 경찰에 알릴 마음이 들지 않았다.

미카에 대해 물으면 사정을 아는 반 아이들 모두가 틀림없이 입을 다물 것이다. 졸업한 지 25년, 저마다 다양한 길을 걸어가고 있지만 이 건에 관해서는 모두가 눈 감고 있다. 서로 짠 것도, 서류를 주고받은 것도 아니지만 모두가 공범이 된 듯 죄책감에 사로잡혔다.

"동창회에 안 온 사람들에 대해서는 안 물었어?"

"조사를 받기 전에 참석자 명단을 압수해 갔어. 참석자는 가슴에 명찰을 달았잖아. 그 명찰을 사망자를 특정하는 데 쓴다던데, 안 온 사람은 명단에도 없어."

"졸업자 명단 보면 불참자도 알 수 있잖아."

"기억 안 나? 우리 학교 졸업자 명단에는 전학 간 학생은 없잖아. 글자 그대로 우리 학교에서 졸업한 학생들뿐이지."

"아……."

"그러니까 나랑 너, 메이카만 입 다물고 있으면 돼."

침묵을 지키라고 넌지시 강요했다.

"참고로 아까 메이카랑도 이야기했는데 걔도 동의했어."

무로하시가 호나미를 압박했다. 2 대 1. 여기서 거부하면 두 사람을 적으로 돌리게 된다. 호나미도 처음부터 미카에 대해 입 다물고 있을 생각이었다. 미카 이야기를 시작하면 오래전 히사카가 저지른 나쁜 짓을 꺼내야만 한다. 히사카라는 인간은 결코 인성이 좋은 사람이 아니었지만, 호나미도 죽은 자에게 돌을 던지는 취미는 없었다. 무엇보다도 히사카의 악행을 폭로하는 것은 자신들의 죄를 고백하는 일이나 마찬가지였다. 다행인지 불행인지 생존자는 자신을 포함해 세 명뿐이었다. 비밀을 지키는 데는 입이 적은 편이 가장 좋다.

호나미는 동의한다는 의미로 고개를 한 번 끄덕여 보였다.

2

경시청 정면 현관 앞에도 보도진으로 인산인해를 이뤘다. 현직 국회의원이 휘말린 묻지 마 살인 사건. 게다가 해당 국회의원이 스캔들 메이커이기까지 하니 언론의 주목도도 최고 수준일 터였다. 보도진에 둘러싸이는 것도 지긋지긋한 미아먀는 뒷문으로 들어가 수사1과 사무실로 향했다.

반장인 기리시마가 형사부에서 기다리고 있었다.

"생존자들 조사는 마쳤나?"

기리시마가 현장까지 나가는 일은 드물다. 미아먀 등 수사원들이 올리는 보고를 분석해서 다음 행동을 지시할 뿐이었다. 같은 수사1과의 아소 반장은 가끔 현장에 나가기도 하지만 직무 범위를 중시하는 미야마로서는 기리시마의 방식이 성미에 맞았다.

"생존자는 세 명. 간사인 무로하시 겐지와 시모리 메이카, 고노시로 호나미입니다. 세 사람 모두 독을 소량밖에 먹지 않아서 최악의 상황은 면했습니다. 피해자가 열일곱 명이나 돼서 아직도 부검을 진행하고 있지만 현재로서는 전원 청산화합물에 의한 질식사*로 추정됩니다."

각자 손에 들고 있던 잔의 잔여물에서도 청산화합물이 검출됐다. 현재 감식과에서 한창 분석 중인데, 결과는 곧 나올 것이다.

"호텔 직원은."

"연회장에 배치된 사람은 남자 직원 한 명과 여자 직원 세 명, 총 네 명입니다. 네 사람 모두 신병 확보했고 현재 조사 중입니다."

"연회장 안에 CCTV는 있었나?"

"한 대 있었습니다. 하드디스크를 압수해서 분석하고 있

---

* 독살에 자주 쓰이는 청산화합물이 몸에 들어오면 세포가 숨을 쉬지 못해 질식사한다.

습니다."

호텔 연회장 CCTV는 주로 트러블 방지나 범죄 증거 촬영을 목적으로 설치한다. 그 외에는 CCTV로 음식을 내갈 타이밍을 재거나 손님에게 불편함이 없는지 상황을 살피는 등 접객 면에서도 유용하다. 호텔 측 설명에 따르면 직원의 고객 접대 스킬 향상과 범죄 방지 두 가지 측면에서 전부 도움이 된다고 했다.

그러나 촬영 당하는 사람에게는 이러한 장점이 단점이 되는 경우가 있다. 바로 참석자들을 외부에 알리고 싶지 않은 성격의 파티가 열릴 때다. 이러한 행사는 주최 측이 연회장 책임자와 협의한 뒤 녹화 내용을 삭제한다고 했다.

"CCTV가 연회장 전체를 찍을 수 있는 곳에 있으니 수상한 행동을 하는 인물을 쉽게 찾아낼 수 있을 겁니다."

"내용을 확인하기도 전에 낙관적으로 들먹이지 마."

기리시마가 음험한 눈빛으로 미야마를 쏘아봤다. 딱히 트집을 잡는 것이 아니라 기리시마는 평상시에도 부하를 강압적인 태도로 대한다. 미야마는 이미 완전히 익숙해졌지만 처음 기시리마 반에 배정받은 형사는 기시리마의 시선만으로도 위축되는 듯했다.

"조기 해결이 목표인 건 당연하고, 만에 하나라도 실수는 용납되지 않는다. 이번 사안은 특히 더."

표정은 변하지 않았지만 한마디 한마디에 평소와 다른 긴장감이 묻어났다. 역시 현직 국회의원 독살 사건은 피해자 수를 떠나서 중대한 사안이리라.

"반장님. 한 가지 여쭤도 됩니까?"

"말해."

"초동 단계에서 움직이는 건 우리뿐입니까?"

"첫 수사 회의 때 발표할 테지만 4백 명이 투입될 거야. 하지만 전담은 우리 반이다."

수사본부가 서기 전부터 수사 인력을 4백 명이나 투입하다니 흔한 일이 아니다. 사건의 중대성을 상징하는 숫자였는데 한편으로는 초조하기도 했다.

"위에서 무슨 말 있었습니까?"

"피해자 중 한 명이 현직 국회의원이야. 나가타초*에서 공안위원회를 통해 경시총감에게 요청했다는 듯해. 범행의 규모와 반사회성을 감안해 빨리 해결하도록 노력하라는 뜻이지."

"천하의 무라세 관리관도 주름이 늘지도 모르겠네요."

* 국회의사당, 수상 관저, 의원회관 등이 모여 있는 일본 국정의 중심지.

"쓸데없는 소리는 하지 마. 생존자 증언에서 히사카 의원 살해 동기는 찾았나?"

"셋 다 하나같이 모른다는 소리만 합니다. 하지만 분명 무언가 숨기는 눈치입니다."

"잔에 담긴 음료에 독이 들었다는 걸 미리 알았으면 소량만 삼켜 속일 수 있지. 그 셋은 중요 참고인이야."

"그런데 증언을 들어보면 세 사람은 참석자들에게 나눠 줄 잔에 접근할 기회는 없어 보였습니다."

"기회가 있던 사람은 음식을 준비하는 담당 직원들이지만 그 사람들에게서는 아직 동기를 찾을 수 없어. 조사 과정에서 히사카 의원과의 연결고리가 나오면 달라지겠지만."

"하지만 반장님. 히사카 의원이 개인적인 원한으로 살해됐다면 정부·여당이 수사에 참견할 필요는 없지 않습니까."

"개인적인 원한으로 마무리 짓고 싶으니까 참견하는 거야."

기리시마의 음험한 시선이 다른 쪽을 향했다.

"아무튼 털면 털수록 먼지가 나는 의원이었잖아. 그 양반 그냥 방치했다가는 어느 의원이라도 구린 구석 드러나지 말란 법 없어. 지금 당3역* 인사 때문에 뒤에서 돈이 오갔

---

* 한 정당의 중추적 역할을 하는 실력자로 중요 의사를 결정한다. 일본의 자민당은 간사장, 총무회장, 정무 조사회장이, 민주당은 대표, 간사장, 대표대행이 해당된다. 우리나라에서는 원내대표, 사무총장, 정책위 의장이 해당된다.

다는 소문 들은 적 있나?"

"일부 주간지가 폭로한 기사였죠? 하지만 후속 기사 없이 가짜 뉴스로 끝난 느낌인데요."

"돈을 운반한 사람이 히사카 의원이라는 고발이 있었다더군."

처음 듣는 이야기에 이번에는 조금 놀랐다.

"그러니까 히사카 의원이 입을 열면 본인의 탈당이나 의원직 사퇴 수준이 아니라 내각 붕괴로 이어질 수도 있었다는 말입니까?"

"내년 총선을 앞두고 당의 부정적인 요소를 지금 제거하고 가고 싶어 하는 인간들이 있다고 해도 이상하지 않지."

당리를 위해 위험 부담이 있는 동료 의원을 제거한다.

일반적인 살인 동기로는 몹시 비현실적이지만 실행범을 고용했다고 가정하니 돌연 현실성을 띠었다. 이매망량이 판치는 정치계에서는 세상의 상식 따위 엿이나 먹어라, 다. 아직도 의원의 비리를 무마하려고 비서가 자살하는 사례가 부지기수다.

"정부 관계자 입장에서는 독살의 표적이 히사카 의원 말고 다른 사람이었다면 땡큐겠죠. 아니, 차라리 정말로 동기 없는 묻지 마 살인이었다면 더 좋겠고요."

"쓸데없는 소리 하지 말라고 했지."

낮지만 상대가 입을 다물게 하기에는 충분한 음성이었다.

"정치인의 속셈이 어떻든 우리 일은 범인을 잡는 거야. 그 뒷일은 검찰이나 법원에서 알아서 하겠지."

나중에는 어떻게 되든 자신의 직무 범위에서는 최선을 다한다.

무슨 생각을 하는지 알 수 없는 사람이다. 조금도 웃지 않는다. 언제나 고압적이다. 악평투성이 기리시마와 오랫동안 어울릴 수 있는 것도 분명 그의 신조가 마음에 들어서였다.

"'1'에 관해서 동창이 증언한 건 없었나?"

"없었습니다. 그것에 관해서는 셋 다 정말로 모르는 눈치였습니다."

기리시마는 책상 위에 흩어져 있던 서류 중 한 장을 집어 들었다. 감식과가 연회장에서 찍은 사진 한 장이었다.

"죽은 히사카 의원이 손에 쥐고 있던 종잇조각. 단순한 종잇조각이었다면 문제가 아니지만."

사망자가 쥐고 있던 10센티미터 사각형 종잇조각에는 숫자 '1'이 적혀 있었다. 호나미 등 생존자들에게 히사카 의원과 관련된 '1'의 일화를 물은 이유는 이 종잇조각 때문이었다.

"동창회 참석자 명단에 히사카 의원은 위에서 네 번째에 적혀 있었습니다. 3년 동안 반이 바뀐 적이 없다고 해서 기대했지만 출석 번호는 12번이었다더군요. 겹치는 게 아무것도 없었습니다."

"다른 사체에는 이런 종잇조각이 없었어. 분명 히사카 의원에게만 의미 있는 숫자야."

히사카 의원이 '1'인 이유. 그 이유를 밝혀내면 범행동기를 알아낼 가능성도 컸다. 기리시마가 숫자의 의미에 집착하는 것도 당연했다.

"감식 보고에서는 숫자는 인쇄된 것이고 사용된 종이는 시판되는 PC 용지라더군. 잉크와 종이질로 최종 구매자를 특정하는 건 일단 불가능하다고 생각하는 편이 좋아."

"지문은 어떻게 됐습니까?"

"히사카 의원의 지문 말고는 아무것도 안 나왔어. 제일 수상한 유류품이지만 아무 단서도 안 돼."

불만스러운 말투였지만 표정은 변함없었다.

"연회장에 있던 누군가가 히사카 의원의 손에 종잇조각을 쥐여 줬어요. CCTV가 작동했다면 분명 그 순간이 찍혔을 겁니다."

종잇조각을 쥐여 준 누군가야말로 독살범이다. 영상을 분석하면 얼굴 인식도 쉬울 것이다.

그러나 미야마의 기대에 아랑곳하지 않는 기리시마는 냉담한 눈빛으로 쳐다봤다.

"내용물을 확인하기 전에는 낙관적인 관측은 입에 담지 말라고 했지? 같은 말 두 번 하게 하지 마."

그때 기리시마의 가슴팍 주머니에서 벨소리가 울렸다. 휴대폰을 꺼내 귀에 가져다 댄 기리시마의 입매가 느슨하게 풀어졌다.

"CCTV 영상, 분석이 끝났다고 한다."

기리시마가 말을 끝내자마자 자리에서 일어났다. 감식과까지 직접 찾아갈 생각이리라.

따라오라고도 오지 말라고도 하지 않는다. 그렇다면 당연히 함께 가야 한다고 판단해 뒤를 따랐다.

감식과로 향했더니 분석 결과를 모니터로 확인할 수 있도록 준비된 상태였다.

"연회장에 있는 사람들의 인상을 확인할 수 있는 수준까지 선명하게 만들었습니다."

기리시마는 분석 담당자의 옆에 진을 치고서 모니터를 응시했다. CCTV에 기록된 영상은 초점이 맞지 않아 흐릿하거나 화소가 낮았다. 감식과의 분석 작업 중 하나가 화질을 선명하게 만드는 일이다. 그러나 아마추어의 생각처럼 윤곽을 강조하듯 선명도만 높이는 것으로는 대상이 세세하고 명확하게 표현되지 않는다. 분석 작업은 블록 노이즈 등의 노이즈 종류를 감소시키면서 조금씩 제거해 대상의 특징을 추출하는 방법을 사용한다.

담당자가 비디오를 빨리 감기로 재생했다. 연회장에 사람이 모이기 시작하고 제각각 옛정을 나눴다. 타임 코드가 매우 빠르게 흘러갔다. 마침내 무로하시가 단상에 오르자 재생 속도를 정상 모드로 돌렸다.

─네……, 오늘 이렇게 참석해 주셔서 대단히 감사합니다. 간사 무로하시입니다. 우리가 아키가와 제1중학교를 졸업한 지 벌써 25년이 다 되어 갑니다. 오랜 세월이죠. 당시 친구 중 세상을 떠난 이도, 연락이 끊긴 이도 있습니다.

무로하시가 인사하는 단계에서는 아직 아무도 잔을 들지 않았다. 문제가 된 부분은 조금 더 뒤다.

─소개합니다. 히사카 고이치입니다. 여러분 박수로 맞아 주세요.

무로하시와 배턴터치를 하듯 드디어 히사카가 단상에 올랐다. 눈을 왕방울같이 동그랗게 뜨고 화면을 주시하자 여직원 한 명이 들고 있던 쟁반을 내밀었다. 처음부터 히사카를 위해 준비한 듯 쟁반에 놓인 잔은 하나뿐이었다.

여직원은 CCTV 바로 앞으로 지나가서 인상을 확인할 수 없었다. 히사카보다 키가 작다는 점만은 분명했다.

—여러분, 오랜만입니다. 히사카 고이치입니다.

화면 안으로 들어온 문제의 여직원은 좀처럼 정면을 바라보려고 하지 않았다. 마치 CCTV의 위치를 의식하면서 경계하는 듯 보였다.

—자, 다들 잔 드셨습니까? 졸업한 지 어언 25년. 변한 것도 있고, 변하지 않은 것도 있습니다. 하지만 우리의 우정과 바람은 여전합니다. 내년, 아니 25년 후에도 이렇게 잔을 주고받을 수 있기를 바라며. 건배!

"멈춰."

기리시마의 지시에 화면이 멈췄다.

"슬로 모션으로 재생해."

카메라 화소가 낮은 탓에 슬로 모션으로 재생하니 아무래도 영상이 거칠게 움직였다. 그래도 참석자와 직원들이 어떤 행동을 하는지는 한눈에 파악할 수 있었다.

히사카의 건배사로 참석자 전원이 거의 동시에 잔을 기울였다. 몇 초 후, 음료를 입에 댄 사람들의 표정이 순식간에 변했다. 어떤 사람은 이상하다는 표정을 지었고, 또 어떤 사람은 갑작스러운 통증에 눈을 부릅떴다.

액체를 토해내는 사람.

목구멍에 손을 집어넣는 사람.

그 자리에 쭈그리고 앉는 사람.

이윽고 많은 사람이 바닥에 쓰러졌다.

온몸을 활처럼 휘면서 괴로워하는 사람.

새우처럼 몸을 구부리며 몸부림치는 사람.

끔찍한 광경이었다. 미야마도 냉정한 척 화면을 응시했지만 일 때문이 아니라면 꾹 참고 똑바로 바라볼 만한 영상은 아니었다.

소리가 나지 않는 만큼 참석자와 직원의 움직임만으로 아비규환이 상상됐다. 청산화합물은 즉효성이 있는 물질이므로 수십 초 만에 열일곱 명이나 되는 사람이 목숨을 잃었다. 피가 흐르지 않는 지옥도라고 해도 과언이 아니었다.

미야마는 히사카를 눈으로 쫓았다. 단상에 있던 히사카도 다른 사람들과 마찬가지로 쓰러져서 가슴을 쥐며 괴로워하는 얼굴이었다. 잔은 이미 손에서 떨어져 머리 근처에 나뒹굴었다. 몸부림치며 괴로워하기를 수십 초, 히사카가 갑자기 움직임을 멈췄다. 두 손을 가볍게 잡은 채 벌어지지 않았다.

참석자 전원이 정신을 잃었고 직원들은 우왕좌왕했다. 몸을 숙여 쓰러진 사람의 상태를 확인하거나 말을 걸었다.

"멈춰."

영상이 다시 멈춘 뒤, 기리시마가 시선을 모니터에 고정한 채 명령했다.

"히사카 의원이 단상에 오르기 직전으로 돌아가."

영상을 되돌려 명령한 장면으로 돌아가자 기리시마가 뒤도 돌아보지 않고 물었다.

"미야마. 연회장에 배치된 직원은 남자 한 명, 여자 세 명이었지?"

"네."

"세어 봐."

유니폼을 입은 여자를 센 미야마는 앗 하고 소리를 지를 뻔했다.

화면 속 여직원은 네 명이었다.

"조사받는 여직원은 분명 세 명이다. 그럼 나머지 한 명은 도대체 어디로 사라졌을까?"

기리시마가 지시하자 화면은 다시 빨리 감기로 재생됐다.

"슬로 모션."

그것은 히사카가 연설을 시작한 직후였다. 문제의 여직원은 CCTV를 외면한 채 뒷문으로 나갔다.

"직원들은 조사 중이었지? 지금 당장 조사 중단하고 이 영상 보여 줘."

연회장에 배치된 직원은 다음과 같았다.

구사마 히로유키
구와나 아키코
구로즈미 미키코
사사모토 나오미

네 사람 모두 도중에 조사를 일단락 짓고 반강제로 CCTV 영상을 보여 줬다. 본래는 없어야 할 종업원 한 명. 파티 진행에 주의를 기울이던 구사마는 그 여자의 존재를 눈치채지 못했다고 한다. 구와나 아키코 등 여직원 세 명은 다른 층에서 지원 온 인력인 줄 알았다고 말했다.

"식음료 담당 여직원만 해도 840명이나 돼요. 워낙 자주 바뀌니까 처음 보는 얼굴이라도 신입 직원인가 싶었죠."

세 사람은 본 적 없는 얼굴이라고 증언했다. 그러면서도 인상 착의를 물었더니 세 사람 모두 대답이 궁해졌다. 이렇다 할 특징이 없어서 그다지 기억에 남지 않는다는 뜻이었다.

그러나 사사모토 나오미가 매우 중요한 한마디를 보탰다.

"손님이 마실 음료도 그 사람이 이동식 트레이에 실어 왔어요. 와인도 맥주도 전부 오픈된 상태였고요. 손님이 스무 명으로 소규모였으니 수량도 최소한으로 준비했어요."

연회장 안으로 들여오기 전에 모든 병의 뚜껑이 열려 있어 독극물을 쉽게 넣을 수 있는 상황이었다는 의미다.

증언을 받아낸 수사진은 돌연 흥분했지만 그 순간도 순식간에 지나갔다. 사사모토 나오미 등 직원들에게 '후지미 임페리얼 호텔' 직원 명단을 샅샅이 열람시켰지만 문제의 여직원으로 추정되는 인물은 끝내 찾지 못했기 때문이었다.

3

다음 날 오전 9시에 첫 번째 수사 회의가 열렸다. 단상에 늘어선 사람들은 미야마도 낯익은 사람들이었다. 무라세 관리관과 쓰무라 1과장, 관할서인 마루노우치 경찰서 서장, 그리고 네기시 형사부장.

그러나 낯선 얼굴들도 보였다. 가장 넓은 회의실을 수사관들이 가득 메우는 규모였다. 육안으로만 어림잡아 2백 명, 예고는 됐었지만 막상 그 인원이 한자리에 모이니 과연 장관이었다.

"수사 회의에서 이만한 인원 앞에 서는 건 오랜만이다."

무라세의 첫마디는 평소처럼 건조했다. 수사본부 규모가 작든 크든 무라세의 태도에는 조금의 변화도 없었다.

"어제 6월 3일, 후지미 임페리얼 호텔 '비취홀'에서 독극물에 의한 대규모 살인이 벌어졌다. 파티 참가자 스무 명 중 열일곱 명이 사망했고, 그중에 히사카 고이치 의원이 포함되어 있다."

분명히 밝히지는 않지만, 초동수사 단계에서 수사본부를 대규모로 꾸린 이유는 희생자 수 때문이기도 하지만 현직 국회의원이 살해됐기 때문이기도 했다. 이 자리에 모인 수사관들도 사정을 이해했고, 표정으로 이의를 표하는 사람은 없었다.

아니, 한 명 있었다.

단상에 있는 네기시의 정면, 가장 앞줄 왼쪽 끝에 앉아 있는 아소 반장만은 불만을 숨기지 않았다. 명령은 그렇다 쳐도 선택할 권리 정도는 달라고 말하는 모양새였다.

수사1과에는 수사관 약 4백 명이 소속되어 있으며 반이 몇 개로 나뉘어 있다. 개중에서도 기리시마 반과 아소 반은 항상 검거율을 앞다퉈서인지 반장끼리 반목하는 듯한 인상이었다.

"우선 파티 내용과 참가자부터."

미야마가 소속된 기리시마 반의 양심이라고도 할 수 있는 존재, 가쓰라기가 처음으로 일어섰다.

"파티는 아키가와 제1중학교 졸업생 동창회였습니다. 간사를 맡은 무로하시 겐지 씨의 증언에 따르면 초대장을 보낸 사람은 스물여덟 명, 그중 참석자는 스무 명이었습니다. 참석자는 다음과 같습니다."

가쓰라기가 참석자 스무 명의 이름을 읊는 소리와 함께 전면 대형 모니터에 얼굴 사진과 프로필이 떴다. 단일 사건에 피해자 열일곱 명은 보기 드문 숫자로, 그 수 때문에 살해당한 피해자들의 인권은 뒷전으로 밀려나는 경향이 있다. 이름과 얼굴 사진을 대형 화면에 띄운 이유는 사건의 중대성과 참혹함을 수사관들에게 재차 인식시키기 위해서였다.

"또한 사망자 열일곱 명은 도쿄 내 의과대학 법의학교실 네 군데로 옮겨 사법 해부했습니다. 목숨을 구한 세 사람은 이송된 병원에서 의식을 회복해 현재 조사를 받고 있습니다."

"부검 결과는 나왔나?"

미야마가 담당한 부분이었다. 다소 장황한 보고였지만 열일곱 명분 보고이므로 어쩔 수 없었다.

"도쿄 내 법의학교실 네 군데에서 부검했는데, 결과는 모두 청산화합물에 의한 질식사였습니다. 화합물은 시안화칼륨이고 자세한 성분은 현재 분석 중인데, 참석자 전원에게 돌린 잔에 남아 있던 독극물은 과학수사연구원으로 보냈습니다."

열일곱 명에 대한 보고가 끝없이 이어지다가 20분이 지나서야 끝났다.

"독극물 분석 결과는 나왔나?"

다음으로 일어선 사람은 아소 반의 다카치호였다.

"스무 명에게 나누어준 와인, 맥주, 미즈와리*, 소프트드링크에서 전부 같은 독극물이 검출됐습니다. 성분은 시안화칼륨 98.7퍼센트, 머큐로크롬 1.1퍼센트, 크롬산나트륨 0.2퍼센트입니다. 성분 대부분을 차지하는 시안화칼륨의 경구치사량은 성인 기준 2~3백 밀리그램인데, 잔에는 약 5백 밀리그램이 들어 있었습니다."

---

* 위스키에 물을 섞어 마시는 방식.

즉 반 잔만 마셔도 대부분 죽음에 이른다는 뜻이었다.

"얼마 안 되지만 머큐로크롬과 크롬산나트륨도 섞여 있군. 그 두 개는 불순물인가?"

"과학수사연구원 소견에 따르면 이 성분에 해당하는 약제가 발견되지 않아 아마도 불순물로 추정된다는 의견입니다. 참고 의견으로 이 세 성분을 취급하는 곳은 역시 공업 관계 분야라고 합니다."

무라세는 고개를 끄덕이지도 않았다.

"산업폐기물 재활용 과정에서 시안화칼륨이 사용된다는 건 널리 알려진 사실이다. 어찌 됐든 독물 및 극물 취급법으로 엄격하게 관리되는 독극물이니 불법 사용하면 흔적이 남기 쉽다."

한 사람당 5백 밀리그램×20명=1만 밀리그램=10그램. 1엔짜리 동전 크기로 나누면 열 개 정도 나오는 독극물이 성인남녀 열일곱 명을 순식간에 고통 속에서 죽게 했다. 그 위력을 생각하면 무라세 말대로 소량만 유출돼도 분명하게 드러나는 관리 체계가 마땅히 있어야 했다. 그러나 요즘은 다크웹을 통한 독극물 매매가 횡행한다. 무라세도 당연히 인터넷에서 벌어지는 일을 감안해 발언했을 것이다.

"다음, CCTV 분석."

이번에는 과학수사연구원의 무네이시가 자리가 익숙하지 않은 듯 일어났다.

"'비취홀'에 설치된 CCTV는 한 대입니다. 동창회 시작 전부터 히사카 의원의 건배사까지 다섯 번째 직원을 찍은 장면은 총 75초. 그런데 직원으로 위장한 이 여성은 줄곧 CCTV를 피하는 듯 행동해서 얼굴이 찍힌 장면은 하나도 없습니다."

"카메라 위치를 미리 확인했다는 말인가?"

"사전 조사를 했거나, 아니면 이전에 '비취홀'을 이용한 적이 있거나. 어느 쪽이든 연회장에 처음 온 사람의 행동이라고 보기는 어렵습니다."

"영상 분석은 진행하고 있나?"

"분석으로 밝혀낸 사실은 이 신원불명 여성의 체격과 걸음걸이뿐입니다. 보통 키에 보통 몸집에 약간 오다리, 장갑으로 가려졌지만 체격에 비해 손가락이 긴 것으로 보입니다."

제공된 음료는 연회장으로 옮겨지기 전에 열려 있었다. 이동식 트레이로 음료를 실어 온 신원불명 여성이 범인일 확률이 매우 높다. 자리에 모인 수사관들은 등밖에 보이지 않는 용의자에게 불온한 시선을 던졌다.

그러나 무네이시의 다음 말이 회의실을 술렁이게 했다.

"하지만 다행히도 다른 카메라가 신원불명 여성을 다른 각도에서 포착했습니다."

"뭐라고?"

"히사카 의원이 자신의 블로그에 동창회 참석 기사를 업로드하려고 사무실 직원에게 디지털카메라로 촬영하라고 했습니다."

다음 순간 전면 모니터에 히사카의 얼굴이 크게 떠올랐다. 화소가 높은 영상으로 CCTV보다 훨씬 선명했다.

"카메라는 히사카 의원을 정면에서 찍고 있어서 신원불명 여성을 좀처럼 잡지 않습니다. 그러나 건배를 하려고 잔을 히사카 의원에게 넘길 때 아주 잠시 여성의 옆모습이 찍혔습니다. 바로 이 장면입니다."

잔을 받는 히사카의 대각선 앞에서 찍은 장면인데 신원불명 여성의 옆얼굴이 대각선 뒤에서 찍혔다. 여전히 이목구비까지는 보이지 않는다고 해도 어느 정도 둥근 얼굴이라는 사실은 알 수 있었다.

"아마도 연회장에 들어가기 전까지는 전속 카메라맨의 존재를 몰랐기에 완벽하게 대처하지 못한 것 같습니다."

"이걸로는 생김새까지는 알 수 없군. 좀 더 정면에서 찍은 장면은 없나?"

"안타깝게도 이 장면 하나뿐입니다. 하지만 대각선 뒤에서 찍은 사진만으로도 3D화 해서 인물을 특정할 수 있습니다."

얼굴에는 해부학적 지표인 특징점이 존재한다. 이 특징점을 기준으로 삼각 측량 요법으로 다른 특징점을 산출하면 입체 및 정면 얼굴을 분석할 수 있다. 첩보위성이 적군의 군사시설을 촬영한 영상을 선명하게 만드는 기술을 응용한 것이다. 기술혁신은 언제나 전장에서 시작된다.

"다만 3D화 하는 데는 아직 시간이 걸립니다."

"알겠다. 서두르도록. 다음, 피해자들의 인간관계."

구도 겐지가 꾸물거리며 자리에서 일어섰다. 아소 반의 이누카이 하야토와 어깨를 나란히 하는 기리시마 반의 희망. 무뚝뚝하고 말수가 적지만 높은 검거율로 존재감을 자랑한다. 같은 반 소속인 미야마조차 범접하기 어려운 분위기를 내뿜는 인물이다.

"피해자가 열일곱 명이나 되기 때문에 개개인의 배후관계까지는 아직 파악하지 못했습니다. 오늘부터 업무를 분장해 담당자를 지정할 예정입니다."

"보고는 그뿐인가?"

무라세의 목소리에는 억양이 없는 만큼 위압감이 있었다.

하지만 마주 보는 구도는 눈썹 하나 까딱하지 않았다.

"우선 여덟 명부터 조사하려고 합니다."

"그 여덟 명은 무슨 기준인가?"

"동창회에 참석하지 않은 사람들입니다."

구도의 지시에 모니터 화면이 바뀌었다. 화면에는 여덟 명의 이름이 적혀 있었다. 간사 무로하시에게 간신히 명단이었다.

사토무라 고지

하마다 아키라

쇼지 유미카

진노 미카

이치카와 마이(사망)

소에다 무쓰히코(사망)

아리마 다이키(사망)

쓰쓰이 마키(사망)

"동창회는 매년 열리는 것이 아니고, 간사 교체 등의 사정도 있어서 이번에는 5년 만에 열렸다고 합니다. 5년 동안 소식이 끊긴 사람도 있고 사고나 병으로 사망한 사람도 있습니다. 사토무라, 하마다, 쇼지, 진노, 이 네 명은 거주지 불명으로 초대장이 반송됐거나 답장을 받지 못한 사람들이고, 나머지 네 명은 초대장을 받은 유가족이 간사 무로하시에게 연락을 해서 사망 사실을 알린 사람들입니다. 또한 사망 기사가 난 경우에도 명부에서 자동으로 삭제된다고 했습니다."

"그럼 실질적으로 네 명이라는 말인가?"

"소식이 끊긴 네 사람 중 누군가가 같은 반 동창 모두를 살해할 계획을 세웠을 가능성도 있습니다."

"중학교 때의 원한을 25년이나 지난 뒤에 풀었다고 추측하나?"

"특정인을 겨냥해 묻지 마 살인을 저질렀다는 추리보다는 애초에 모두를 독살할 작정이었다. 이 동기도 고개를 끄덕일 만합니다."

구도의 추리는 과감했지만 웃는 사람은 없었다. 청산화합물에 의한 대규모 살인이라는 범행은 예사롭지 않은 동기에 설득력을 부여했다.

"알겠다. 소식이 두절된 네 사람을 속히 추적 조사하라. 다음, 히사카 의원이 손에 쥐고 있던 종잇조각에 대해 보고해."

기리시마 반의 다다가 일어섰다. 다다는 구도의 그림자에 가려 눈에 띄지 않지만 일 처리에 실수가 없어 인재로 대우 받는다.

"종잇조각은 시판용 PC 용지며, 코트지 90kg으로 분류 되는 종이입니다. 인쇄용지로서 가장 저렴한 동시에 대량 유통되고 있습니다. 글씨에 사용된 것은 안료 잉크로 이 또 한 양산품입니다. 최종 소비자를 추리기 쉽지 않습니다. 다 만 히사카 의원의 손에 종잇조각을 쥐게 한 경위는 CCTV 영상을 보고 한 가지 추론을 생각해 냈습니다."

"말해."

"후지미 임페리얼 호텔은 격식 높은 호텔로, 스탠딩 파티 가 열릴 때는 잔에 종이 냅킨을 함께 준비합니다. 그러면 잔 이 미끄러지지 않고 차가운 음료를 손의 온기로 덥힐 우려 도 없기 때문입니다. 범인을 신원 불명 여성으로 가정하면 종이 냅킨 바깥쪽에 숫자를 인쇄한 종잇조각을 미리 끼워 놓은 것 아닐까요?"

종잇조각과 종이 냅킨을 함께 잔에 감는다. 같은 종이라 서 손바닥 감촉만으로는 두 장이 겹쳐 있다는 사실을 판별 하기 어렵다. 독을 마시고 쓰러지면 종이 냅킨은 잔의 젖은 부분에 붙고 손바닥에는 종잇조각만 남는다는 계획이다.

"잔에 담긴 내용물을 단숨에 들이켠 참가자가 모두 그 자리에 쓰러지자 네 직원이 당황해 우왕좌왕하는데, CCTV에 찍힌 바로는 각 층에서 사람을 모으는 동안 히사카 의원의 손을 건든 사람은 아무도 없었습니다. 종잇조각은 잔을 든 시점에 이미 손에 있었다고 보는 게 타당합니다."

"하나의 의견으로는 인정한다. 하지만 단정은 금물이다."

무라세는 못을 박았지만 논리에 오류가 있으면 그 자리에서 부정하는 남자이므로 다다의 추론을 인정한다는 사실을 알 수 있었다.

"수사관의 추론이 나온 김에 이것도 의견을 모으지. 종잇조각에 인쇄된 숫자 '1'에 대해서 말이다. 이 번호가 무엇을 의미하는지 가설을 세운 사람은 없나?"

회의실은 찬물을 끼얹은 듯 조용했다. 손을 드는 사람은 아무도 없었다. 그러나 무라세는 기대도 하지 않았다는 듯 말을 이었다.

"시안화칼륨 준비, 직원 위장, 숫자가 적힌 종잇조각, 범행 현장 사전 조사. 이상의 사항으로 판단컨대 계획 범행이라고 단정 짓지 않을 수 없다. 초대장을 입수한 사람이라면 동창회 날짜를 쉽게 알 수 있으므로 누구라도 용의자로 추가할 수 있다. 그러나 히사카 의원이 친절하게도 자신의 블로그에 '6월 3일, 후지미 임페리얼 호텔 파티 참석'이라고 보고했지. 따라서 초대장이 없는 사람도 범행을 계획할 수 있다. 참석자 중 특정 개인 또는 모두에 대한 원한인지는 물론, 히사카 의원을 향한 어떠한 정치적 의도가 있었는지를 부정할 소스도 없다. 남보다 많이 가진 자는 남보다 더 표적이 된다. 히사카 의원의 주변 인물 조사는 더욱 철저히 하도록. 호텔 직원에 대한 조사도 계속하고, 감식과는 독극물 성분으로 어디서 입수했는지 추정하도록 한다."

무라세는 수사방침을 지시한 뒤 회의실에 모인 수사관들을 앞에 두고 목소리를 한층 더 높였다.

"더 말할 것도 없이 현직 국회의원을 포함한 열일곱 명을 독살한 대규모 살인 사건이다. 사건이 조속히 해결되기를 바라는 세간의 목소리가 그 어느 때보다 크다. 사건 해결이 하루하루 늦어질 때마다 경시청의 위신이 점점 떨어진다고 생각하도록. 이상."

수사관들이 일제히 한목소리로 대답한 뒤 흩어지는 가운데 아소만이 턱을 괸 채 여덟 사람의 이름이 나란히 적힌 모니터 화면을 응시했다. 미야마의 직속상관은 아니지만 기리시마보다 훨씬 다가가기 쉬운 상대였다. 흥미가 솟아 가까이 갔다.

"아소 반장님. 무슨 신경 쓰이시는 거라도 있습니까?"

아소는 미야마를 흘낏 보더니 귀찮은 듯 다시 모니터 화면으로 시선을 돌렸다.

"별거 아냐."

"별거 아닌데 남의 이름을 뚫어져라 보세요?"

아소는 잠시 침묵한 뒤 입을 열었다.

"석연치 않아."

"그야 이렇게 규모가 큰 사건인데도 동기를 알 수 없으니 누구든 석연치 않겠죠."

"내가 꺼림칙한 건 그래서가 아냐. 개인적 원한이든 정치적 의도든 동창회 참석자 전원을 독살하다니 수지가 안 맞는다는 말이야. 설령 동창 모두에게 학교폭력을 당했다고 해도 살인은 극단적이지. 히사카 의원을 향한 정치적 의도가 있었다고 해도 관계없는 사람을 이렇게나 끌어들이는 것도 극단적이고."

"목적과 수단의 균형이 맞지 않는다는 말씀입니까?"

"목적을 위해서는 수단을 가리지 않는다는 말이 있잖아. 이번 사건은 그게 반대가 된 게 아닐까 싶어서."

"반대, 라니요?"

"수단을 위해서는 목적을 가리지 않는다. 즉 애초에 대규모 살인이라는 수단을 위해서라면 목적은 복수든 정치적 의도든 상관없는 거지."

생뚱맞은 말을 한다고 생각했다.

"죄송합니다. 좀 이해가 안 가서요."

"이해 안 해도 돼. 나도 어이없는 소리라고 생각하니까. 하지만 전례가 있어."

"그런 기이한 사건은 들어본 적이 없는데요."

"사건으로 드러나지 않았으니까. 일단 사기나 원한, 감정 싸움 같은 동기는 있지만 범행을 계획한 주범의 목적은 그게 아니었다고 볼 수 있었지. 어떤 부류냐면 재산을 잃고, 가족을 잃고, 삶의 의미를 잃고서 절망 속에서 몸부림치며 죽어가는 사람의 모습을 지켜 보고 싶어 범죄를 부추기는 악당이었어. 악녀였지."

"범죄를 부추겼다니 교사 말씀입니까?"

"그래. 돈이 갖고 싶다, 사랑받고 싶다, 명예가 탐난다, 자유롭고 싶다. 보통 사람들이 당연히 원하지만 가질 수 없는 것은 많아. 그러다 욕심이 한계에 다다르면 윤리관이 모호해지기 쉽지. 그런 사람들의 약점을 파고들어 악의를 증폭시켜서 자신의 손은 더럽히지 않은 채 남을 죽이는 거야."

"일종의 쾌락살인자 같은 사람인가요?"

"쾌락도 오락도 아니야. 그만한 열정이 있는 것 같지는 않았어. 이렇게 말하면 그렇지만 심심풀이 같은 느낌이었다고나 할까."

"······심심풀이로 사람을 죽인다고요? 역시 이해가 안 가는데요."

"나도 마찬가지야."

아소는 몹시 지친 눈빛이었다.

"이 세상에는 말이야, 어떤 의학 지식이나 수사 경험을 총동원해도 이해할 수 없는 악이라는 게 존재해."

***

"아무래도 경찰한테 똑바로 말하는 게 좋을 것 같아."

병동 끝에 있는 휴게실에서 호나미는 무로하시와 메이카에게 말을 꺼냈다. 자신의 제안에 놀랄 줄 알았는데 예상과 달리 두 사람은 괴로운 표정으로 생각에 잠겼다.

"뭐, 호나미라면 그렇게 말하지 않을까 생각했어."

"나도 예상했어."

"그게 무슨 말이야."

"학교 다닐 때도 다 같이 입을 맞추자고 할 때도 불리해지면 입바른 소리 하는 척 가장 먼저 빠져나가려고 했지. 옛날부터 그런 면이 있었잖아."

"지금이 중학교 때랑 같아? 열일곱 명이나 죽었다고. 우리도 죽을 뻔했고."

"하지만 살았잖아. 그러니까 옛날 일에 대해서는 아무 말도 하지 말라고."

"만약 열일곱 명이 살해당한 이유가 미카와 관련된 일이면 어떡하려고 그래."

그러자 메이카의 얼굴이 순식간에 굳었다.

"미카 일로 반 전체를 노린 거라면 또 우리까지 죽이려고 할지도 몰라."

"야, 그건 어디까지나 네 감으로 하는 이야기잖아."

"그래 맞아, 감. 그냥 내 감이니까 틀릴 수도 있어. 틀리면 아무 일도 안 일어나니까 우리는 안전하겠지. 하지만 감이 맞는다면 또 표적이 될 거야. 뭐가 더 나을까?"

"······그러니까 말이야, 그렇게 옳은 소리만 하는 성격이 하나도 안 변했다고."

"호나미는 미카를 의심하는 거야?"

"사귀던 남자친구한테 그런 취급을 받은 데다 반 아이들까지도 손바닥 뒤집듯 태도를 바꿨잖아······. 그 폴라로이드

사진 다들 돌려가면서 봤잖아. 여왕벌 노릇하던 미카도 심했지만 아이들이 한 짓도 심했어."

"야. 정의의 사도인 척 말하지만 너도 공범이야."

말하지 않아도 안다. 어젯밤에는 자신의 과거를 마주하면서 한숨도 못 잤으니까. 누구에게나 꺼림칙한 과거는 있다. 없던 일로 무를 수도 없다. 떠올릴 때마다 자기혐오에 빠져 무기력해졌다.

그래도 살해당하는 것보다는 훨씬 낫다.

"나중에 형사님이 올 거야. 조사 계속한다고. 나 그때 말할 거야, 꼭."

"우리도 말하란 말이야?"

"무로하시와 메이카는 옆에서 고개만 끄덕여 주면 돼. 내 말이 거짓이 아니라고 증언해 주면 돼."

미야마라는 형사가 약속한 시간에 나타났다. 다른 환자들의 눈도 있어서 개인실에서 대화하기로 했다.

"무로하시 씨와 시모리 씨도 함께 있겠다고요? 그건 좀……."

"딱히 입을 맞출 생각은 없어요. 애당초 우리 반이었던 사람은 다들 아는 이야기예요."

호나미의 말투에서 심상치 않은 기운을 느꼈는지 미야마
는 마지못해 허락했다.

"중학교 1학년 때, 진노 미카라는 아이가 있었어요. 뭐랄
까, 여왕벌 같은 존재로 당시 히사카와 사귀던 사이였죠."

"호오, 히사카 의원의 풋풋한 첫사랑 이야기입니까?"

순간 호나미는 웃음이 터질 뻔했다.

"그렇게 몽글몽글한 이야기 아니에요. 죽은 사람에 대해
나쁜 말은 별로 안 하고 싶지만, 히사카는 꽤 불량했어요.
미카가 일방적으로 매달리는 관계이기도 했고."

"이번 동창회에는 참석하지 않은 여성이군요."

"초대장을 보내도 주소지 불명으로 반송됐다고 말씀드렸
잖습니까."

무로하시가 끼어들었다.

"지금까지 쭉 참석 안 했고 말입니다."

"그렇습니까? 참고로 무로하시 씨는 예전부터 계속 간사
를 맡으셨습니까?"

"아뇨. 한 사람한테 계속 자리를 강요할 수 없으니 매번
교대합니다. 저도 이번에 처음 간사를 맡았고요."

간사로서 설명해야 하는 최소한의 책임은 완수하겠다는
의사표시 같았다. 협조해 줄 것 같아 호나미는 말을 이었다.

"미카는 2학년에 올라가기 전에 전학 갔어요. 히사카가 괴롭혔거든요. 맨날 따라다니는 게 귀찮았는지 미카에게 몹쓸 짓을 했어요."

"몹쓸 짓? 구체적으로 말씀해 주시죠."

"여럿이서 발로 차고 옷을 벗기고서…… 미카에게 오줌을 누는 장면을 찍었어요. 다음 날 그 사진을 반 아이들끼리 돌려봤고요."

"확실히 끔찍한 이야기이군요."

"원래 미카에게 반감을 품은 애들이 많아서 복수 심리 같은 게 작용한 것 같아요."

"반에서 누구 하나 도와준 사람은 없었습니까?"

"히사카한테 맞서려는 사람은 없었어요. 다들 꼴 좋다는 듯이 미카를 비웃었죠. 미카는 다음 날부터 등교를 거부했고 2학년에 올라가기 전에 전학 가고 말았습니다."

스스로도 역겹다고 생각했다. 호나미 본인도 미카에게 심한 말을 들은 적이 있다. 히사카의 행위는 비열하고 잔혹했지만 미카를 비웃는 데 동조하라는 압박에 떠밀려 이성이 마비됐다고 생각하고 싶었다.

"그렇군요, 그런 일이 있었다면 진노 미카 씨가 히사카 의원과 반 학생들에게 강렬한 원한을 품었다고 해도 이상한 일은 아니지요."

"히사카는 오랫동안 동창회에 얼굴을 내밀지 않았는데 이번에는 무슨 바람이 불었는지 갑자기 나왔어요. 동창회 날짜는 초대장에 적혀 있어요. 이번 사건은 분명 미카가 히사카와 우리에게 복수하려고 계획한 사건이 틀림없어요."

호나미는 옆에 있는 무로하시와 메이카를 쳐다봤다. 두 사람은 동의한다는 의미로 고개를 끄덕여 보였다.

"동기로서는 납득이 가는군요. 하지만 미카 씨는 이번 범행을 저지를 수 없었습니다."

"왜죠? 미카에게 알리바이라도 있나요?"

"진노 미카 씨는 이미 사망했기 때문입니다."

"……뭐라고요?"

"초대장에 답이 없던 사람들. 그러니까 사토무라 고지 씨, 하마다 아키라 씨, 쇼지 유미카 씨, 그리고 진노 미카 씨. 저희는 이 네 사람의 행방을 조사했습니다. 여러분과 마찬가지로 우선 동창회에 참석하지 않은 사람들부터 의심했으니까요. 진노 씨 가족은 1991년 말에 친가가 있는 모리오카로 이사했고 미카 씨는 스무 살에 집을 나왔습니다. 이후 직장을 옮기면서 여러 번 이사했는데 4년 전에 교통사고로 세상을 떠났습니다."

미야마의 목소리가 들렸지만 호나미의 머리가 따라가지 못했다. 가장 수상한 인물이라고 생각했던 미카가 이미 죽은 사람이라니.

무로하시와 메이카의 반응도 호나미와 같았다. 두 사람은 뜻밖의 소식이라는 얼굴로 서로 마주 보며 소리도 내지 못했다.

"다른 세 사람의 소식도 파악했습니다. 하마다 아키라 씨는 전자부품 기업에 근무하다가 3년 전에 브라질 현지 법인으로 나갔습니다. 가족이 함께 떠났기에 당연히 답을 할 수 없었겠죠. 쇼지 유미카 씨도 똑같습니다. 해외 발령이 난 남편과 함께 현재 시드니에서 살고 있습니다."

"그럼 사토무라는요?"

"사토무라 고지 씨를 추적하는 데는 시간이 좀 걸렸습니다. 입사한 증권사에서 독립해 투자 고문 회사를 세웠지만 3년도 지나지 않아 폐업한 뒤 빚을 갚지 못하고 잠적했습니다. 자발적으로 소식을 끊은 사람을 추적하기란 쉽지 않지만 사토무라 씨는 비교적 쉬웠습니다."

"왜인가요?"

"경찰 데이터베이스에 걸렸거든요. 사토무라 씨는 이사 간 미야자키 시내에서 강도 행각을 벌이다가 재범으로 2년 전부터 미야자키 교도소에서 복역 중입니다. 강도 사건도 중앙지에 보도되지 않아서 아마 간사님이 미처 체크하지 못했을 겁니다."

교도소 안에 있어서야 살인은커녕 동창회에 참석조차 할 수 없다.

호나미는 문득 상황이 난처해졌다는 사실을 깨달았다.

"그러니까 말입니다, 이 반에서 살아남은 사람은 여러분 세 사람뿐입니다."

같은 반 친구 누구에게 원한을 품었든 원한 비슷한 동기가 있다면 범인은 이 세 사람 중에 있다는 뜻이다.

"난감하게 됐습니다."

미야마는 느긋한 어조로 말했지만 세 사람을 바라보는 눈빛은 칼날 같았다.

순간 고개를 돌리니 양옆에 앉아 있던 무로하시와 메이카가 호나미와 거리를 두기 시작했다.

웃기지 마.

떨어지고 싶은 사람은 나라고.

심리적으로도 물리적으로도 세 사람의 거리가 멀어지는 모습을 미야마가 주시했다.

4

중학교 시절 히사카의 악행은 매우 흥미로웠지만 학교 폭력 피해자가 이미 사망한 상황에서는 큰 의미가 없었다. 25년 넘게 진노 미카를 사랑한 사람, 미카의 한을 풀기 위해 옛 급우들을 모두 죽이는 데 주저하지 않을 사람이 있는지 물었지만 세 사람은 기억에 없다고 증언했다.

"살아남은 세 사람에겐 독을 넣을 기회가 없었어. 여전히 의심스럽기는 하지만 용의자로 보기에는 근거가 희박해."

보고받은 기리시마는 미야마를 나무라는 듯한 시선을 던졌다. 사건 발생 후 이틀, 아직 유력한 단서가 나오지 않아 초동수사 성과가 신통치 않았다. 전담반 수장인 기리시마로서는 초조한 상황이었다.

"사망자 열일곱 명은 어떻습니까?"

"중소기업 경영자, 불륜 중이던 아내, 부부 사이가 나빴던 남편, 횡령 의혹을 받던 경리담당자, 폭력단과 친분이 있던 사람. 털어서 먼지 난 사람은 다섯 명, 나머지한테서는 아직 아무것도 안 나왔어. 먼지가 난 다섯 명도 제각각 원한 섞인 사연은 있지만 동창회 참석자를 모두 독살할 만한 동기는 아니었고. 관계자의 알리바이를 닥치는 대로 뒤지고 있지만 당일 후지미 임페리얼 호텔에 있던 사람은 아무도 없어."

평범하게 살아가는 사람은 속에 품은 살의도 평범한 수준이라는 말인가.

"현장에서 일했던 직원 네 명의 개별 주변 조사도 순조롭지 않아. 구사마 히로유키, 구와나 아키코, 구로즈미 미키코, 사사모토 나오미. 구사마는 직장 내 괴롭힘 문제가 있어. 구와나는 유흥업소에서 아르바이트한다는 사실을 숨기고 있었지. 나온 먼지는 그게 다야. 도저히 대규모 살인의 동기가 될 수 없어. 애당초 참가자가 마실 음료의 뚜껑을 전부 따서 이동식 트레이에 실어 온 사람이 신원불명의 여자라는 증언은 네 사람 모두 일치해."

"신원불명 여성은 호텔 유니폼을 입고 있었습니다. 아무리 그래도 유니폼 차림으로 호텔을 빠져나갔을 것 같지는 않아요."

"호텔 안에서 옷을 갈아입었을 가능성은 이미 검토 중이다. 지금 호텔 쓰레기통과 린넨실에 처박힌 유니폼들을 수거해 감식과에 보낸 상태야."

연회장은 철저하게 청소한 뒤 행사 때 개방됐다. 따라서 '비취홀' 바닥에 동창회 참석자와 직원 네 명, 그리고 신원불명 여성의 잔유물이 떨어졌을 터다. 물론 소란을 듣고 달려온 호텔 관계자의 지문과 모발은 이미 제출이 끝났다. 채취한 잔류물, 예를 들어 정체를 알 수 없는 모발이 쓰레기통나 린넨실에서 수거한 유니폼에서도 채취될 경우, 신원불명 여성의 것일 확률이 높아진다. DNA를 분석해 DNA형을 밝혀내면 범인을 특정할 소재도 된다. 문제는 조사해야할 유니폼이 5백 벌 이상이라는 점이었다. 감식과를 총동원해서 분석하고 있지만 정작 중요한 분석 기기에 한계가 있어서 진행 속도가 기대에 미치지 못하는 상황이었다. 식음료 담당 여직원만 840명이 근무하는 대형 호텔, 열일곱 명에 달하는 대규모 피해자. 하나같이 엄청난 인원에 수사가지지부진할 수밖에 없었다.

그러나 사건 규모가 크면 클수록 언론과 여론은 사건이빠르게 해결되기를 바란다. 수사 진척 상황과의 괴리는 그대로 수사본부의 스트레스가 되어 쌓였다.

"그 '1'과 관련해서는 수사선상에 떠오른 게 있습니까?"

"히사카 의원의 모든 특징과 대조하고 있지만 아직도 그양반이 '1'인 요소는 못 찾았어. 당선 횟수도 아니고 비례순위도 아니야. 굳이 찾자면 여당 내부에서 '1'번으로 역겨워하는 인물이라는 거다."

"하지만 동료 의원이잖아요."

"비서한테 저지른 갑질과 불륜뿐이면 다행이지, 비자금 운반책이라는 소문까지 나도는 지경이야. 증인소환이라도 당해 봐. 까딱하면 고구마 줄기 엮듯 체포자가 나오겠지. 국민당 입장에서도 히사카 의원은 시한폭탄이야."

그러면 나가타초 쪽에서 그 시한폭탄을 제거하는 힘을 행사했다는 뜻인가.

"동창회 참석자 가운데 히사카 의원만이 목적이라면 숫자가 인쇄된 종잇조각은 표식이 된다."

"독을 넣은 잔에 종잇조각을 붙여 놓은 거로군요."

신원불명 여성이 실행범이라고 가정하면 크게 납득이 가는 가설이다. 하지만 이 가설은 가장 먼저 배제할 수 있다.

"그런데 참석자에게 나누어 준 잔에 전부 독이 들어 있었다. 종잇조각이 표식이라는 가설은 탈락이야."

"이제 다른 해석은 떠오르지 않습니다."

"아직 최악의 해석이 남아 있어."

기리시마는 의미심장한 말투로 말했다.

"이 범행보다 더한 최악의 경우는 상상도 못 하겠는데요, 어떤 해석입니까?"

"숫자 그대로 이 대규모 살인이 '1' 번째 사건이라는 의미야."

도대체 무슨 소리인가.

다시 물으려고 할 때 형사실에 가쓰라기가 들어왔다.

"복귀했습니다."

호랑이도 제 말 하면 온다더니, 가쓰라기는 나가타초의 사정 청취에 차출된 팀의 팀원이었다.

"뭐 물고 온 거라도 있나?"

"이걸 유용하다고 해야 할지 아니라고 해야 할지, 소문대로예요. 소속당인 국민당은 히사카 의원을 골칫거리 취급하고, 반대로 야당은 영웅 취급합니다. 하지만 여야당 모두 시한폭탄으로 생각하는 건 같아요."

가쓰라기는 마음이 불편하다는 어조로 말을 이었다. 상대가 비록 더러운 소문으로 얼룩진 의원이라도 절대로 측은지심을 잊지 않는 점이 가쓰라기의 장점이었다. 그 장점이 형사로서는 적합하지 않다는 사람도 있지만 미야마는 긍정적으로 생각했다.

"국민당 내에서도 최대 계파인 스고파 소속이었지만 특정 의원과 교류했다는 이야기는 듣지 못했습니다. 일부 정책 그룹에는 들어갔지만 아웃사이더 취급당하며 무시당하는 분위기였습니다. 동료 중에는 히사카 의원을 신랄하게 평가하는 사람도 적지 않았습니다."

"당내에서 고립되다시피 한 놈이었으니 비자금 운반책으로 삼았을지도 몰라."

"언론에 보도되기 훨씬 전부터 행실이 나쁘다고 소문이 자자했던 모양입니다. 동료 의원들이 히사카 의원과 거리를 둔 이유 중 하나도 평소 행실 때문이었다고 증언했습니다."

"미야마가 입수한 정보로는 중학생 때도 따돌림과 폭력 등으로 악명을 떨쳤다는 듯해."

가쓰라기는 쓴웃음을 지었다.

"자리가 사람을 만든다는 말이 있는데 말입니다."

"그것도 사람 나름이지. 성장하지 않는 놈은 어떤 자리에 오르든 평생 애새끼일 뿐이야."

"그나저나 히사카 의원이 비자금 운반책이었다는 건 거짓 같습니다. 게다가 소문의 출처가 국민당 스고파라고 하니까요."

"무슨 소리야?"

"스고파에는 비자금이니 뭐니보다 더 안 좋은 스캔들이 있는 듯합니다. 그게 비리인지 반사회 세력과의 관계인지는 모르겠으나 치명적인 스캔들을 은폐하려고 거짓 정보를 흘리는 건 스고파가 매번 써먹는 수법이라고 베테랑 정치부 기자에게 들었습니다."

"운반책 건이 위장이라면 입막음 때문에 히사카를 살해했다는 동기는 사라진다."

"네. 거짓 정보에 신빙성을 부여하려고 운반책으로 꾸민 히사카 의원을 살해한다거나 하는 우회적인 해석도 가능하다면 가능하겠지만 관계없는 열아홉 명까지 끌어들인다는 추리에는 다소 무리가 있습니다."

가쓰라기의 말에 이의를 제기하는 자는 없었다.

미야마가 무로하시 등 세 사람의 증언을 보고서로 정리하는데 히사카의 집으로 향했던 구도가 돌아왔다.

"반장님. 히사카 의원의 아내에게는 동기라고 할 만한 게 없었습니다."

입을 열자마자 가장 먼저 보고했다.

"히사카 의원의 불륜 스캔들의 열기가 아직도 안 식었는데?"

"히사카 의원 부부는 이미 완전히 사이가 틀어졌더라고요. 아내 말로는 이미 5년 전부터 한 집에서 각방 생활을 했다더군요. 이웃에 물었더니 진작부터 부부가 함께 외출하는 모습을 보지 못했다고 합니다."

구도는 애당초 피해자 유족을 대상으로 하는 사정 청취

에 큰 기대를 하지 않았던 듯 담담하게 보고를 이어갔다.

"히사카 의원의 불륜은 어제오늘 일이 아니랍니다. 결혼 5년 후부터 상대를 바꿔가며 바람을 피웠습니다. 부부 사이가 나빴던 것이 먼저인지, 불륜이 먼저인지는 아내도 정확하게 기억하지 못했지만 아무튼 이번 불륜 스캔들로 아내가 살의를 품었다고 보기는 어렵습니다. 백번 양보해서 히사카 의원을 죽이고 싶을 정도로 증오했다고 해도 보통은 그런 이유로 남편의 과거 반 친구들까지 죽여야겠다고는 생각하지 않잖아요."

무언가 말하려는 기리시마를 저지하며 계속 보고했다.

"아내는 알리바이도 있습니다. 동창회가 열린 6월 3일 아침부터 사건 소식을 들을 때까지 쭉 아오야마에서 쇼핑했습니다. 점원의 증언도 받았습니다."

독살은 범인이 현장에 없어도 실행할 수 있는 범죄지만 이번 사건은 동창회 시작 직전에 독을 넣었다는 조건이 따라붙는다. 따라서 현장에 없었던 사람은 자동으로 용의자 명단에서 제외된다.

기리시마는 못마땅한 기색으로 입을 다물었다.

곤란하군.

기리시마가 아니더라도 상황이 안 좋은 쪽으로 흐른다는

사실을 알 수 있었다. 4백 명이나 되는 수사 인력이 투입됐는데도 손에 넣은 단서는 하나도 없다시피 하다.

이러한 중대 사건에서 단서가 마구잡이로 많을 때는 미궁에 빠지기 쉽다. 물증이 많은 데다 덩치 큰 수사본부가 산으로 가기 때문인데, 반대로 이렇게나 단서가 적은 경우에도 방향을 잡지 못해 미궁에 빠진다.

미궁에 빠지면 본부장의 위신에도 흠집이 나지만 형사부장이나 관리관의 평가에도 영향을 미친다. 물론 전담반의 책임자도 예외는 아니다.

형사부실의 분위기가 눈에 띄게 무거워졌다. 과학수사연구원의 무네이시가 모습을 드러낸 것은 바로 그때였다.

"신원불명 여성의 3D 사진이 나왔습니다."

"이리 보여 줘."

무네이시가 가져온 노트북을 열자 기리시마를 비롯한 주변에 있던 수사관이 모여들었다.

미야마도 가쓰라기 옆에 진을 치고 모니터를 주시했다.

기리시마 반 전원이 뚫어질 정도로 본 히사카의 건배 직전 영상. 신원불명 여성의 얼굴을 대각선 뒤에서 포착한 유일한 장면. 무네이시가 노트북을 만지자 얼굴의 특징점이 점점 늘었다.

"정면으로 돌리겠습니다."

특징점을 띄운 신원불명 여성의 얼굴이 정면을 향했다. 3D 특유의 생명감 없는 표정이지만 인물을 특정하기에는 충분하리라.

특징점을 삭제하자 신원불명 여성의 인상이 분명해졌다.

둥근 얼굴에 뚜렷한 이목구비. 웃으면 애교 있을 얼굴이다. 40대로 보이는데 미인이라고 해도 좋을 얼굴이었다. 게다가 사람 좋아 보이는 인상이기까지 했다.

"……도무지 대규모 묻지 마 살인을 계획할 여자로는 안 보이네요."

미야마는 솔직한 말을 내뱉고 나서 후회했다. 흉악범인지 아닌지를 얼굴로 판단하다니 어리석은 것도 정도가 있다.

그러나 누구 하나 부정하지 않았다.

"어디서 본 얼굴인데."

구도가 중얼거리자 무네이시가 예상했다는 듯 고개를 끄덕였다.

"과연 구도 형사님입니다. 저는 데이터베이스를 뒤진 끝에 겨우 떠올랐는데요."

"데이터베이스? 설마 전과자인가?"

"정확히는 전과자가 되기 전에 잠적하는 바람에 수배 중입니다."

무네이시는 데이터베이스에 접속해서 신원불명 여성과 인상이 일치하는 대상을 검색했다. 불과 몇십 초 만에 해당 인물이 검색됐다.

수배 사진과 3D 사진이 나란히 놓인 가운데 일치율이 순식간에 치솟았다.

―80퍼센트 확률로 일치.

"특징점으로 형성된 3D 사진은 어디까지나 맨얼굴입니다. 화장을 두껍게 하면 확률이 조금 낮아지지만 80퍼센트면 거의 동일 인물이라고 봐도 무방합니다."

표시된 대상자의 이름을 본 미야마는 깜짝 놀랐다.

우도 사유리.

과거 한노시에서 발생한 연쇄 살인 사건. 우도 사유리는 실행범으로 지목됐지만 정신감정 결과 정신질환이 인정돼 하치오지 의료교도소에 수감됐다. 기소 전 정신감정에서 정신질환 진단을 받으면 재판이 열려도 형법 제39조가 적용될 가능성이 컸다. 애초에 용의자의 정신 상태가 불안정해서는 공판을 이어갈 수 없었다.

그런데 여러 가지 의도가 뒤섞이면서 사법기관이 처분을 고심하는 사이에 하필이면 경비가 허술한 틈을 타 우도 사유리가 의료교도소를 탈출하고 말았다.

경찰은 부랴부랴 전국 지명 수배를 내렸지만 이후 우도 사유리의 행방은 오리무중이었다. 그 여자가 설마 이렇게 자신들 앞에 나타날 줄이야.

모든 사람이 모니터에서 시선을 떼지 못하고 할 말을 잃었다.

***

6월 3일, 후지미 임페리얼 호텔 '비취홀'.

"자, 다들 잔 드셨습니까? 졸업한 지 어언 25년. 변한 것도 있고, 변하지 않은 것도 있습니다. 하지만 우리의 우정과 바람은 여전합니다. 내년, 아니 다음 25년 후에도 이렇게 잔을 주고받을 수 있기를 바라며. 건배!"

식음료 담당 직원으로 위장한 우도 사유리는 히사카가 건배사를 외치고 단숨에 잔을 비우는 모습을 문틈으로 확인하고는 벙긋 웃었다.

다음 순간, 화려했던 연회장 분위기가 순식간에 뒤바뀌었다.

소리도 내지 못하는 사람들.

어리둥절한 모습.

곧이어 덮친 충격.

동창회 참석자 모두가 바닥에 쓰러져 괴로움에 몸부림치기 시작했다. 호텔 직원들은 갑작스러운 사태에 손도 쓰지 못하고 우왕좌왕했다.

신음과 비명, 오열과 절규. 그야말로 아비규환이었다.

흘긋 돌아보니 히사카는 이미 움직이지 않았다. 시안화칼륨은 즉효성 독극물이다. 치사량을 마시면 15분 이내에 죽는다. 독을 마신 스무 명은 거의 살아남지 못하리라.

허둥대는 직원들을 흘끔 곁눈질하며 사유리는 '비취홀'을 몰래 빠져나왔다. 장소에 어울리는 의상은 풍경의 한 부분이다. 마치 보호색처럼 자신을 숨겨준다. 사유리가 복도를 걸어도 신경 쓰는 사람은 아무도 없었다. '비취홀'에서도 그랬다. 직원실에서 뚜껑을 연 병을 옮겨 왔을 때도 단 한 사람도 사유리에게 주의를 기울이지 않았다. 사유리는 그저 CCTV가 있는 방향만 주의하면 그만이었다.

시치미를 뗀 얼굴로 직원용 엘리베이터에 올라탔다. 음식이나 기자재를 운반하는 용도로 사용되기에 사람이 별로 이용하지 않는다는 점이 편리했다.

지하 2층은 주차장과 바로 연결된다. 유니폼 차림으로

엘리베이터에서 내리자 미리 정한 위치에 검은색 왜건이 주차되어 있었다. 사유리는 뒷좌석 문을 열고 몸을 밀어 넣었다.

"결과는?"

"최고."

대답하며 유니폼을 벗었다. 원래는 린넨실에 있던 옷을 빌려 입었지만 자신의 땀과 모발이 묻은 지금은 되돌려 줄 수 없었다. 이대로 들고 가서 소각해야겠지.

"그런데 몇 명은 소프트드링크였어. 그 사람들은 어쩌면 살 수도 있어."

"그래."

사유리가 옷을 갈아입는 사이에 왜건이 출발했다. 운전대를 잡은 그녀는 소프트드링크를 주문한 사람이 누구인지는 관심이 없다는 말투였다.

"수고했어. 답례는 앞좌석 등받이 뒤에 넣어놨어."

그녀의 말에 등받이 뒤에 손을 넣자 지폐가 든 종이봉투가 나왔다. 사유리가 봉투 속을 확인했다. 약속한 금액이었다.

오랫동안 이렇다 할 목돈을 손에 쥐지 못했다. 당분간은 비즈니스호텔에 묵을 수 있겠다.

의료교도소를 탈옥한 지 몇 주 지나자 도피자금이 바닥났다. 마지못해 일자리를 찾았지만 이력서 없이 고용해 주는 곳은 드물었다. 운 좋게 뒷구멍으로 들어가도 원수 같은 지명 수배 때문에 의심받기 전에 스스로 그만둘 수밖에 없었다.

사유리는 문득 흥미가 솟았다.

"질문해도 돼?"

"내가 대답할 수 있는 거라면."

"그 동창회 참석자 중에 도대체 누가 그렇게 미웠어?"

참석자 가운데 누가 무엇을 마실지 미리 알 수 없다. 안다고 해도 사유리가 해당 인물에게 독이 든 잔을 건넨다는 보장도 없다. 분명하게 표적의 숨을 끊어 놓으려면 모든 잔에 독을 넣는 방법이 가장 확실했다. 히사카라는 의원에게 잔을 건넬 때 종이 냅킨 바깥쪽에 종잇조각을 겹쳐 놓으라고 지시했지만 그렇다고 그 사람이 표적이었다고는 할 수 없다.

사유리가 대답을 기다리는데 곧바로 운전석에서 목소리가 되돌아왔다.

"그건 대답할 수 없는 질문이네."

가모우 미치루의 대답은 몹시 차가웠다.

다카하마
유키미

I

6월 20일 오전 6시 45분, 신주쿠 도쿄도청의 대형 버스 전용 주차장.

출근하는 직장인들이 슬슬 눈에 띄기 시작할 무렵, 버스 탑승장에는 스무 명 남짓한 사람이 모여 있었다. 70대로 보이는 부부부터 여성 직장인 그룹까지 남녀노소가 모두 모였다. 눈에 띄지 않는 것은 커플 정도일까. 개중에는 혼자 참가한 여성도 있는데 사람들에서 떨어진 곳에 우두커니 서 있었다. 자외선 차단용인지 챙이 넓은 모자를 써서 얼굴도 나이도 알 수 없었다.

"꽤 다양하게 모였군."

다카하마 유키미
85

쓰지쿠라 사와코의 옆에서 주변을 둘러보던 마사토가 중얼거렸다. 마사토와 사와코는 벌써 환갑이 지났지만 노인만 바글거리는 것은 싫었다. 자신들보다 젊은 승객을 보는 시선에 왜인지 생기가 돌았다. 젊은 여자라서 시선을 빼앗긴 것이 아니라 젊음 자체에 향수 비슷한 감정을 느낀다는 사실을 알기에 화나지 않았다. 솔직히 사와코도 그런 경향이 있어서 60대면 아직 중년이라고 늘 스스로에게 말하곤 한다.

쓰지쿠라 부부가 참가한 투어는 '도가리 수타 소바와 온천'이라는 1박 여행 상품이었다. 숙박지는 그럭저럭 유명한 숙소로 팸플릿에 실린 저녁 식사도 고급스러웠다. 일반 예약이면 둘이서 3만 6천 엔 정도인데 여행사 기획 상품은 세금을 제하고 1만 9천 8백 엔이다. 거의 절반이나 저렴한 금액에 온천을 좋아하는 쓰지쿠라 부부는 묻지도 따지지도 않고 재빨리 예약했다.

"저가 투어인데 인기가 별로 없나?"

마사토가 조금 아쉬운 듯 말했다.

"수타 소바 먹고 온천을 하는 것뿐이잖아. 다른 사람들은 좀 더 다른 옵션이 붙은 투어를 선택하겠지."

일정표에는 6시 50분 집합, 7시 출발이라고 적혀 있다.

정각이 가까워지자 기다리던 고속버스가 나타났다.

"오래 기다리셨습니다."

정차한 버스에서 가이드로 보이는 여성이 내렸다.

"'도가리 수타 소바와 온천 투어' 참가 손님들이시죠? 손가방 외에는 짐칸에 실어 주세요."

사와코와 남편은 여행용 캐리어 한 개만 맡긴 뒤 버스에 올라탔다. 좌석은 투어를 신청했을 때 지정해 뒀다. 쓰지쿠라 부부는 버스 정면을 바라보는 방향에서 오른쪽 거의 중간 자리였다. 총 60석인 대형 버스로 내부는 넓고 좌석도 넉넉했다. 목적지인 도가리 온천까지는 약 5시간 30분. 짧지 않은 시간을 쾌적하게 보내기 위한 충분한 시설이라고 할 수 있었다.

집합 시간에서 10분이나 지나자 좌석이 절반 정도 찼다. 아무래도 참가자는 서른 명이 안 되는 듯해 한 좌석씩 떨어져 앉게 됐다. 만원 버스가 싫은 사와코에게는 안성맞춤인 승차율이었다. 아까 본 홀로 온 여자는 운전석 바로 뒤에 앉았다. 예의 없게도 버스 안에서까지 모자를 쓰고 있었다. 하기야 레스토랑도 아닌데 예의 없다는 표현은 조금 지나친 듯하다.

7시 10분. 참가자가 모두 모였는지 가이드가 승객들을 둘러봤다. 사와코도 몇 명인지 세어 봤는데 자신과 남편을 포함해서 탑승자는 총 스물여덟 명이었다.

"여러분, 안녕하세요. '도가리 수타 소바와 온천 투어'를 신청해 주셔서 감사합니다. 저는 가이드 다카하라라고 합니다. 도가리까지 함께 여행하게 되었으니 무엇이든 편하게 말씀해 주세요."

가이드의 안내가 끝나자 버스가 스르르 출발했다. 아쉽게도 하늘은 흐렸지만 예보에 따르면 목적지인 나가노는 쾌청하다고 하니 사와코는 별로 신경 쓰이지 않았다.

"지금부터 버스는 네리마 구청, 지쿠마가와사카키, 조신에쓰도야시로, 마쓰시로 휴게소, 나가노 인터체인지 앞, 가와나카지마고전장을 거쳐 목적지인 도가리 온천으로 향합니다. 도착 예정 시각은 12시 35분에서 45분으로 예상하지만 도로 사정과 날씨에 따라 바뀔 수 있으니 미리 양해 부탁드립니다."

고속도로에서는 각 정류장에서 10분에서 25분 정도 휴식한다. 화장실을 자주 가는 사와코에게는 참 다행이었다.

"또한 각 정류장에서 휴식 시간이 지나면 모두 탑승하지 않으셔도, 죄송하지만 그대로 출발하겠습니다."

투어라고 해도 여행 전담 인솔자가 아니므로 당연한 대

처다. 미리 공지해야 할 정도로 지각하는 사람이 많다는 방증이리라.

"말만 저렇게 하는 거겠지."

"응."

"그래 봤자 여행사랑 버스회사는 항의가 들어올까 봐 무서워서 막판까지 기다릴 거야. 우리나라에서나 그런 사람들 기다려 주지, 외국은 안 기다리고 바로 출발한다고."

마사토는 가이드의 설명에 이러쿵저러쿵 말참견을 잊지 않았다. 젊었을 적부터 버릇이었는데 정년퇴직한 뒤로는 더욱 심해졌다. 불평은 노화 현상 중 하나라고 들어서 주의가 필요하지만 사와코도 비슷한 불만을 느꼈기에 반박하지 않았다.

일단은 전세버스지만 가이드가 필요 이상으로 시끄럽지 않아 느낌이 좋았다. 저가 투어라서 서비스를 제한한다고도 생각할 수 있지만 이른 아침부터 도쿄도청에서 기다렸던 승객 중에는 지금부터 잠을 자고 싶은 사람도 있을 테니 이 또한 다행이었다. 사와코와 마사토도 나가노는 벌써 네 번째이기에 유명 관광지에 빠삭했다. 이미 알고 있는 정보를 새삼 들어 봤자 지루할 뿐이었다.

"그런데 다섯 시간 반 동안 계속 앉아 있어야 하다니 허리

아플 것 같아."

"버스 여행은 시간이 오래 걸려서 피곤하지만 그래도 온
천에 몸을 담갔을 때 해방감은 기가 막히잖아."

"그건 그렇지만 돌아올 때도 버스를 타고 와야 하잖아. 모
처럼 온천 하면서 재충전했는데 또 장시간 여행으로 피곤
이 쌓이면 도로아미타불이라고."

"진짜 이 양반이. 버스 탄 지 얼마나 됐다고 벌써부터 불
만이야."

"당신도 여행 갔다가 집에 오자마자 역시 집이 최고라는
둥 말하잖아. 미리 말하냐 늦게 말하냐 차이야."

사실이기에 사와코는 받아칠 수 없었다. 역시 불평불만이
많은 부부라는 사실은 부정할 수 없었다.

도쿄를 벗어나자 예상대로 날씨가 좋아졌다. 구름 사이로
햇빛이 비치기 시작하자 앞으로의 여정이 기대됐다.

"저기요, 데루에 씨. 막 신나죠? 신칸센이나 비행기도 좋
지만 이런 장거리 버스 여행도 매력 있다니까요."

"저는 여행을 진짜 오랜만에 가는 거라 잘 몰라서요."

여행에 익숙한 사와코와 마사토는 버스에서 큰 소리로
떠들지 않았지만 뒷자리에 앉은 노부인 콤비는 다소 배려
가 없는 태도로 떠들었다. 마사토는 노골적으로 싫은 표정

을 지었지만 사와코는 너그러웠다. 여행길에서 마음이 맞는 사람끼리 이런저런 이야기를 나누는 것도 여행의 묘미다. 그러나 온천이면 온천, 식사면 식사라고 머릿속에 한 가지 생각밖에 없는 마사토는 모처럼의 즐거움을 망친다는 생각 밖에 들지 않았다.

"이런, 데루에 씨 오랜만이라니요. 우리처럼 혼자 사는 사람들한테는 인생의 낙이 하나쯤은 있어야 한다고요. 집에 있는 말벗이라고는 텔레비전 정도밖에 없는데, 그렇다고 해서 텔레비전을 앞에 두고 고개를 끄덕이거나 화내 봤자 허무하잖아."

"애초에 사키요 씨는 사교성이 좋으니까 괜찮잖아요. 나 야말로 가족이 있던 옛날이나 지금이나 밖에 나가는 법이 거의 없거든요."

"아아, 자기는 가족을 한꺼번에 잃었으니 더 집에만 있겠 구나. 밖에 나가면 나가는 대로 동네가 시끄러웠을 테니."

"이제야 겨우 말하는데, 동네에 퍼진 소문이랑 뒷담화가 가장 힘들었어요. 당신을 생각해서 하는 말이라고 떠드는 사람이 제일 심한 말을 하더라고."

"집에 가만히 앉아 있어도 공격을 받는다니. 그럴 때일수 록 여행을 떠나야 한다니까."

다카하마 유키미

"그래서 사키요 씨와 여행 친구가 돼서 정말로 좋았어요. 그대로 집구석에 틀어박혀 있기만 했으면 분명 신경증이나 우울증에 걸렸을 거야."

아무래도 데루에의 가족에게 엄청난 불행이 닥쳤던 듯하다. 여행 친구를 사귀어 여행의 즐거움에 눈을 떴다면 기쁜 일이라고 사와코는 생각했다.

그저 평범한 나날을 살기만 해도 슬프거나 괴로운 일이 찾아온다. 병과 가난이 아예 사라지지 않는 한 언제 어디든 비극은 널려 있다. 그리고 병과 가난이 자신들과 전혀 무관하다고 단언하지 못하므로 그만 절실한 생각이 들고 만다.

사람도 말과 소처럼 방목이 필요하다. 세상 근심을 덜고 몸과 마음을 재충전할 장소가 있어야 한다. 자신이 여행을 좋아해서 다행이었다.

버스는 별일 없이 네리마 구청, 지쿠마가와사카키, 조신에쓰도야시로를 지났다. 염려했던 교통 정체도 없어 예상대로 지극히 순조로운 여행길이었다.

가이드 다카하마가 버스 통로를 지날 때 마사토가 말을 걸었다.

"저기, 가이드님. 다음 휴게소에서는 몇 분이나 쉽니까?"

"식사와 기념품 구매 시간까지 해서 25분입니다."

"25분이라니 꽤 기네요."

"아뇨, 그렇지도 않아요. 기념품을 이것저것 고르다 보면 25분은 눈 깜빡할 사이에 지나가거든요. 예전에는 15분이었는데 시간을 더 달라고 요청하는 손님들이 많을 정도였답니다."

왜인지 즐거운 말투에 사와코가 두 사람 사이에 끼어들었다.

"가이드님도 기념품 사고 그래요?"

"사실 좀 기대하고 있어요."

다카하마가 장난스럽게 웃어 보였다.

"지난달부터 신주쿠에서 나가노로 가는 버스를 맡았는데 나가노는 꽤 소박하지만 맛있는 음식이 많은 곳이에요. 오야키*나 호두 버터처럼요."

"아, 나도 그거 정말 좋아해요. 덜 달아서 나도 모르게 너무 많이 먹고 만다니까."

"그쵸? 정말 맛있는 건 지갑과 몸에 해롭다니까요."

살갑게 웃는 다카하마를 보니 자신의 얼굴에도 절로 미소가 번졌다. 일상생활에서는 어울릴 일 없는 상대와 만나

---

* 밀가루 반죽에 다양한 소를 넣어 찌거나 구워 만든 나가노의 대표 향토 음식.

나눌 일 없는 대화를 나누며 기분이 들떴다. 이 또한 여행의 묘미였다.

한바탕 이야기꽃을 피우자 슬슬 마쓰시로 휴게소가 가까워졌다. 현재 시각 10시 40분. 거의 예정대로였다.

버스가 휴게소 주차장에 들어서자 그동안 화장실을 참았던 듯 승객들이 일제히 뛰어내렸다. 화장실이 아니더라도 오랜 시간 좌석에 묶여 있었으니 밖으로 나가고 싶은 것은 당연했다.

사와코와 마사토도 예외는 아니었다. 다른 사람들보다 늦게 차에서 내렸다. 정신을 차리고 보니 다카하마도 보이지 않았고, 버스에 남은 사람은 운전기사 한 명뿐이었다.

바깥 공기는 상쾌하고 건조했다. 사와코는 마사토와 함께 힘껏 기지개를 켰다.

나가노의 하늘은 도쿄보다 높아 보였다. 바라보고 있으니 마치 몸이 떠오르는 기분이었다.

역시 오기를 잘했다.

마사토와 눈짓하고 안으로 들어갔다. 레스토랑이 없어서 푸드코트와 쇼핑 코너만 돌았다.

다른 승객들과 다카하마가 기념품을 고르거나 셀프 카메라를 찍는 가운데 챙 넓은 모자를 쓴 여자만 혼자서 코너를 서성댔다. 어느 것에도 관심이 없고 그저 정해진 코스를 따라 걷는 듯 보였다.

"여보, 저 사람."

사와코가 팔꿈치로 쿡쿡 찌르며 관심을 끌었지만 마사토는 고개를 저었다.

"그만해. 처음 보는 사람 꼬치꼬치 캐지 말고."

"처음 보는 사람이 아니면 캐도 되고?"

"그런 말이 아니잖아."

그런데 두 사람이 말하는 사이에 몸집이 작은 그 여자가 빠른 걸음으로 화장실 쪽으로 사라졌다.

"저거 봐. 분명 전에 이 휴게소에 와 본 적 있어서 화장실 위치를 아는 걸 거야."

마사토는 그렇게 결론 내렸지만 사와코는 위화감을 느꼈다. 화장실은 건물 안뿐 아니라 밖에도 있다. 예전에 와 본 적이 있다면 처음부터 건물 밖 화장실로 바로 갔을 것 아닌가.

하지만 그 여자를 미행할 정도의 호기심은 아니었으며 사와코의 관심은 쇼핑 코너의 노자와나*로 향했다.

* 일본의 갓류 채소.

다카하마 유키미

11시 정각이 되어 사와코와 마사토는 버스로 돌아왔다. 차 안을 둘러보니 이미 70퍼센트 정도 자리가 찼다. 이런 추세라면 약속 시간에는 몇몇을 제외하고는 거의 전원이 탑승할 것으로 보였다.

역시 11시 5분에서 2분 지났을 무렵 "죄송합니다" 사과하며 여성 직장인 그룹이 버스에 다급하게 올라탔다. 그리고 3분 후, 70대로 보이는 부부가 비치적비치적 올라탔다.

그러나 가이드 다카하마는 우울한 얼굴로 승객을 셌다. 사와코도 세어 봤는데 그들 부부까지 스물일곱 명밖에 되지 않았다.

한 명이 없다.

누가 늦는지는 안 봐도 뻔했다. 운전석 바로 뒤에 앉았던 체구가 작은 여자의 모습이 보이지 않았다. 좌석 발밑에 작은 가방이 놓여 있으니 돌아오지 않을 리 없다.

"좀 찾아보고 올게요."

다카하마가 말하며 버스에서 내렸다. 일이라지만 힘들겠다고 사와코는 생각했다. 아무리 나이를 먹어도 단체행동에 적응하지 못하는 사람이 있다. 그런 부류까지 챙겨야 하니 버스 가이드도 어린이집 교사와 다르지 않은 중노동이라고 동정심이 일었다.

20분 후, 다카하마가 지친 얼굴로 돌아왔다. 운전석 뒷좌석이 여전히 비어 있는 모습을 확인하고는 한숨을 쉬었다.

"여기 앉았던 손님 보신 분 안 계신가요?"

그 순간 사와코가 손을 들었다.

"쇼핑 코너에서 화장실 쪽으로 가는 걸 봤어요."

"휴게소 화장실은 다 찾아봤는데 거긴 아니에요. 아무 데도 안 계세요."

그러자 다른 승객들이 불만을 터뜨렸다.

"저기요, 가이드님. 벌써 25분이나 지났어요. 이 정도면 늦는 사람 잘못이니까 빨리빨리 출발합시다."

"맞아, 맞아. 우리도 숙소에 도착해서 뭘 할지 다 계획을 짜놨다고."

"길이 막히거나 사고 때문에 늦는다면 어찌저찌 이해하겠지만 말이야. 이건 완전히 개인 사정이잖아요."

"기다리는 것도 정도가 있지."

역시 승객들은 기분이 상했고 분위기가 나빠지면서 말도 점점 험해졌다.

"죄송합니다. 조금만 더 기다려 주시겠어요?"

다카하마는 초조하게 얼굴을 찌푸리며 손목시계를 계속 노려봤다. 그리고 약속 시간에서 30분이 지났을 때, 마침내 고개를 들었다.

"어쩔 수 없네요. 출발하겠습니다."

다카하마의 말을 신호로 버스는 무심히 출발했다. 아니, 30분이나 기다렸으니 충분히 기다릴 만큼 기다렸다고 할 만했다.

버스가 달리기 시작하자 험악했던 분위기가 순식간에 부드러워졌다. 뒤이어 찾아온 것은 거북한 감정이었다. 늦은 사람 책임이니 출발을 재촉한 자신들은 잘못이 없었다. 그러나 두고 온 여자를 생각하면 조금 미안하기도 했다.

이런 경우 낙오된 승객은 예약한 숙소에 연락해 픽업을 부탁하거나 휴게소에서 히치하이크하는 수밖에 없었다. 아무튼 본인 책임이므로 부득이하게 추가 비용이 드는 것은 각오해야 하리라.

"왜 늦었는지는 모르겠지만 돈 많이 깨질 거야."

마사토는 남의 일이라고 냉정한 어조로 말했다.

"어쩌면 갑자기 몸이 안 좋아져서 어디 쓰러졌을지도 모르잖아."

"그럼 주변 사람들이 그냥 내버려 뒀겠어? 애당초 갑자기 상태가 안 좋아질 지병이 있는 사람이 혼자 여행하는 게 잘못이지."

맞는 말이라서 반박할 말이 떠오르지 않았다.

이윽고 나가노 인터체인지까지 몇 킬로미터 남지 않은 그때였다.

사와코와 마사토는 믿을 수 없는 광경을 목격했다.

운전석 바로 뒤, 비어 있던 좌석이 갑자기 폭발한 것이다.

귀청을 찢는 굉음과 불기둥.

박살 난 의자의 우레탄과 스프링이 사방으로 튀고 검은 연기가 주위를 태웠다.

사와코 바로 옆에서 "으윽" 하고 맥 빠진 소리가 새어 나왔다. 옆자리를 살피니 마사토의 오른쪽 눈에 스프링 일부가 박혀 있었다.

사와코는 비명을 지를 틈도 없었다.

폭발의 여파로 다카하마가 날아가 버스 문에 처박혔다. 유리가 깨졌는지도 다카하마가 얼마나 다쳤는지도 곧바로 판단할 수 없었다.

"꺄아악!"

"으악!"

"살려줘!"

"아아악!"

비명을 지르는 사람은 그나마 나은 편이었다. 승객 대부

다카하마 유키미

99

분은 눈과 입을 크게 벌리고 몸이 굳어 꼼짝도 못 했다.

곧이어 박살 난 의자에서 모습을 드러낸 불길이 맹렬한 기세로 치솟았다. 사나운 불길이 순식간에 운전석으로 손을 뻗어 운전기사를 뒤에서 감싸 안았다.

"으아아아악!"

폭발이 일어났을 때조차 간신히 제 기능을 하던 인내심과 사명감이 허무하게 산산이 부서졌다. 운전기사는 기이한 비명을 지르며 운전대를 놓아 버렸다.

버스가 갈지자로 비틀대기 시작했다. 승객 대부분이 안전벨트를 하지 않은 바람에 일제히 몸이 휘청댔다.

생각할 겨를도 없이 가장 큰 충격이 승객들을 덮쳤다.

버스가 가드레일과 이어지는 방음벽을 정면으로 들이받은 것이다.

버스가 방음벽을 빠른 속도로 들이받으며 세로로 솟은 방음벽이 단두대 역할을 했다. 왼쪽에 앉은 승객들은 버스와 함께 몸이 갈기갈기 찢어지거나 찌부러졌다. 사와코의 눈앞에 잘린 여자 목이 날아왔다.

굉음과 파열음에 단말마의 비명도 지워졌다. 사방으로 튀는 피와 살점이 비명을 대신했다.

사와코와 마사토의 좌석 바로 옆이 방음벽에 부딪쳤다.

대형 버스가 아무런 방해물도 없이 케이크처럼 잘렸다.

　도저히 현실에서 벌어지는 광경 같지 않았다.

　시각을 제외하고는 모든 감각이 마비된 탓인지 억겁의 시간처럼 느껴졌다. 방음벽에 완전히 두 동강 난 버스가 이내 좌우로 갈라졌다. 사와코와 마사코가 앉았던 오른쪽은 천천히 기울어 마침내 도로로 넘어졌다.

　마지막 충격이었다.

　갈라진 버스가 도로와 격렬하게 부딪치면서 승객 절반은 직격탄을 맞았다. 온몸을 부수는 듯한 충격이었다.

　아아, 나는 여기서 죽는구나.

　혼란스러운 생각의 일부만이 부자연스러울 정도로 명료하게 각인됐다. 몸이 허공에 떠오른 것을 느꼈다.

　그러나 사와코의 몸이 땅으로 떨어지는 순간 단단한 몸이 감싸 안았다.

　마사토였다.

　남편의 얼굴이 사와코를 똑바로 바라봤다. 눈은 이미 빛을 잃어가고 있었지만 오로지 사와코만을 바라봤다.

　여보!

　목이 터져라 외쳤지만 목소리가 나오지 않았다.

　다음 순간, 사와코의 의식이 뚝 끊겼다.

다카하마 유키미

2

오전 11시 50분경, 조신에쓰자동차도 나가노 인터체인지 부근에서 대형 버스 충돌 사고 발생.

소식을 받은 나가노현 고속도로 교통경찰대가 곧바로 현장으로 출동했을 때 요코미네 대장을 비롯한 수사관들은 말도 안 되는 광경을 목격했다.

대형 버스가 방음벽에 세로로 절단되어 왼쪽 좌석에 앉은 승객 대부분의 사체가 본래 모습을 알아볼 수 없을 정도로 심각하게 손상되어 있었다.

오른쪽 좌석 승객들도 결코 운이 좋았다고 말할 수 없었다. 어떠한 원인으로 불이 난 듯 운전석 주변에서 큰 불길이 일어 요코미네와 수사관들이 도착했을 때도 여전히 불타고 있었다. 불에 타고 재만 남은 자리에서 거의 탄화된 사체가 발견됐는데 운전기사로 추정됐다.

오른쪽 좌석 승객들은 버스째로 길 위에 쓰러져 충돌했는데 이쪽도 대부분 사람의 형체라고 할 수 없는 모습으로 내동댕이쳐졌다. 버스가 방음벽에 세게 부딪치며 충격을 받은 다음 길바닥에 부딪치며 또다시 충격을 받고 원심력 때문에 날아가 내동댕이쳐져 대부분 한눈에 봐도 즉사했음을 알 수 있었다.

먼저 도착한 구급대원들의 얼굴이 하나같이 음울해졌다. 당연한 일이다. 소식을 듣고 출동했지만 현장에는 그들이 활약할 자리가 보이지 않았다. 목숨을 구하기에는 이미 너무 멀리 간 육체가 아무렇게나 흩어져 있기 때문이었다.

지옥도.

요코미네의 머릿속에 식상한 세 글자가 떠올랐다. 이날 이때까지 진부한 비유라며 우습게 생각했건만 이 참상을 표현하기에 가장 어울리는 단어였다.

요코미네와 수사관들의 역할은 교통사고·사건의 전말을 밝히는 일이지만 피해자의 생존을 확인하는 구급대원을 보고 있노라니 꼼짝하지 않고 서 있기 고통스러웠다.

이윽고 요코미네와 수사관들도 생존자 확인에 나섰다.

현장에는 매캐한 탄내와 부패하기 시작한 사체 냄새와 엄청나게 흐르는 피 냄새가 뒤섞여, 사체에 익숙한 수사관들조차 구역질이 올라왔다. 교통 통제로 차량을 막은 것은 정답이었다. 이런 참상을 사람들에게 보일 수 없었다. 현장이 워낙 넓다 보니 블루 시트로 덮어 감추는 것도 한계가 있었다. 정신을 차리고 보니 언론사 헬리콥터가 아득히 높은 하늘을 선회하고 있었다. 이 자리에 지대공 미사일이 있

다면 당장이라도 쏘아서 떨어뜨리고 싶다는 생각에 사로
잡혔다.

생존자 확인이 진행되면서 현장에는 절망과 진혼의 분
위기가 흘렀다. 요코미네는 교통경찰대에 몸을 담은 지 제
법 오래됐지만 이 정도로 피해자가 많고 참혹하기 이를 데
없는 현장은 처음이었다. 적어도 지금은 구하지 못한 생명
의 명복을 빌고 사고의 전말을 밝히는 데 매진할 수밖에 없
었다.

침울한 기분으로 쉬지 않고 작업하는데 얼마 지나지 않
아 여기저기서 생존자 확인 소리가 들려왔다.

"여성 한 명, 생존 확인."

"여기도 여성 한 명 생존 확인. 시급히 구조 바랍니다."

생존이 확인될 때마다 함성이 터져 나왔다. 어둠 속에서
한 줄기 빛을 보았기 때문이리라.

그러나 한 줄기는 어차피 한 줄기일 뿐이다. 생존자 확인
은 사망자 수를 파악하는 일이기도 했다. 그리고 이번 사고
는 본 모습을 알아볼 수 없는 사체가 많아서 피해자 개개인
을 파악하기 어려우리라는 것은 쉽게 짐작할 수 있었다.

구급대와 교통경찰대의 합동 조사 결과 사망자 스물여섯
명, 중상자 두 명, 경상자 한 명으로 밝혀졌다. 수사본부는

투어를 기획한 '미래여행'에서 참가자 명단을 확보해 피해자 가족에게 연락한 뒤, 피해자 복장과 소지품으로 신분을 특정했다.

○ 사망: 아즈마 사키요, 아가와 게이타, 아가와 마스미, 가몬 고타로, 가몬 나미, 가노 마스미, 사토 이치로, 사토 요코, 다카노 게이코, 다카하시 후미, 다카하마 유키미(버스 가이드), 쓰지쿠라 마사토, 도노야마 히데후미, 도노야마 시즈카, 나리미야 히카리, 니카이 쇼스케, 니카이 마치코, 노노미야 데루에, 하네다 기이치로, 하네다 미도리, 히노 다카요시, 히노 기쿠코, 후지사와 모토키(운전기사), 마키타 쇼코, 미쓰하시 다카코, 모리자와 가나. 이상 스물여섯 명.
○ 중상: 베니무라 아키, 야기 스미코. 이상 두 명.
○ 경상: 쓰지쿠라 사와코.

사고를 낸 대형 버스가 다른 차량과 충돌한 흔적이 없다는 점과 대형 버스 근처에서 달리던 차량의 블랙박스 영상을 근거로, 초동수사 단계에서는 운전기사가 운전대를 잘못 조작해서 방음벽을 들이박았다는 견해가 대세였다.

그런데 운전석이 불탄 흔적이 두드러진 점에 의문이 생

겨 과학수사연구원에 분석을 의뢰한 결과 화약과 가연성 물질이 검출되면서 수사 방향은 순식간에 변했다.

게다가 유일하게 가벼운 부상을 입은 쓰지쿠라 사와코가 의식을 되찾고 조사에 응하면서 사고 직전 상황도 차츰 드러났다. 덧붙여서 쓰지쿠라 사와코가 경상에 그친 것은 남편 마사토가 쿠션 역할을 하면서 심한 충격을 흡수했기 때문이었다. 사와코는 남편이 자신을 살리려다가 죽었다는 사실에 울음을 터뜨리며 한동안 대화를 나눌 수 없는 상태였다. 한 시간쯤 사와코를 달래고 나서야 겨우 이야기를 들을 수 있었다.

사와코의 증언은 운전석 근처에서 화약과 가연성 물질이 검출된 사실을 뒷받침했다.

질문한 요코미네는 자신이 흥분했다는 사실을 깨달았다.

"쓰지쿠라 씨. 힘드신 건 이해합니다만, 부디 냉정하게 대답해 주시기 바랍니다. 폭발이 처음 일어난 곳은 운전석 바로 뒤였지요?"

"네…… 갑자기 좌석이 폭발하면서 불꽃이 치솟았어요."

치솟은 불길은 운전석에 있던 후지사와를 그대로 덮쳤고, 불덩이가 된 후지사와가 운전대에서 손을 떼자마자 버스가 비틀대기 시작했다고 진술했다. 갈지자로 달리던 버스가 방음벽을 정면으로 들이받았다는 목격 증언과도 일치했다.

"폭발한 좌석에 수상한 물건은 없었습니까?"

"잠시만요."

사와코는 당시 기억을 더듬듯 잠시 눈을 감았다.

"……원래 그 자리는 몸집이 작은 여자 자리였어요. 그 사람이 들고 탔다가 의자 밑에 두고 내린 가방이 있었거든요. 수상한 물건인지는 모르겠지만."

현재 투어 참가자 가운데 생사를 확인할 수 없는 인물이 한 명 있었다. 이름은 히메노 아사코였다.

"휴게소 쉬는 시간에서 30분이나 지났는데도 돌아오지 않아 그 사람을 두고 출발했어요. 그러고서 10분 뒤쯤에 폭발한 것 같아요."

"그 여성의 인상착의는 기억나십니까?"

"그게…… 신주쿠 도쿄도청에서 버스를 탈 때부터 계속 챙 넓은 모자를 쓰고 있어서."

버스 안에서도 모자를 벗지 않은 점부터가 부자연스러웠다. 장거리 버스 여행에서 할 수 있는 것이라곤 창밖 경치를 보는 일 정도밖에 없다. 그런데도 모자를 계속 쓰고 있었다는 점은 앞뒤가 맞지 않았다.

얼굴을 드러내고 싶지 않았기 때문이라는 추측이 가장

합당했다.

사고 차량과 같은 차종의 대형 버스로 확인한 결과 블랙박스 촬영 범위는 운전석 앞뒤였다. 칸막이 등 차단막은 있지만 운전석 바로 뒷좌석도 당연히 촬영 범위였다. 범행을 계획한 단계에서 얼굴을 숨기려고 애쓰는 것이 당연했다.

분명 계획 범행이다.

요코미네는 그렇게 판단했다. 히메노 아사코라는 인물이 폭발물을 넣은 가방을 일부러 놓아둔 뒤 마쓰시로 휴게소에서 위험한 대형 버스를 벗어난다. 가방 속 내용물이 폭발하면 앞자리 운전기사에게 피해가 미치며 운전대를 제대로 움직일 수 없게 되는 것은 당연한 이치다. 고속도로 위에서 운전대를 제어하지 못하는 대형 버스의 결말은 쉽게 짐작할 수 있다.

조사를 마친 요코미네에게 새 증거가 배달됐다. 사고 차량에 설치된 블랙박스 영상이었다. 불길에 휩싸여 차량이 완전히 부서진 충격으로 크게 망가진 블랙박스를 과학수사연구원이 복원했다.

요코미네를 비롯한 수사본부 인력들이 영상에서 눈을 떼지 않았다.

영상은 도청 대형 버스 전용 주차장부터 시작됐다. 차례로 탑승하는 승객 사이에 섞여 챙 넓은 모자를 쓴 히메노 아사코가 운전석 바로 뒤에 앉았다. 카메라가 높은 곳에 설치된 바람에 여자의 얼굴이 모자에 가려져 전혀 보이지 않았다.

영상이 재생되면서 히메노 아사코에게 이상한 점이 발견됐다. 홀로 앉아 차창 밖을 바라보지도 책을 읽지도 않고 마치 마네킹처럼 앉아 자세를 바꾸지 않았다. 화기애애하게 대화를 나누는 다른 승객들과 비교되어 더욱 눈에 띄었다.

움직임을 보인 시각은 10시 40분, 마쓰시로 휴게소에 도착했을 때였다. 히메노 아사코가 자리에서 일어났고 좌석이 비었다. 히메노 아사코는 그대로 돌아오지 않았고 정각을 지나 30분 후에 버스가 출발했다. 그리고 타임 코드가 11시 48분을 표시하는 순간, 이상 사태가 발생했다. 갑자기 운전석 바로 뒤에서 폭발이 발생해 화면이 크게 흔들렸다. 등 뒤에서 일어난 불길에 불덩이가 된 후지사와가 운전대를 놓고 벌떡 일어섰다.

흔들리던 영상이 멈춘 것도 잠시, 버스가 방음벽을 들이받으면서 차체가 금속 벽에 갈라졌다.

참혹한 장면에 영상을 전달한 과학수사연구원의 미야시타는 요코미네와 똑같이 얼굴을 찌푸렸다.

"미야시타 씨. 이 영상으로 용의자의 3D 사진을 만들 수 있을까?"

"과학수사연구원 사람으로서 안 된다는 말을 죽어도 하기 싫습니다. 하지만 이 영상을 보셔서 아시겠죠, 힘들다는 걸 이해해 주세요."

"그렇겠죠."

"하지만 다른 정보가 있습니다."

미야시타가 내민 것은 A4 크기 파일에 적힌 성분표였다.

"경질 나프타, 라고요?"

"조제 가솔린이라고도 하죠. 끓는점이 섭씨 35~80도라서 연소하기 쉬운 것이 특징인데, 소이탄에 주입하는 가열 물질이라고 이해하시면 될 겁니다."

소이탄은 태평양전쟁 당시 도쿄 대공습에 사용된 무기다. 설마 현대 범죄 수사에서 그 이름을 듣게 될 줄이야.

"점착성 때문에 사방에 튀면 금방 끌 수 없습니다. 방금 영상에서 보시는 바와 같이 불덩이가 되죠."

"그럼 처음부터 운전기사를 노렸다는 말입니까?"

"폭발물 대부분이 소실돼서 현재 상황으로는 단언할 수 없지만 기폭장치는 짐작이 갑니다. 현장에서 타이머 부품 같은 게 발견되지 않았으니 기폭방법은 시한식이 아니라 원격식일 가능성이 큽니다. 휴대폰 수신부품으로 원하는 시간에 폭발시켰겠죠. 불에 타기 쉬운 경질 나프타가 사방으로 튀면서 불이 붙은 데다 범위도 넓었습니다. 운전 중이었다면 잠시도 버티지 못하죠. 물론 그 이후 벌어질 사고를 예견한 장치일 겁니다."

"테러리스트의 소행일 가능성은?"

"부정하지는 않겠습니다. 하지만 폭탄 자체는 고등학생 수준의 지식만 있으면 누구나 만들 수 있습니다. 요즘에는 인터넷에 제조 방법을 올리는 멍청한 인간들이 한둘이 아니거든요."

"잔류물로 최종 사용자를 추릴 수 있습니까?"

"아직 분석 중이지만 이런 간단한 폭탄은 특성상 부품도 구하기 쉬워요. 추리기 쉽지 않다고 보시는 게 나을 겁니다."

점차 모이는 물증과 목격 증언으로 드러나는 정황은 운전기사를 조준한 대규모 살인 계획이었다. 후지사와만을 노렸다면 마쓰시로 휴게소에서 후지사와 혼자 버스에서 대기하는 순간 터뜨리면 됐다. 그러나 고속도로를 달릴 때 폭발시킨 것으로 보아 승객을 끌어들이려던 의도가 명확했다.

하지만 대규모 살인 계획의 동기를 도무지 짐작조차 할 수 없었다.

피해자의 신원이 밝혀진 시점에서 투어 참가자 분류는 끝났다. 고령자 부부, 여행 친구 멤버, 직장인 여성 모임. 저가 투어에 참가할 정도니 적어도 부유층은 아니다. 굳이 따지자면 저소득층에 속한다. 테러 희생자에 어울리는 대상이라고 할 수 없어 또다시 동기를 짐작하기 어려웠다.

반사회적 성향이 강한 범죄자라고 프로파일링할 수도 있다. 그러나 이러한 성향을 보이는 케이스는 범인이 범행 성명을 밝히는 패턴이 적지 않은데 아직 그러한 움직임은 없었다.

고속도로를 달리던 대형 버스를 노린 대규모 살인. 그러나 요란한 범행과 달리 동기가 불분명한 점이 더욱 섬뜩했다. 과거에 발생한 교통사고와는 명백히 성격이 달라서 요코미네는 두려움을 느꼈다. 베테랑 경찰관의 심증으로는 적절하지 않지만 이 사건의 기저에는 음습한 증오가 깔려 있는 듯했다.

애당초 '미래여행'에 등록된 히메노 아사코의 정보는 허위였다. 주소와 비상 연락처도 휴대폰 번호도 전부 가짜여서 '미래여행'에 확인했더니 창구에서 여행 요금을 결제하면 그 자리에서 버스 좌석과 숙박까지 예약할 수 있기에 예기치 못한 사태가 발생하지 않는 한 여행사에서 투어 손님에게 연락할 일은 없다고 했다. 하다못해 신분증명서 제시를 의무화하면 좋았겠지만 국내 여행에서는 손님에게 그렇게까지 개인정보를 요구하지 않는다는 답변을 들었다.

수사본부는 마쓰시로 휴게소에서 버스에서 내린 히메노 아사코의 행방을 쫓을 수 있도록 휴게소 내에 설치된 모든 CCTV를 분석하기 시작했다. 범인으로 추정되는 신원불명 여성을 확보하는 것이 가장 중요한 수사방침이었다.

감식에서 흥미로운 보고가 올라온 것은 바로 그때였다.

"버스 가이드 다카하마 유키미의 소지품입니다."

감식과 사사무라가 내민 물건은 폭발과 화염으로 걸레짝처럼 너덜너덜해진 가방이었다.

"역시 명품이라 그런가. 겉은 완전히 타 버렸는데 속은 멀쩡한 편입니다."

"범인을 찾을 실마리가 될 만한 것이 나왔습니까?"

장갑을 낀 손이 가방 속에서 납작한 금속조각을 꺼냈다.

크기 5센티미터짜리 사각형, 타일 조각처럼 보이는데 무엇보다 요코미네의 시선을 잡아끈 것은 가운데에 새겨진 숫자였다.

'2.'

"재질은 황동. 숫자는 금속 가공기로 각인했습니다."

다카하마 유키미

"정교해 보이지는 않는데요."

"금속 가공기라고 하면 왠지 거창해 보이지만 이 크기라면 수작업으로 만들 수 있습니다. 알파벳이나 숫자 금형만 있으면 아마추어도 만들 수 있죠."

"하지만 금속 가공기를 가진 개개인은 적을 겁니다."

"요즘은 홈센터*에도 설치되어 있어요. 아직 일부 매장뿐이지만 돈만 내면 직접 만들 수 있습니다."

"이 황동판을 만든 금속 가공기를 특정할 수 있습니까?"

"불가능한 건 아닙니다. 금속 가공기 자체가 딱히 대량 생산할 수 있는 물건이 아니고, 제조사도 한정되어 있습니다. 하지만 최종 사용자가 제작자라고 할 수는 없으니까요."

제작자를 밝힐 방법은 나중에 검토한다고 치고, 당면 문제는 '2'의 의미였다.

"피해자가 원래 갖고 있던 물건일까요?"

"유족에게 확인하면 알 수 있겠죠. 마침 오늘 피해자 부모가 시신을 인수하러 올 겁니다."

다카하마 유키미의 부모는 약속 시간에 현경 본부를 방

---

* 　주거 공간을 스스로 꾸밀 수 있는 소재나 도구를 파는 상점.

문했다. 두 사람은 처음에는 기운이 없었다가 영안실에서
딸의 시신을 보자마자 어머니는 무너져 내려 통곡했다.

"행복을 찾으라고 붙여준 이름이에요."

어머니의 오열도 비통했지만 아버지의 중얼거림은 가슴
에 더욱 사무쳤다.

잠시 두 사람이 진정되기를 기다렸다가 소지품 확인을
요청했다.

"아직 사건 수사 중이라서 소지품은 수사 종료 후에 돌려
드릴 겁니다. 그 사실을 인지하시고 확인 부탁드립니다."

가방 속 내용물은 화장품 파우치와 지갑, 다이어리와 나
가노현 관광 안내. 그밖에 휴대용 오디오 플레이어가 들어
있었다. 부모는 하나하나 감회가 깊은 듯 확인했는데 마지
막으로 남은 황동판을 보고는 고개를 갸웃했다.

"이 '2'라고 적힌 판은 뭔지 모르겠네요."

두 사람은 미안하다는 기색으로 말했지만 그 말이야말로
요코미네가 바라던 것이었다.

황동판은 다카하마 유키미의 물건이 아니다.

이번 달 3일 마루노우치 '후지미 임페리얼 호텔'에서 발
생한 대규모 독살 사건의 기억이 아직 생생하다. 유례없는
희생자가 나왔을 뿐 아니라 피해자 중 한 명이 현직 국회의

다카하마 유키미

원인 히사카 고이치라는 사실이 세간의 이목을 끌었다.

그때 히사카 의원이 손에 종잇조각을 쥐고 있었다는 중요한 수사 정보를 언론에 숨겼다.

종잇조각에는 숫자 '1'이 적혀 있었다.

공개하지 않은 정보란 바꿔 말하면 비밀이자 범인만 아는 사실을 뜻한다. 따라서 이 황동판을 다카하마 유키미의 가방에 숨겨 둔 자가 바로 두 사건을 벌인 범인 혹은 관계자일 가능성이 농후했다.

요코미네는 긴장감을 떨칠 수 없었다. 이번 사건이 후지미 임페리얼 호텔 대규모 독살 사건과 관련 있다면 수사는 나가노현경 관할로 끝나지 않는다.

"여쭙겠습니다. 따님과 사망한 히사카 고이치 의원이 아는 사이였습니까?"

갑자기 튀어나온 뜻밖의 이름에 다카하마의 아버지는 의아한 표정을 지었다.

"아뇨…… 딸이 그런 소리를 한 적은 여태까지 한 번도 없어요. 무슨 문제가 있습니까?"

"그럼 따님이 누군가에게 원한을 산 적이 있습니까?"

그러자 이번에는 어머니가 대답했다.

"그런 적은 단 한 번도 없을 거예요."

단호한 말투였다.

"유키미는 절대 분에 넘치는 걸 탐하는 아이가 아니었어요. 게다가 남의 행복을 진심으로 축복할 줄 아는 아이였죠. 그런 아이가 어떻게 남에게 원한을 살 수 있겠어요."

어머니의 증언에는 힘이 느껴졌지만 일방적이기도 했다. 어머니의 말을 그대로 믿는 것은 위험하므로 직장 동료와 친구들의 증언을 들을 필요가 있었다.

"설마 유키미가 살해당한 건가요?"

조금 비겁하다고 생각했지만 요코미네는 당황하는 어머니를 아버지에게 떠넘기고는 교통경찰대가 있는 층으로 서둘러 걸음을 옮겼다.

자리에서 마음을 가라앉힌 후 경시청에 연락했다. 찾아낸 정보가 믿을 만한 것인지 아직 확신할 수 없기에 부장에게는 보고하지 않았다. 후지미 임페리얼 호텔의 대규모 독살 사건 담당자와 의견을 나누고서 심증을 굳히고 싶었다.

수사1과로 연결을 부탁해 사건 담당자를 지목했다. 잠시 기다리니 남자가 전화를 받았다.

—미야마입니다.

"안녕하십니까. 나가노현경 고속도로교통경찰대 요코미네라고 합니다. 갑자기 연락드려 죄송합니다."

—저희 쪽에서 일어난 대규모 독살 사건에 대해 궁금하시다고 들었는데요.

"네. 20일에 나가노 인터체인지 부근에서 발생한 대형 버스 충돌 사건을 아십니까?"

—물론입니다. 엄청난 대형 사고지 않았습니까. 그런데 왜 그러시죠?

"피해자 중 한 명인 버스 가이드의 가방 속에서 기이한 물건이 나왔습니다."

요코미네는 사건 개요와 숫자가 새겨진 황동판에 대해 설명했다.

전화기 너머의 분위기가 단숨에 바뀌었다.

—······흥미로운 이야기군요. 다만 저희 쪽 사건에서는 종잇조각, 그쪽 사건에서는 황동판이 사용됐군요. 이 차이점에 대해서는 어떻게 생각하십니까?

"어디까지나 제 의견이지만 범인은 버스가 불길에 휩싸일 상황을 예측했을 겁니다. 만약 저희가 숫자 '2'를 발견하기를 바랐다면 내화성이 있는 번호표여야 했죠. 황동판으로 준비한 이유는 그 때문이 아니겠습니까?"

—충분히 가능한 해석입니다. 저도 같은 생각입니다.

"후지미 임페리얼 호텔 사건 용의자는 좁히셨습니까?"

그러자 미야마가 생각지도 못한 이름을 꺼냈다.

"그 우도 사유리 말입니까? 하치오지 의료교소도에서 탈옥한 뒤 행방을 알 수 없었는데 설마 그 사건과 연관됐을 줄이야."

―대형 버스 충돌 사고와도 연관이 있다면 마쓰시로 휴게소에서 종적을 감춘 히메노 아사코는 우도 사유리일 확률이 높습니다.

"도대체 우도 사유리의 범행동기는 뭘까요?"

―하치오지 의료교도소에 수감된 용의자입니다. 이해 못할 동기를 진술한다고 해도 새삼 놀랍지 않을 겁니다.

어쨌든 서로가 확보한 수사자료와 정보를 공유할 이유가 더욱 커졌다.

―그런데 이 이야기는 위에 어디까지 들어갔습니까?

"위에고 뭐고 현재는 확증이랄 게 없어서 저 혼자만 알고 있습니다."

―그럼 새 정보를 바탕으로 한 추론도 저만의 망상일 수도 있겠군요.

"한번 만나야 할 것 같습니다."

―저도 동의합니다.

요코미네의 권유에 미야마는 나가노까지 걸음했다.

3

다음 날, 요코미네는 현경 본부를 방문한 미야마와 간략한 인사만 하고 사건의 상세 내용을 설명했다. 설명을 얼추 들은 미야마는 괴로운 얼굴로 물었다.

"번호표를 가지고 있던 사람은 버스 가이드인 다카하마 유키미였습니다. 이 점에 대해 어떻게 생각하십니까?"

"피해자에게는 안됐지만 다카하마 유키미 씨를 노린 폭발 사건이라고 보기는 어렵습니다. 본인 신상과 유족의 증언을 종합해도 지극히 정직하게 자기 일을 하던 성인 여성이라는 점만 알아냈습니다. 남한테 원한을 사지도 않았고 스토커 같은 남자 친구도 없었죠. 번호표 소지자로서는 아무래도 자격 미달이라는 느낌을 지울 수 없습니다."

살해당하는 데에도 자격이 있는 것은 아니지만 번호표 '1'을 소지했던 사람이 히사카 의원이었던 점을 생각하면 수긍하지 않을 수 없었다.

"히사카 의원 때는 그 사람 하나를 죽이자고 열아홉 명이나 되는 동창생이 몰살당했습니다. 그리고 이번에도 번호표를 가진 사람 말고도 스물여덟 명이나 희생당했죠."

"다카하마 유키미한테 나머지 스물여덟 명까지 다 죽일

이유가 있었느냐는 말씀이시죠? 그 점은 저도 의문입니다."

"히사카 의원과 다카하마 유키미의 신상을 대조했지만 일치하는 건 하나도 없습니다. 나이는 물론이고 출신지와 출신 학교도 달라요. 그렇다고 친인척도 아니고요, SNS로 엮인 적도 없습니다."

국회의원과 버스 가이드. 직종만 봐도 서로 전혀 다른 세계 사람이다. 게다가 연령대도 달라서 공통점을 찾는 일 자체가 어려웠다.

"이건 히사카 의원이 손에 쥐고 있던 번호표를 실제 크기로 복사한 겁니다."

미야마가 A4 크기 서류를 펼쳐 보였다. 가로세로 10센티미터짜리 종잇조각, 한가운데에는 숫자 '1'이 적혀 있었다. 복사본이라고 해도 종이를 쥐었을 때 생긴 구겨진 흔적이 꺼림칙했다.

"다카하마 유키미의 가방에 있던 황동판과 비교할 수 있습니까?"

"저희도 실제 크기를 자료로 남겨 놨습니다."

요코미네도 수사 자료 파일에서 해당 사진을 꺼냈다.

복사본과 사진을 나란히 놓고 보니 번호표 재질은 달라도 적혀 있는 숫자의 크기는 같았다.

다카하마 유키미

미야마는 두 숫자를 손가락으로 가리키며 말했다.

"크기도 같지만 두 숫자 모두 HGP명조B체를 썼습니다. 별로 특별하지는 않지만 그렇다고 일상적인 메일이나 비즈니스 관련 서류에 사용하는 글씨체도 아니죠."

"각각 다른 사람이 어쩌다가 같은 글씨체를 사용했을 확률은 거의 제로 같군요."

"똑같은 글씨체와 크기. 심지어 번호표는 존재 자체가 비공개 수사 정보입니다. 일단은 두 사건의 범인은 우도 사유리라고 봐도 틀리지 않겠죠."

"저도 같은 생각입니다. 하지만 우도 사유리가 범인일 가능성이 크다면 더더욱 히사카 의원과 다카하마 유키미 사이의 연결 고리가 무엇인지 찾아야 합니다."

"네. 그 고리야말로 동기와 직결된다고 생각합니다."

우도 사유리의 신상 중 히사카 의원과 다카하마 유키미와 겹치는 부분을 찾는다면 그것이 돌파구가 되리라. 요코미네는 확신에 찼다. 그런데 미야마가 곧바로 떨떠름한 표정으로 말했다.

"그런데 말입니다, 우도 사유리의 신상은 호적부터 범죄 이력, 의료소년원 치료 기록부터 결혼 이력까지 낱낱이 알려졌습니다. 히사카 고이치도 마찬가지고요. 국민당에서 공천받아 후보 등록 후 당선된 시점에서 출생부터 모든 기록이 전부 공개됐습니다. 하지만 둘의 기록을 대조해도 겹치는 부분이 하나도 없어요."

미야마의 실망이 자신에게까지 느껴졌다. 그래도 요코미네는 다카하마 유키미의 정보까지 더하면 우도 사유리의 동기와 가까워질 수 있다고 믿고 싶었다. 그렇지 않으면 아무 이유 없이 사건에 휘말려 목숨을 잃은 운전기사와 버스 탑승객들에게 면목이 없었다.

"어쨌든 나가노 현경과 합동수사를 하게 되겠군요."

미야마의 말대로 그날 연락이 와 경시청 수사1과 사람들이 수사본부에 합류했다.

전담반의 기리시마라는 형사는 표정에 변화가 없고 무슨 생각을 하는지 전혀 알 수 없는 남자였다. 기리시마 반은 수사본부가 세워지자마자 요코미네와 수사관들이 조사한 피해 승객과 승무원 스물아홉 명의 신상을 모조리 머릿속에 집어넣기 시작했다.

경시청 수사1과는 형사 중에서도 유능한 인재가 모인 곳이라고 들었다. 과연 그들의 행동에는 군더더기가 없었고 자료도 빠짐없이 읽었다.

다카하마 유키미

123

기리시마 반장은 말 붙일 엄두도 나지 않는 사람이었지만 함께 온 수사관들은 적극적으로 물어왔다.

특히 가쓰라기라는 남자는 붙임성이 있어서 초면인데도 오랜 친구 같은 얼굴로 말을 걸어왔다.

"대단하네요. 피해자 스물아홉 명은 대부분 수도권 거주자예요. 용케도 한 사람 한 사람 거주지까지 찾아가서 이렇게 세세하게 조사하셨군요."

"시신을 인수하러 온 유족도 많아서 교통경찰대 인력만으로도 어찌저찌 처리했습니다."

이야기를 듣던 가쓰라기의 표정이 어두워진 것을 보고 경찰처럼 보이지 않는 남자지만 시신 인수 자리에 꽤 입회했으리라 상상이 갔다.

실제로 시신 인수 현장은 연달아 몰려드는 유족들로 매우 혼잡하고 경찰서 곳곳에서 통곡의 장이 벌어지면서 사정 청취할 공간도 부족하다. 비탄하는 유족들은 물론 수사관들 역시 사건의 무도함과 범인에 대한 분노로 피폐해진다. 이 정신적 고통은 겪어본 사람이 아니면 도저히 이해할 수 없다.

"……고생하셨네요."

"사망자 스물여섯 명은 상당히 큰 규모니까요. 꼭 그래서 만은 아니지만 하루라도 빨리 사건을 해결하지 않으면 저희도 분노를 풀 길이 없습니다."

갑자기 시커먼 탄내와 부패하기 시작하던 사체 냄새가 되살아났다. 아스팔트 위에 펼쳐진 지옥도. 떠오를 때마다 속이 울렁거리며 구토와 분노가 치밀어 올랐다.

가쓰라기와 대화를 나누는데 다른 수사관이 끼어들었다. 구도라는 키가 큰 남자였는데 형사를 하기에는 아까울 정도로 남자답게 잘생긴 사람이었다.

"죄송한데, 사고 생존자 중 쓰지쿠라 사와코라는 여성은 이미 퇴원했습니까?"

"아뇨. 그분은 기적적으로 경상에 그쳤지만 아직 정신적으로 불안정해서 근처 병원에서 치료 중입니다."

"몸에 문제가 없다면 이야기를 들으러 가도 괜찮겠습니까? 확인하고 싶은 게 있어서요."

"주치의의 허락만 받는다면……."

"'받는다면'이 아니라 반강제로라도 받아야죠."

구도가 강하게 말했다. 남자답게 생긴 외모 때문인지 그냥 하는 말로 들리지 않고 상당한 위압감이 느껴졌다.

"중상자 두 명은 아직도 면회 금지라서 제대로 대화할 수 있는 사람은 쓰지쿠라 사와코 씨뿐입니다. 그러면 그 사람이야기부터 들어야죠. 지금은 조금이라도 증거와 증언을 긁어모으는 게 사망한 남편의 명복을 비는 일일 겁니다."

다소 억지스러운 느낌은 지울 수 없지만 의도는 분명했다. 경시청과 합동 수사본부를 꾸린 시점에서 현경은 심리적으로 경시청에 끌려가는 입장이었다. 요코미네는 병원에 사정 청취를 요청하려고 휴대폰을 꺼냈다.

―아무리 체력적으로 문제가 없다고 해도 병원 침대에 누워 있는 사람을 억지로 조사하겠다는 말입니까?

주치의의 항의를 흘려들으며 간신히 사와코의 승낙을 얻은 뒤 요코미네와 구도가 병실을 방문했다. 며칠 전에 만났을 때에 비해 안색이 별로 좋아지지 않았을 뿐 아니라 오히려 더 기운이 없어 보였다.

"무리하게 부탁드려 죄송합니다."

"아니에요……, 범인을 잡는 데 도움이 된다면 무엇이든 돕겠습니다."

요코미네가 먼저 운을 떼우자 구도가 거침없이 나섰다.

"범인으로 추정되는 여자에 대해 증언할 수 있는 사람은 현재 쓰지쿠라 사와코 씨뿐입니다."

"하지만 형사님. 그 여자는 버스에 탈 때부터 쭉 챙 넓은 모자를 쓰고 있어서 얼굴을 전혀 보지 못했어요."

"그래도 후보가 몇 명 있으면 지목 정도는 할 수 있으시겠죠?"

구도가 사와코의 앞에 내민 것은 얼굴 사진 다섯 장이었다. 그 가운데 한 장은 우도 사유리였다.

"여기 다섯 명 중에 그 모자 쓴 여자가 있습니까?"

다섯 명 중에서 선택을 강요하지 않고 해당자를 지목하게 했다. 절대로 먼저 유도하지 않았다. 전부 증인의 판단에 맡겼다.

사와코는 한동안 사진 다섯 장을 비교하며 곤혹스러운 기색을 보였다. 그럴 만도 했다. 챙 넓은 모자를 썼으니 범인의 얼굴이 절반은 가려진 셈이다. 사람 얼굴의 특징은 아랫부분보다 윗부분에 집중됐다. 선글라스를 낀 얼굴보다 마스크를 쓴 얼굴이 알아보기 쉬운 이유도 그 때문이다.

다섯 명의 얼굴 사진을 바라보고 분석하더니 사와코가 마침내 한 명을 손가락으로 가리켰다.

"아마도, 이 사람이었던 것 같아요."

"확실합니까?"

"입술이 조금 두꺼웠던 걸로 기억해요."

그렇게 말하더니 사진 윗부분을 손으로 가리고는 확인했다.

다카하마 유키미

"……그래. 맞아요. 이 사진에 모자를 씌우면 딱 그 여자예요."

사와코의 증언은 법정에서 채택되기에는 매우 빈약했지만 그래도 범인이 우도 사유리라는 사실을 보충하는 재료는 됐다.

"모처럼 면회까지 갔는데 좀 더 확신에 찬 증언을 듣고 싶으셨죠?"

본부로 돌아가면서 요코미네는 위로하듯 말을 건넸다. 하지만 구도는 그다지 낙심하지 않은 기색으로 위로를 물렸다.

"아뇨, 그것도 나름 수확입니다. 사와코 씨가 우도 사유리말고 다른 사진을 골랐으면 조금 곤란한 상황이니까요."

현경으로 돌아온 두 사람은 그대로 수사 지원 분석 센터(SSBC)가 보내온 DAIS라고 불리는 화상 분석 시스템 분석 결과를 들었다. DAIS라면 다소 선명하지 않은 사진이라도 용의자를 특정할 수 있는 정보를 추출할 수 있다.

"구도 씨."

요코미네는 분석 결과를 보는 구도의 뒤에서 말을 걸었다.

"범인이 우도 사유리라고 해도 CCTV에 찍힌 얼굴이 모자에 가려져 있으니 특정할 수 없습니다."

영상에서 용의자로 추정되는 인물의 얼굴을 찾아냈다고 해도 영상 분석에 따라 오인 체포할 우려가 있다. 애초에 얼굴을 추정하는 것만으로는 증거불충분이고, 설령 체포했다고 해도 검찰은 기소를 꺼릴 것이다.

그러나 구도에게 다른 생각이 있는 듯했다.

"쓰지쿠라 사와코 씨에게 사진을 보여 준 이유는 모자를 쓴 여자가 우도 사유리라는 확증을 얻고 싶었기 때문입니다. 그리고 확증을 얻은 만큼 다른 분석 시스템에 응용할 수 있겠죠."

구도는 센터에 연락해 분석관을 붙잡고 가장 먼저 시공간 데이터 횡단 프로파일링을 도입했는지 물었다.

아닌 밤중에 홍두깨 격인 질문에 분석관은 당황했지만 곧바로 "일단은요"라고 대답했다.

낯선 용어에 요코미네가 설명을 요청하자 분석관이 대답했다.

―시공간 데이터 횡단 프로파일링은 민간 NEC*가 개발한 시스템인데 CCTV에 찍힌 수상한 자를 특정하는 데 응

* 니혼전기 주식회사. 일본의 정보 통신 기술 및 전자기기 기업.

용할 수 있어서 현재 시험 도입 단계입니다.

인물의 상세 행동이 아니라 동선의 미시적 난잡도(행동 변화 정도)를 파악해서 대상자가 나타내는 행동 패턴을 정량화해서 각각의 차이를 구별한다고 한다.

—더욱더 정량화하면서 행동 패턴을 자동 분류해서 많은 사람 중에서 다른 사람들과 다른 행동을 보이는 인물을 수상한 사람으로 추출할 수 있습니다.

"어떤 시스템인지 대략 이해했습니다. 그런데 이 시스템을 이번 사건에 어떻게 활용하겠다는 말씀입니까?"

"후지미 임페리얼 호텔 사건 때 우도 사유리의 행동 하나하나가 CCTV에 잡혔습니다. 즉 우도 사유리의 행동 패턴을 이미 수치화했다는 말입니다. 이걸 마쓰시로 휴게소 내 CCTV 영상과 대조하면 설령 모자로 얼굴을 가렸다고 해도 우도 사유리가 어디서 어떤 행동을 했는지 밝힐 수 있습니다. 잘하면 현장에서 도주할 때 어떤 차를 탔는지 알아낼 수도 있죠. 도주용 차량을 찾아내면 차량 번호 자동판독기로 차종이나 번호판을 추적할 수 있고 소유주도 알아낼 수 있습니다."

구도는 경시청 수사1과와 연락해 후지미 임페리얼 호텔에서 입수한 영상 데이터를 센터로 받았다.

이제는 센터의 대조 작업을 기다릴 수밖에 없다. 마쓰시로 휴게소에서 확보한 CCTV 데이터를 분류해서 후지미 임페리얼 호텔에서 우도 사유리가 남긴 행동 패턴을 조합한다. 디지털 데이터의 힘으로 한 시간도 지나지 않아 대조 결과가 나왔다.

─나왔습니다.

분석관의 목소리에 얼굴이 밝아진 사람은 구도뿐만이 아니었다. 함께 대기하던 요코미네도 무심결에 엉덩이가 들썩였다.

준비된 모니터에 문제의 관광버스에서 쇼핑 코너로 향하는 모자 쓴 여자가 떠올랐다.

─시공간 데이터는 이 모자 쓴 여자의 행동 패턴이 우도 사유리와 흡사하다고 인식했습니다. 따라서 동일 인물이라고 단정까지는 할 수는 없지만 우도 사유리라고 추정할 만합니다.

처음부터 모자 쓴 여자가 찍힌 영상을 추적하기보다 이 여자가 우도 사유리라는 확증을 얻고 나서 추적하는 편이 수사 방법으로 옳다. 후지미 임페리얼 호텔 사건과 관련 있다는 사실도 증명할 수 있다. 구도가 쓰지쿠라 사와코의 사정 청취를 단행한 이유를 겨우 이해했다. 더욱이 얼굴이 아

니라 행동 패턴을 인식하는 시스템이므로 우도 사유리로
추정되는 여자가 휴게소 어딘가에서 옷을 갈아입었다고 해
도 놓칠 염려도 없다.

다른 카메라로 파악한 우도 사유리로 추정되는 여자의
행동을 시간 순서대로 늘어놓아 동영상 하나로 연결했다.
쇼핑 코너에 들어선 여자는 망설이는 기색도 없이 화장실
로 향했다. 언뜻 보면 버스를 타고 오던 사이에 요의를 참던
사람이 바로 화장실로 직행한 모습으로만 보였다.

그런데 여자가 화장실에서 나오는 영상이 없었다.

"어떻게 된 거지?"

구도가 초조하게 말했다.

─이 여자가 나온 영상은 이게 다입니다.

"그럴 리가. 건물 안으로 들어갔으니 나오는 장면도 찍혔
을 게 아닙니까."

─상식적으로는 그렇지만 실제로 이후 영상이 존재하지
않습니다. 얼굴이 아닌 행동 패턴으로 추출해서 옷을 갈아
입는 정도로는 속이지 못해요.

"건물 안 말고 밖에 있는 CCTV에도 안 잡힙니까?"

─CCTV가 휴게소의 모든 구역을 커버하는 건 아닙니
다. 사각지대도 있죠. 하지만 출입구는 확실히 촬영 범위입

니다.

"마쓰시로 휴게소 지도는 있습니까?"

구도의 요구에 책상 위에 휴게소 지도가 펼쳐졌다. 마쓰시로 휴게소는 상행과 하행이 인접해 있으며 차량의 출구는 한정됐다.

─상하행 휴게소에는 연결 계단 통로가 있어서 걸어서 오갈 수 있습니다. 문제의 관광버스가 정차했던 곳은 하행 휴게소지만, 당연히 상행 휴게소와 주변 CCTV까지 모두 확인했습니다.

"하지만 우도 사유리가 휴게소를 빠져나간 건 분명합니다."

구도는 한동안 지도를 노려보다가 고개를 들더니 다급한 얼굴로 말했다.

"현장을, 마쓰시로 휴게소를 직접 보고 싶습니다."

그러면 교통경찰대인 자신이 수행하는 것이 도리다. 요코미네는 구도를 조수석에 태우고 마쓰시로 휴게소로 향했다.

하행 휴게소에 도착하기 무섭게 구도가 경찰차에서 뛰어내렸다. 저 멀리 미나카미야마산과 마주 보는 휴게소 정원 광장은 인적이 없어 한산했다. 폭발 현장은 이곳에서 더 가야 나오는 인터체인지 부근이지만 언론 보도 등으로 사고 버스가 마지막으로 들른 장소가 이 휴게소라는 사실이 공개됐다. 참혹한 사건이 알려진 만큼 사람이 없는 것도 당연했다.

구도는 휴게소 내부를 돌기 시작했다. 가끔은 위를 올려다보며 CCTV 위치를 확인하는 기색이었다. 요코미네는 안내 겸 함께 돌았다.

건물 안으로 들어가 화장실로 향하려던 구도의 시선이 창밖 경치에 머물렀다. 휴게소 뒤에는 403번 국도로 이어지는 가파른 비탈길이 있었다.

"휴게소와 국도를 오갈 수 있게 연결되어 있군요."

"네. 조신에쓰자동차도 이용자뿐 아니라 지역 주민들도 오게끔 하려는 목적일 겁니다."

요코미네가 말을 끝내기 전에 구도가 화장실로 향했다가 곧바로 되돌아왔다.

"이리 좀 와보시죠."

요코미네의 손목을 잡아끌 기세였다. 구도가 요코미네를 데리고 간 곳은 화장실 입구 근처에 있는 출입구로 안쪽에서 열리는 구조였다. 구도는 출입구를 지나 밖으로 나가 주변을 손가락으로 가리켰다.

"이 주변은 사각지대라서 드나들어도 눈에 띄지 않습니다. 여기서 국도로 나가기도 쉽고요."

"우도 사유리가 뒷문을 이용해 국도로 달아났다는 말입니까?"

"그것 말고는 달리 생각할 수 없지 않습니까?"

"죄송합니다만, 그건 있을 수 없는 일입니다."

요코미네가 국도변에 서 있는 전봇대 한 개를 손가락으로 가리켰다.

"국도로 빠져나가다가는 불의의 사고를 당할 수 있습니다. 아직 블랙박스 보급률이 높지 않아 이런 곳에도 기록용 카메라가 설치되어 있고요."

그늘에 가려 잘 보이지 않지만 전봇대에도 CCTV가 설치되어 있다. 현경에서 분석한 영상에는 당연히 저 CCTV도 포함됐다. 애당초 조신에쓰자동차도는 요코미네가 소속된 고속도로 교통경찰대의 앞마당 같은 곳이다. 어디에 CCTV가 설치되어 있고, 어디에서 차량 번호 판독기가 눈을 번뜩이고 있는지 손바닥 보듯 파악하고 있다.

구도는 순간 민망한 표정을 짓다가 곧바로 몸을 돌려 주차장으로 돌아갔다.

이후 몇 시간 더 수색했지만 결국 우도 사유리가 휴게소에서 도주한 경로를 찾지 못한 채 끝났다.

"우리가 쥐고 있는 건 어디까지나 데이터일 뿐이지 물증이 될 수는 없습니다."

현경 본부로 돌아오는 차 안에서 구도가 누구에게랄 것 없이 중얼거렸다.

"버스에 폭탄을 설치한 인물이 우도 사유리라는 사실을 어떻게든 입증해야 합니다. 하지만 정작 중요한 버스는 폭발한 뒤 불에 탔고, 휴게소에서는 지문 하나, 모발 한 가닥 채취하지 못했어요."

구도의 조바심은 수사본부의 조바심이기도 했다. 물증 대부분이 소실된 상태에서 적어도 모자 쓴 여자가 우도 사유리라는 사실을 입증하지 못하면 용의자 미상인 채로 송치할 처지에 놓인다.

"기리시마 반은 후지미 임페리얼 호텔 사건 때부터 계속 우도 사유리를 쫓고 있죠?"

"네, 왜 그러시죠?"

"버스 폭파도 우도 사유리가 저지른 범행이라면 도대체 동기가 무엇일 것 같습니까?"

"하치오지 의료교도소에 수감 됐던 여자니까요. 과연 일반인이 이해할 수 있는 동기일까요?"

"정말 그렇게 생각하십니까?"

거듭 묻자 구도의 목소리가 한층 낮아졌다.

"……일반인이 이해하지 못하더라도 그럴 만한 이유는 있습니다. 그렇지 않으면 표적에게 번호표를 남기는 의미가 없죠."

역시 같은 생각을 했구나.

"단순히 대규모 살인을 벌일 뿐이라면 그런 자질구레한 장치는 필요 없습니다. 후지미 임페리얼 호텔 사건에서는 그저 종잇조각이었지만 이번 사건에서는 황동으로 만든 금 속조각에 구태여 같은 글씨체로 숫자를 새겼죠. 작업하는 데 드는 수고를 생각하면 의미 없는 행동이라는 생각은 도 저히 들지 않는군요."

구도의 말투로 짐작하건대 수사본부의 대세론은 그와 다 른 듯했다.

"우도 사유리가 의료교도소에 수감 됐다고 해서 스물네 시간 내내 정신 착란 상태였던 건 아닙니다. 간호사를 공격 해 유니폼을 빼앗은 뒤 당당히 정문으로 도주했습니다. 다 계획된 행동이죠. 보통 사람보다 머리가 훨씬 잘 돌아가요. 그리고 무엇보다 어떤 타이밍에 살인귀가 되는지 정신 감 정의도 판단 못 했습니다."

다카하마 유키미

137

"시한폭탄 같은 존재란 말입니까?"

"외모는 푸근하게 생겼으니 시한폭탄이 든 인형이겠죠. 하지만 폭발력은 엄청난."

구도의 표정은 여전히 초조했다.

현경 본부로 돌아온 뒤 구도는 기리시마에게 불려갔다. 마치 수족처럼 부리는 것으로 보아 기리시마가 구도를 대단히 아낀다는 것을 알 수 있었다.

"이러니저러니 해도 저 사람은 반장님의 심복이에요."

미야마가 달려가는 구도를 뒤에서 배웅하며 푸념했다.

"수사할 때 끈질긴 걸로 따지면 경시청에서도 1, 2등을 다툴걸요."

"집요함은 아까 휴게소에서 충분히 봤습니다. 그 열의를 본받고 싶군요."

"버스 폭파 사건이 우리 팀에서 맡은 사건과 연관 있다는 말을 들었을 때, 구도 형사님이 진심으로 분노했으니까요. 범인이 제정신인지 아닌지는 관계없다고. 도대체 관련도 없는 사람을 몇 명이나 죽이는 거냐고."

"정말 관련 없는 사람들 맞습니까?"

요코미네가 구도에게 물었던 것과 같은 질문을 미야마에

게 던졌다.

"아까도 구도 형사님과 이야기했는데, 범인으로 추정되는 우도 사유리가 왜 히사카 의원과 다카하마 유키미를 노렸을까요. 하치오지 의료교도소에 수감됐던 인물이니까 상식적인 동기는 생각할 필요 없다는 의견도 있지만 그러기에는 범행이 계획적이고 황동 번호판은 준비하는 데 손이 많아 가요. 정신이상자라기보다 용의주도한 연쇄 살인범 느낌이 강합니다."

미야마는 잠시 말을 고르듯 생각에 잠겼다가 이윽고 천천히 입을 열었다.

"저도 앞뒤가 맞지 않는다고 생각합니다. 간사한 계획을 꾸미는 데는 뛰어나지만 살인 충동을 자제하지 못한다니……, 실제로 그런 사람이 있다면 위험하죠. 그렇기에 왜 피해자에게 번호표를 남겼는지, 어떤 기준으로 피해자를 골랐는지 몹시 마음에 걸려요. 하지만 수사본부가 총력을 기울여도 아직 히사카 의원과 다카하마 유키미를 연결할 단서를 찾지 못했습니다. 히사카 의원의 블로그에 다카하마 유키미의 인스타그램, 양측의 이력과 댓글을 거슬러 가봐도 두 사람이 엮인 기록은 단 한 건도 없습니다. 출신부터 학력, 직업에 교우 관계까지 짐작이 가는 대로 닥치는 대로 접점을 찾고 있지만 결과는 지지부진하죠. 그래서 이번에는 우도 사유리와 두 사람의 관계를 조사했지만 이것도 신통치 않습니다. 우도 사유리의 생활권은 두 사람과 크게 다른 데다 의료소년원 출신에 피아노 강사를 했던 이력이 너무 이질적이에요. 히사카 의원과 다카하마 유키미 모두 청소년 시절 경찰 조사를 받거나 주의를 받은 적도 없고 피아노가 취미였던 적도 없습니다."

미야마의 말투가 점점 절망스러워졌다.

"후지미 임페리얼 호텔 사건이든 이번 사건이든 말려든 피해자가 50명 정도 되는데 수사본부는 우도 사유리의 범행동기조차 파악하지 못하고 있어요. 면목이 없고 한심해서 유족들 앞에서 고개를 들 수도 없습니다. 지금 구도 씨가 초조해하는 이유 중 하나도 그런 사정 때문입니다."

초조한 이유는 설명할 필요도 없다. 히사카 의원의 '1', 다카하마 유키미의 '2'. 번호표 두 개는 앞으로의 범행을 예고하는 것이다.

"물증은 차치하고 적어도 동기만이라도 추측할 수 있다면 다음에 일어날 사건을 막을 수 있을지도 모릅니다."

"……동기는 한 가지 마음에 걸리는 게 있습니다."

"말씀해 보세요."

"기리시마 반장님이 아니라 다른 상사한테 들은 이야기 인데요. 목적을 위해서는 수단을 가리지 않는다는 말이 있 잖습니까. 이번 사건은 그 반대가 아니냐고 하시더군요. 그 러니까 수단을 위해서는 목적을 가리지 않는다. 애초에 대 규모 살인이라는 수단을 위해서라면 목적은 복수든 정치 비판이든 뭐가 됐든 상관없다고 말이에요."

"그건 그냥 미친 거잖아요. 그럼 목적 없는 테러 같은 거 란 말입니까?"

"네, 제정신인 사람이 할 행동이 아니죠. 그래서 우도 사 유리의 동기라고 할 만한 가설로 딱 들어맞고요."

별안간 대화가 끊겼다.

요코미네는 반박하고 싶어도 뒷받침할 근거가 없었다. 그 러나 목적 없는 테러 따위 진심으로 부정하고 싶었다.

지금까지 용의자와 범죄자 수천 명을 상대해 왔다. 포기 가 빠른 자도 있었고 집념이 강한 자도 있었다. 어수룩한 자 도 있었고 냉혹한 자도 있었다.

그러나 정체를 알 수 없는 상대는 이번이 처음이었다.

내려앉은 침묵은 혼탁하고 무거웠다. 우도 사유리가 자신 과 같은 인간이라는 생명체라는 사실에 강한 거부감을 느 꼈다.

이윽고 침묵이 두려운 듯 미야마가 입을 열었다.

"신상을 조사하든 동기를 찾든 용의자가 우리와 같은 감각을 지닌 사람이라는 대전제가 깔려 있습니다. 완전히 다른 감정을 지닌 사람을 상대로 기존의 수사 방법이 어디까지 통용될지. 생각하고 싶지 않지만 좀처럼 불안을 잠재울 수 없군요."

불안을 잠재울 수 없기는 요코미네도 마찬가지였다.

4

"오랜 시간 고생하셨습니다. 우리 버스는 마쓰시로 휴게소에 도착했습니다. 현재 시각 10시 40분입니다. 11시 5분 정각에 출발하겠습니다. 자유롭게 휴식하시고 화장실에 다녀오신 후 반드시 11시 5분까지 버스에 탑승하시기 바랍니다. 출발 시각이 지나도 돌아오지 않으면 다른 손님들의 사정도 고려해 예정대로 출발하도록 하겠습니다. 부디 늦지 않도록 주의 부탁드립니다."

버스 가이드의 주의를 듣는 둥 마는 둥 승객들이 앞다투어 버스에서 내렸다.

버스 가이드도 몸이 꼬이는 듯했다. 버스에 탈 때부터 지켜봐서 안다. 다카하마는 아직 한 번도 화장실에 가지 않았다. 출발한 지 세 시간 반, 슬슬 참을 수 없는 듯 승객들을 따라 버스에서 내렸다.

우도 사유리는 운전석 바로 뒤에 둔 가방을 흘긋 본 뒤 말 없이 승객들의 뒤를 따라 내렸다. 버스 가이드와의 거리를 일정하게 유지하며 미행을 절대로 눈치채지 못하도록 조심했다.

버스 가이드는 다른 승객들과 마찬가지로 쇼핑 코너로 발걸음을 옮겼다. 목적지가 화장실이라는 사실을 알기에 사유리는 일부러 걸음을 늦추며 상품을 흘끔흘끔 살피면서 화장실로 다가갔다.

화장실 입구 근처에는 주차장으로 이어지는 출구와 뒤쪽으로 통하는 출입구가 보였다. 사유리도 이 휴게소에 처음 오지만 사전에 첨부 영상으로 설명을 들어서 이는 거의 확인 작업이었다.

화장실 세면대에서 기다리는데 화장실 칸에서 버스 가이드가 나왔다.

"저기요."

사유리가 고개를 숙이고 말을 걸었다.

"아까, 버스에서 이런 걸 주워서요."

다카하마 유키미

143

황동으로 만든 금속판을 내밀며 말을 이었다.

"다른 손님 건가 봐요."

"친절하시네요. 감사합니다."

황동판을 건네받은 버스 가이드는 신기한 듯 앞뒤로 살폈다.

"버클은…… 아닌 것 같은데요. 이 '2'라는 숫자는 뭘까요?"

사유리는 아무 말도 하지 않았다. 그러면 상대는 멋대로 상상하고 멋대로 판단한다.

"제가 맡아 둘게요."

버스 가이드는 더는 묻지 않고 황동판을 자신의 가방에 넣었다.

다카하마 유키미가 화장실을 나가자 사유리는 칸으로 들어가 모자를 벗었다. 출발 전부터 네 시간이나 쓰고 있었더니 머리가 푹푹 쪘다. 버스 에어컨이 적정 온도여서 땀을 흘리지 않은 점은 다행이었다.

화장이 지워지지 않은 것을 확인하고 더 기다렸다.

오전 11시 5분. 마침내 버스 출발 시각이 됐다. 사유리는 화장실에서 나와 일단 왼쪽 출입구를 지나 밖으로 나갔다. 아래로 국도가 내려다보였는데 이곳은 CCTV 사각지대라 사유리의 모습은 찍히지 않았다.

국도에는 차들이 오갔다. 히치하이킹으로 현장에서 벗어나는 방법도 있지만 국도까지 내려가면 전봇대에 설치된 CCTV에 찍힌다. 애초에 목격자를 늘리는 행동은 후환이 된다.

그때 건물 안에서 버스 가이드의 목소리가 들렸다.

"히메노 씨."

이름을 연이어 불렀다. 손목시계를 보니 11시 15분, 예상대로 자신을 찾으러 온 모양이다.

"히메노 씨. 출발 시간 다 됐어요."

잠시 그 자리에 서서 발밑 풍경을 감상했다. 인터체인지 근처는 어디나 살풍경하고 시골 분위기를 풍긴다. 사유리는 그런 풍경을 싫어하지 않았다. 어제와 다름없는 오늘, 오늘과 다름없는 내일. 목가적인 풍경을 바라보고 있노라면 왜인지 이상하게도 마음이 편안해졌다.

이윽고 버스 가이드의 목소리가 사라졌다.

오전 11시 30분. 출입구에서 다시 건물 안으로 들어가 주차장으로 난 출구로 향했다.

계획대로 중형 트럭이 CCTV를 가로막은 형태로 세워져 있었다. 차체에 붙은 로고를 보고 택배사의 트럭이라는 사실을 알았다. 쇼핑 코너에서는 택배 서비스도 제공하므로 택배사 트럭이 각 휴게소를 돈다. 관광 시즌이 아니면 휴게소를 도는 시간은 바뀌지 않으며 각 휴게소에도 거의 정각에 도착한다.

물건을 싣는 작업이 한창이라 뒷문이 활짝 열려 있었다. 이것 또한 사전 정보대로였다. 트럭이 시야를 가리는 위치에 정차해 있어서 CCTV에 찍히지 않는다.

사유리는 차량 뒷문으로 짐칸에 숨어들었다. 트럭 내부는 온도와 습도를 일정하게 유지해서인지 서늘하고 건조했다. 안쪽으로 들어가니 마침 몸을 숨길 수 있는 공간이 남아 있었다. 몸을 틈바구니에 끼워 넣고 다른 짐을 앞에 놓자 완전히 가려졌다.

잠시 기다리자 새 짐이 실렸고 문이 닫혔다. 시동이 걸린 트럭이 움직이기 시작했다.

트럭의 이동 경로는 파악해 뒀다. 403번 국도 마쓰시로 하행 휴게소에서 상행 휴게소로 이동하며 물건을 싣는다. 그리고 같은 국도를 타고 상행하면서 조신에쓰도야시로와 지쿠마가와사카키 휴게소에 들른다. 트럭이 멈췄다. 마쓰시로 상행 휴게소에 도착한 듯 문이 열리는 소리와 짐을 옮기는 소리가 났다. 사유리는 어둠 속에서 휴대폰을 꺼냈다. 액

정화면에 뜬 시간은 오전 11시 48분. 예정 시각이다.

사유리는 TeamViewer 화면을 불러왔다. 애플리케이션 조작은 서툴지만 미리 배워놔서 매우 간단했다.

표시된 ON 버튼을 탭했다.

아무런 진동도 소리도 없었다.

그러나 버스에 두고 내린 가방 안에서 기폭장치와 연결된 디바이스가 작동했을 것이다. 경질 나프타에 불이 붙고 가방 속에 든 연료가 순식간에 사방으로 튀며 불길이 치솟는다.

아마 운전석과 주변은 잠시도 버티지 못하리라.

할 수만 있다면 그 광경을 가까이서 감상하고 싶지만 유감스럽게도 꿈을 이룰 수 없었다. 안전지대에서 원격 폭발시키는 것이 이번 계획의 핵심이었다.

물건을 모두 실은 트럭이 다시 출발했다. 국도로 나간 듯 운전기사가 라디오를 틀었다.

─……네, 6월 20일 오늘은 페퍼민트의 날이죠. 저는 아까 페퍼민트를 얹은 아이스크림 같은 걸 받았는데요, 청취자 여러분은 어떤 메뉴로 페퍼민트를 즐기고 계시나요? 여기서 교통정보입니다. 일본 도로교통 정보센터의 이케가미 씨.

다카하마 유키미

─네, 도로교통 정보센터 이케가미입니다. 현재 조신에쓰 자동차도 나가노 인터체인지 부근에서 차량 사고가 발생했습니다. 상행은 순조롭지만 하행은 교통이 통제되고 있습니다. 네? 정말요?……죄송합니다. 방금 들어온 소식입니다. 나가노 인터체인지 부근에서 하행하던 버스가 폭발했다고 합니다.

아무래도 원격 폭파에 성공한 듯하다. 그러나 폭발 장면을 눈으로 직접 확인하지 못해 성취감이 거의 느껴지지 않았다. 미사일을 원격 발사하는 군인들도 분명 이런 기분일 테지.

트럭은 순조롭게 달리다가 이윽고 속도를 줄이더니 멈춰섰다. 예정지인 지쿠마가와사카키 휴게소에 도착한 듯했다.

문이 열리고 짐을 싣기 시작했다. 인기척이 사라졌을 때 짐을 밀어내고 짐칸에서 내렸다. 순간 열풍 같은 공기가 온몸을 감쌌다.

후우.

한숨을 내뱉고 다시 모자를 썼다. 주차장을 걷다 보니 약속한 위치에 미리 정한 색상의 왜건이 주차되어 있었다.

사유리는 주저하지 않고 조수석 문을 열었다.

"수고했어."

운전석에 앉은 미치루가 경쾌한 목소리로 말했다. 사유리가 차에 타자 차가 출발했다.

"어떻게 됐는지 안 물어?"

"방금 뉴스에서 들었어. 무엇보다 무슨 문제가 있었으면 당신이 먼저 말했겠지."

미치루가 라디오를 켰다. 뉴스를 들었다는 말이 사실인 듯 버튼을 누르자마자 속보가 흘러나왔다.

—폭발한 차량은 대형 관광버스로 승무원과 승객 수는 아직 파악되지 않았습니다. 사상자가 다수 나왔는데 구조에 한창이며 자세한 내용은 알려지지 않았습니다. 현재 나가노현경 고속도로 교통경찰대와 소방대원들이 현장을 처리하고 있어서 하행선은 10킬로미터 정도 정체되고 있습니다.

"폭발 직후 버스는 방음벽을 들이박으며 두 동강 났고 승객들은 그대로 도로에 튕겨 나갔겠지. 상식적으로 경상에 그치는 게 기적일 거야."

미치루가 노래를 부르듯 말했다. 참극을 즐기는 얼굴은 해맑기까지 했는데, 마치 화려한 퍼레이드를 보는 사람처럼 표정이 밝았다.

"즐거워 보이네."

"당신은 안 즐거워?"

"현장을 못 봐서 별로."

"눈으로 얻는 정보보다 귀로 듣고 상상하는 편이 훨씬 재밌는데."

"버스가 폭발하는 순간이 재밌다는 거야? 아니면 버스에 탔던 사람들의 몸이 갈기갈기 찢어져 날아가는 순간이 재밌다는 거야?"

"우열을 가리기 힘드네."

뉴스를 더 들어도 새 정보를 얻을 수 없다고 판단했는지 미치루는 음악 방송으로 주파수를 바꿨다. 차게 앤 아스카의 'SAY YES'가 흘러나왔다. 사유리는 피아노곡을 좋아하지만 이런 추억의 히트곡도 나쁘지 않았다.

익숙한 가사가 흘러나오자 미치루의 얼굴에 웃음기가 감돌았다.

"좋아하는 노래야?"

"아니. 아는 사람이 좋아한 곡이라는 게 떠올라서."

"과거형이네?"

"그 아이 죽었거든."

입가에 미소를 띤 미치루는 '그 아이'에 대해 이야기하지 않았다.

안다. 미치루가 다른 사람의 이야기를 하려고 하지 않는 경우는 대개 미치루의 손에 명줄이 다한 사람일 때다.

"하나 더 물어도 될까?"

"뭔데?"

"미치루 씨는 그 버스 가이드한테 무슨 원한이 있었어?"

미치루는 언제나 차갑게 요점만 간결하게 설명한다. 목적도 동기도 전혀 알려 주지 않고 해야 할 행동만 지시할 뿐이었다.

대답을 기다리니 잠시 후 한마디만 돌아왔다.

"조만간 알게 될 거야."

오쓰카
히사히로

I

7월 말이 되자 시내는 연일 폭염을 기록하며 밤이 되어도 한낮의 열기가 식을 줄을 몰랐다. 서 있기만 해도 셔츠에 땀이 배어 나왔다.

오오쓰카 히사히로는 익숙하지 않은 길을 마냥 걸었다. 마구 달리고 싶은 마음을 억누르며 천천히 걸었다. 평균 도보 속도는 시속 4킬로미터였는데 문득 아무래도 상관없다는 생각이 들었다. 지금 사는 곳을 정할 때 부동산 중개사 직원이 가르쳐 준 잡지식이니 거짓은 아닐 테다. 현재 시각 오후 11시 30분. 집으로 돌아가는 회사원들과 학생들이 아직 조금 오갔다. 아무튼 수상해 보이면 안 된다. 누군가에게 인상 깊게 남아서도 안 된다. 차를 타면 문제없지만 렌터카를 빌리면 증거가 남는다. 결국 목적지까지 걷는 수밖에 없었다.

얼마간 걸으니 목적지인 중학교에 도착했다.

학교 건물은 어두컴컴했고 비상등 불빛조차 보이지 않았다. 오오쓰카는 후문으로 돌아가서 혹시나 하는 마음에 주변을 살핀 뒤 아무도 없는 것을 확인하고는 담장을 넘었다. 자신의 키보다 높았지만 철망을 타고 오르니 수월했다.

교내로 뛰어내린 오오쓰카는 뒷문으로 걸어갔다. 이른바 외부 업자용 출입구인데 보안은 그다지 삼엄하지 않았다. 손잡이를 돌려 보니 삐그덕 소리를 작게 내며 문이 열렸다.

학교 건물 뒷문으로 들어가서 들고 온 새 실내화로 갈아 신었다. 도의를 지키려는 행동이 아니라 증거로 족적을 남기고 싶지 않을 뿐이었다.

아무도 없는 학교 건물에 몰래 숨어드는 것은 이번이 처음이 아니다. 그래서 긴장은 돼도 죄책감은 별로 없었다. 절도나 파괴가 목적이 아니라는 점도 죄책감을 느끼지 않는 이유 중 하나였다.

얼마 전까지만 해도 초등학교와 중학교에는 숙직자가 있었다. 야간 경비와 긴급 상황 발생 시 연락을 담당했지만 교원 노동 문제가 도마에 오르면서 잇따라 폐지됐다. 지방에서는 여전히 당직 제도를 유지하는 학교도 있지만 고용 정책의 일부일 뿐이다. 아무튼 심야의 학교에 사람이 없다는 사실은 오오쓰카에게 더없이 좋은 상황이었다.

그러나 사람이 없다고 방심해서는 안 된다. 숙직이 폐지된 대신 각 지역의 교육위원회가 경비업체와 위탁 계약을 맺어 현재 대부분 학교에는 순찰이 있거나 기계경비가 설치되어 있었다. CCTV나 센서에 걸리는 우를 범하지 않고 싶다. 직업 특성상 교내 어디에 CCTV가 설치되어 있는지는 대략 짐작이 간다. 시험 삼아서 여기다 싶은 곳으로 시선을 돌리면 대부분 적외선 불빛이 번쩍이고 있었다.

심장 박동이 거세고 호흡이 밭았다.

아니, 아니다.

이는 긴장감이라기보다 고양감에 가까웠다. 한 발짝 내디딜 때마다 온몸의 근육이 긴장되고 피가 서서히 끓어오르는 듯한 혼탁한 희열이 감돌았다. 죄책감이 아니라 불법을 저지른다는 배덕감이 등줄기에서 퍼져나갔다. 평소 자신의 보수적인 직업에 대한 반작용 때문인지 오오쓰카의 몸은 이러한 자극을 몹시 기꺼워했다. 어쩌면 애초에 자신은 범죄성향이 강한 사람일지도 몰랐다.

아니, 범죄성향 수준이 아니다. 오오쓰카는 실제로 범죄를 여럿 저질렀다. 물론 아무에게도 피해를 주지 않을 생각이었지만 주변에서 용납하지 않았다.

'그것은 결단코 범죄행위가 아니다'라고 늘 스스로 달랬지만 한편으로는 스릴과 정신적 충족감을 맛봤기에 자기변명이라고 느껴져도 어쩔 수 없는 부분이 있었다. 그래서 상관없다고 생각했다. 어차피 자신의 가치관과 성벽이 세상에 인정받을 수 있으리라 생각하지 않았다.

교무실 위치도 쉽게 예측이 갔다. 어느 학교나 비슷하게 정면 현관 근처 볕이 잘 드는 곳에는 대부분 교무실이 있다. 역시 복도를 걸어가자 '교무실'이라는 푯말이 걸린 공간에 도착했다.

오오쓰카는 숨을 죽이고 문손잡이에 손가락을 댔다.

**

7월 28일 밤 1시 15분, 아키가와 제1중학교에서 불길이 치솟았다는 신고가 들어왔다. 아키가와 아키루다이 소방서에서 신고를 받고 출동했지만 현장은 오래된 주택가로 폭이 4미터인 길 양옆에 불법주차 된 차량 탓에 소방차는 우회해야 했다. 결국 신고를 받은 지 40분이 지나서야 현장에 도착했고, 1층은 불길이 창문을 깨고 나와 일렁였다.

현장을 진두지휘한 대장의 판단으로 인근 소방서에 지원을 요청해 합동 화재 진압을 펼친 끝에 네 시간 만에 진화됐다. 그러나 4층 건물 중 1층은 거의 전소했고 2층도 절반은 불에 탔다.

불행 중 다행은 건물 안에 아무도 없었다는 사실이었다. 마침 여름방학 기간이었던 점도 한몫해서 학교에 묵으러 온 교직원과 학생이 없었다. 재산피해뿐이라면 손해가 최소한으로 끝났다고 할 수 있었다.

화재를 진압했을 즈음에는 날이 완전히 밝아서 조사가 신속히 시작됐다. 탄내와 소화제 냄새가 진동하는 가운데 화재 원인 조사관을 비롯한 소방대원 몇 명은 거의 다 타버린 교무실로 들어갔다. 건물을 경량철골구조여서 1층이 전소했어도 곧바로 건물 전체가 무너지지는 않았다. 그러나 2차 피해를 막기 위해 현장 조사는 신중하게 진행되었다.

교무실로 들어간 화재 원인 조사관은 곧바로 그곳이 발화지점이라고 확신했다고 한다. 다른 장소와 비교해도 분명히 불길이 빨리 번진 데다가 익숙한 탄내 외에도 매캐한 냄새가 났다. 아마도 가연 물질이리라. 만약 사실로 판명 나면 방화 가능성이 커진다.

화재 원인 조사관들이 불에 탄 그 사체를 발견한 것은 조사를 시작한 지 15분이 지났을 때였다. 사체가 탄화된 바람에 곧바로 사람이라고 인식하지 못했기 때문이었다.

인명피해로 인한 허망한 심정은 재산피해에 비할 바가 못 된다. 사망자가 확인된 순간 현장 분위기는 순식간에 무거워졌다. 학교 측에서는 학교에 머물 사람이 없다고 설명했지만 아무래도 착오가 생긴 듯했다.

옷도 완전히 불에 타서 육안으로는 나이는커녕 성별조차 판별할 수 없는 상태였다. 사지가 안쪽으로 오그라든 현상은 불에 탄 사체의 특성인데, 대원 중 한 명이 사체의 움켜쥔 오른 주먹 안에서 무언가를 발견했다.

도대체 무엇을 쥐고 있는 것일까. 정체를 알 수 있는 단서가 되지 않을까 주먹을 불끈 쥐는데 사체 주먹 속 물건이 쨍그랑 소리를 내며 떨어졌다. 벨트의 버클 같은 모양으로 만들어진 금속이었는데 타다 남은 것으로 추정됐다.

버클 가운데에는 '3'이라는 숫자가 새겨져 있었다.

뒤늦게 들이닥친 이쓰카이치 경찰서의 경찰들은 그 버클을 보자마자 낮게 신음했다.

관할서에서 벌어진 사건 내용이 알려지자 우도 사유리가 연관된 사건을 쫓던 수사본부는 졸지에 긴장이 감돌았다.

"이번에는 방화 살인가."

기리시마는 아연실색한 표정으로 중얼거렸다. 앞서 발생한 두 사건을 해결하지 못한 채 세 번째 사건이 일어났다. 당연히 지휘를 맡은 기리시마의 심기가 불편해졌다.

편치 않기는 미야마도 마찬가지였다. 범인은 우도 사유리라고 밝혀졌지만 행방은 여전히 묘연했다. 그런 상황에서 벌어진 방화 사건이었다. 마치 수사본부가 우도 사유리에게 조롱당하는 기분이 들어 분통이 터졌다.

출동했던 아키가와 소방서에서 발화 원인에 관한 보고가 올라왔다. 발화지점은 교무실이었으며 여러 곳에서 폭파 흔적이 발견됐다. 폭발은 건물을 파괴하고 가연 물질을 퍼뜨리는 데 한몫했는데, 1층에 비정상적으로 불이 빨리 번진 데는 그 가연 물질 탓이 크다는 견해였다.

가연 물질로 사용된 것이 경질 나프타라는 보고에 기리시마의 표정은 한층 더 굳었다. 경질 나프타는 지난 대형 버스 폭파 사건에서 사용된 물질이었다.

"원격 조종 폭탄에 의한 방화란 말인가."

"그 외 기폭장치 관련 부품은 아직 현장에서 발견하지 못했습니다. 다만 사용된 경질 나프타 성분은 지난 대형 버스 폭파 사건 때 나온 것과 같습니다."

과학수사연구원의 보고를 전하는 미야마도 분노로 인내심에 한계를 느꼈다. 같은 경질 나프타라도 불순물 혼합 상태로 성분이 미묘하게 달라진다. 과학수사연구원이 두 시료를 분석해서 같은 물질이라고 결론 냈다면 이 방화 사건 역시 틀림없이 우도 사유리의 범행이다.

"사체가 쥐고 있던 금속 조각도 지난 대형 버스 폭파 사건 때 다카하마 유키미의 가방에서 발견된 황동판과 같은 물건이었습니다. 재질과 모양 모두 동일한 것으로 보아 같은 금속 가공기로 만든 것으로 추정됩니다."

황동으로 만들어서 지난 사건과 마찬가지로 화재 속에서도 남아 있었다. 명백히 고의로 남긴 물건이며 이 또한 수사본부에 대한 도전이라고밖에 볼 수 없었다.

"사체 신상은?"

"그게…… 아무래도 옷이 전부 타고 피부도 거의 탄화돼서 인상착의를 전혀 알 수 없습니다. 불에 탄 옷에서는 신분증 잔해조차 나오지 않았고 지문 조회를 하고 싶어도 타 버리는 바람에……."

불에 탄 사체는 의대 법의학교실로 옮겨져 지금쯤 부검하고 있을 터였다. 육안으로 신상을 특정할 수 있는 정보는 아무것도 얻을 수 없기에 부검 결과를 기대할 수밖에 없었다.

"사체는 학교 관계자일 거야. 실제로 뒷문이 잠겨 있었으니까."

"그런데 날이 밝고 나서 학교 측에서 전 교직원한테 연락해서 모두 무사하다는 걸 확인했어요. 학생들도 누구 하나 사라진 사람 없고요. 사체는 학교 관계자가 아닐 겁니다."

"교내에는 CCTV도 설치되어 있을 거야. 불이 나기 전에 희생자가 찍히지 않았나?"

미야마는 기리시마가 질문을 던질 때마다 변변한 보고를 못 하자 위축됐다.

"교무실 옆에 있는 준비실에 개교 이래 학교 역사와 졸업생 명부 같은 기록물을 전부 보관하는데 CCTV 저장 장치도 거기 있습니다. 준비실도 불타는 바람에 저장 장치도 재생할 수 없는 상태입니다."

"저장된 하드디스크는 복원 못 하나?"

"망가진 저장 장치는 과학수사연구원에서 한창 복원하고 있는데 아직 보고는 못 받았습니다."

"사망자가 학교 관계자가 아니라면 불법침입자일 거야. 학교 밖 CCTV에는 안 찍혔나? 인근 주민 중에 수상한 자를 목격한 사람은 없고?"

"관할서 수사관들까지 동원해서 탐문하고 있지만 불이 난 시각이 불분명하기도 해서……."

"알겠어. 그만 됐어."

드디어 기리시마의 질문이 끝났다. 어쨌든 수사 회의까지 아직 시간이 있다. 그때까지 보고할 수 있는 내용을 긁어모을 심산일 테다.

"그런데 이해할 수가 없군."

기리시마의 옆에서 보고를 듣던 구도가 석연치 않다는 듯 입술을 비죽였다.

"그 번호표를 가지고 있었다는 말은 불에 탄 사체가 우도 사유리의 표적이었다는 뜻이야. 그런데 그 표적이 학교에 숨어들어야 했던 이유가 뭐지? 방학 중인 중학교에 돈이 될 만한 건 아무것도 없을 텐데."

구도의 지적은 타당했다. 여름방학 기간에는 도난을 방지하기 위해 교직원실에 있는 현금은 근처 은행에 맡긴다. 상습 학교 털이범이라면 진작 알았으리라.

"만약 진짜 학교 털이범으로 전과라도 있으면 지문 조회가 쉽겠지만 정작 중요한 손가락이 숯덩이가 됐으니 그것도 글렀어."

사체로 발견된 인물은 도대체 누구일까. 피해자가 특정되지 않는 한 수사가 진척되지 않는다는 것은 수사관 모두의 의견이었다. 지금은 과학수사연구원과 법의학교실의 보고를 기다리는 수밖에 없었기에 구도는 한심한 자신들이 견딜 수 없었다.

"그런데 이번 사건이 히사카 의원 사건 때부터 이어지는 연쇄 사건이라는 것만은 대번에 알겠군. 히사카 의원은 아키가와 제1중학교를 졸업했고, 후지미 임페리얼 호텔에서 열린 동창회도 이 학교 졸업생들의 모임이었어. 불에 타 죽은 놈은 히사카 의원의 지인일 가능성이 커."

그러자 지금까지 미야마 옆에서 모두의 이야기를 듣고만 있던 가쓰라기가 입을 열었다.

"그런데 구도 형사님. 히사카 의원의 동창들은 대부분 그 사건 때 죽었어요. 살아남은 사람들도 다들 연락이 되고요."

"동창이라고 한정 짓지 않았어. 하지만 뭔가 연관은 있을 거야."

다음 날 오전 9시에 수사 회의가 열렸지만 미야마가 예상한 대로 결과는 처참했다. 교내 방화가 지난 두 사건과 연관이 있다는 점이 발견됐지만 불에 탄 사체의 신상을 모르는 상태로는 수사를 진행할 수 없었다. 단상에 있는 무라세와 쓰무라는 하나같이 언짢은 표정이었다.

돌파구가 될 만한 정보가 들어온 것은 회의가 끝난 직후였다.

"새로운 사실이 두 가지 밝혀졌습니다."

가쓰라기가 보고했다. 천성이 속내를 숨기지 못하는 성격이어서 그런지 기리시마의 반응을 확인하기 전부터 표정이 밝았다.

"보고해."

"우선 법의학교실에서 부검 결과가 나왔습니다. 상세 내용은 차차 설명드리겠습니다만, 가장 중요한 점은 타살이라는 사실입니다."

"살해당한 뒤 불에 탔다는 말이군."

"부검 결과 폐에서 그을음이 검출되지 않았습니다. 그리고 심장에서 깊게 찔린 상처가 발견됐습니다."

즉 가슴을 찔린 것이 직접 사인이라는 의미다.

"방화를 저지른 사람이 피해자인지 우도 사유리인지는 나중에 가린다 치고, 피해자가 살해당했다면 번호표를 쥐고 있던 이유도 수긍이 가는군. 새로운 사실 중 나머지 하나는 뭐지?"

"피해자의 신원이 밝혀졌습니다."

"뭐라고?"

그 자리에 있던 기리시마 반 사람들이 일제히 엉덩이를 들썩였다.

"이 또한 부검으로 밝혀진 사실입니다. 사체에서 채취한 DNA 샘플을 전과자 데이터베이스에 돌렸더니 걸려들었습니다. 피해자는 오오쓰카 히사히로, 42세. 현재 아다치 초등학교 교사입니다."

"잠깐. 데이터베이스에 얼굴 사진과 지문까지는 전부 있겠지만 DNA까지는 입력 안 되어 있잖아. 등록되어 있다고 해도 아직 일부에 불과하고."

체포하거나 취조한 용의자의 지문은 당연히 채취하지만 DNA는 본인의 동의를 받아야 한다. 데이터베이스에 등록된 샘플 수도 수십만 건 속도로 꾸준히 늘고 있다.

"오오쓰카 히사히로한테는 동의를 받을 필요가 없었습니다. 5년 전에 미토시에 있는 초등학교에 재직 중일 때 강제 성추행 혐의로 구속, 송치됐거든요."

"도대체 무슨 짓을 저질렀기에?"

"본인이 담임이던 반 여자아이의 옷을 벗기고 사진을 찍었다더라고요."

오쓰카 히사히로

가쓰라기의 말투가 혐오스럽다는 듯 바뀌었다. 아무리 피해자라도 쉽게 용서받을 만한 죄가 아니다. 교육자라면 더욱 그렇다.

강제추행과 관련하여 13세 이상의 사람에 대하여 폭행 또는 협박을 하여 음란 행위를 한 자는 6개월 이상 10년 이하의 징역에 처한다. 13세 미만의 사람에 대한 행위도 이와 동일하다(형법 제176조).

"초범인 만큼 1심에서는 징역 3년에 집행유예 5년 형을 받았습니다. 오오쓰카는 체포 직후 미토시 교육위원회에서 징계면직 처분을 받았는데, 3년이 지난 후에 도쿄도 교원 채용시험에 합격해 지금의 초등학교에 부임했습니다."

미야마는 형용할 수 없는 분노를 느꼈다. 교원이 외설 행위 등으로 교육위원회의 징계를 받아 교원 자격을 잃더라도 현 제도로는 3년만 지나면 다시 자격을 취득할 수 있다. 2021년 2월부터는 징계면직으로 자격을 상실한 이력을 과거 40년 전까지 열람할 수 있도록 추진하고 있지만 일부 교육위원회에서는 징계면직자를 관보에 공고하지 않은 사례도 종종 발견되어 허점투성이 법이라고 비웃는 자도 있다.

"피해자의 신원이 밝혀진 점은 좋다. 하지만 그러면 다른 문제가 생겨. 아다치구의 초등학교에서 근무하는 오오쓰카가 어째서 아키루노에 있는 중학교에 숨어들었을까? 다시 도진 성벽 때문에 방학 중인 학교에 몰래 들어와 몰카라도 설치하고 있었던 건가? 무엇보다도 오오쓰카는 어떻게 뒷문을 따고 들어왔을까?"

여자 초등학생을 상대로 외설 행위를 저지른 성범죄자가 범죄 대상 연령을 바꾸었을 가능성은 작다고 생각하지만 미야마는 굳이 입 밖으로 내지 않았다.

"아무튼 오오쓰카 히사히로와 히사카 의원과 다카하마 유키미가 무슨 사이인지 파헤쳐야 해. 오오쓰카의 주변인 조사를 서둘러."

기리시마의 명령을 받은 미야마가 이쓰카이치 경찰서 수사관과 함께 향한 곳은 아다치구 센주카와라초에 있는 구립 초등학교였다. 미야마 일행을 응대한 교감에게 오오쓰카 사망 소식과 전과를 알리자 펄쩍 뛰며 놀랐다.

"설마, 그 오오쓰카 선생이요?"

그야말로 청천벽력의 소식을 들었다는 반응이었지만 어디까지가 진심인지는 알 수 없다. 이후 교장과 교육위원회, 그에 더해 재학생과 학부모 대상 보고 및 설명회를 앞두고 있다면 놀랄 만도 하다고 미야마는 비딱하게 생각했다.

"피해자가 과거에 저지른 행적은 차치하고 이 학교에서 평판은 어땠습니까?"

틀에 박힌 질문이라고 생각했는데 역시 틀에 박힌 대답이 돌아왔다.

"학생들이 좋아하고 학부모들의 신뢰도 두터운 교사였습니다."

무사안일주의에 찌든 증언 따위는 들을 가치도 없다. 미야마는 진의를 파헤칠 목적으로 시험 삼아 아슬아슬한 질문을 던졌다.

"학생들이 좋아하고 학부모의 신뢰도 두터웠던 교사가 왜 살해당한 뒤 불에 타 버렸는지 이해하기 어렵군요. 혹시 이 학교에서 문제를 일으킨 건 아닙니까?"

"문제라니, 당치도 않습니다."

어쨌든 학교라는 조직은 내부 문제나 스캔들을 유난히 기피한다. 학교 폭력 은폐가 가장 적절한 예다. 당황한 교감을 보니 의심하고 싶지 않아도 의심할 수밖에 없었다.

"그러면 질문을 바꾸겠습니다. 오오쓰카 씨가 어떠한 문제에 휘말린 적이 있습니까? 아니면 오오쓰카 씨에게 원한이 있거나 그를 미워하는 자로 짐작 가는 사람은 없습니까?"

교감은 목이 빠져라 부정했다.

"우리 학교에서는 절대로 그런 일은 없었습니다. 적어도 제가 알기로는 그렇습니다."

마지막 한마디야말로 부주의하게 튀어나온 본심이리라. 오오쓰카에게 문제가 있다고 해도 자신과는 관련 없다고 미리 도망갈 구멍을 만들어 놓는 태도가 구차하기 그지없었다.

"오오쓰카 씨의 인간관계에 대해 여쭙겠습니다. 지인 중에 정치인이 있다는 말을 한 적은 없습니까?"

"정치인, 말입니까? 아뇨, 그런 소리는 못 들었습니다."

만약을 위해 동료 교사들의 증언도 모으고 싶지만 여름 방학 기간이라서 당장 전원 소집할 수 없다고 했다.

"오오쓰카 선생의 사망 소식이 신문에 보도되면 학부모 설명회가 열릴 텐데 그때 다시 와주실 수 있으십니까?"

아무리 수사라도 임의 조사인 한 경찰도 억지를 부릴 수는 없다. 사건의 규모로 판단컨대 학부모 설명회도 빠른 시일 안에 열릴 것이다. 교감의 요청을 수락해서 학교 측에 빚을 지우는 방법도 나쁘지 않다.

미야마 일행은 일단 인사를 하고 학교를 떠났다. 그러나 다음 날 열린 설명회에 참석해 동료 교사들의 이야기를 들었지만 교감이 증언한 수준 외에 큰 수확은 없었다. 또 오오 쓰카와 아키가와 제1중학교와의 관계에 대해서도 물었지만 교외 활동과 기타 활동을 포함해도 관련성을 아는 사람은 아무도 없었다.

기리시마 반의 별동대는 오오쓰카의 본가가 있는 미토시에 찾아가 그의 어머니에게 이야기를 듣고 왔다. 아들의 사망에 황망하고 슬퍼하는 어머니를 달래며 물었지만 역시 히사카 의원이나 다카하마 유키미와의 접점은 전혀 모른다고 대답했다.

"미토의 초등학교에서 일으킨 불미스러운 사건에 대해서는 어머니도 심하게 질책했고 본인도 깊게 반성했던 것 같습니다. 하기야 어머니는 아들에게 약한 존재니 전부 믿을 수는 없지만요."

경찰관뿐 아니라 성범죄자, 특히 아동성범죄자는 처벌이 무겁다. 재취업한 오오쓰카가 이후에 아무런 문제도 일으키지 않은 사실을 감안하면 어머니의 증언이 거짓이라고 단정할 수는 없었다.

또 다른 별동대는 오오쓰카의 아파트를 가택 수색했다. 담당 수업 관련 문서 외에는 이렇다 할 물건은 찾지 못해서 결과가 신통치 않았다.

한 가지 중요한 것을 찾지 못했다. 바로 오오쓰카의 집에서 당사자의 휴대폰을 찾지 못한 것이다. 오오쓰카의 사체와 화재 현장에서도 휴대폰이 발견되지 않았기에 범인이들고 달아났다고 판단하는 것이 타당할 터였다.

"세 사람 모두 공통점이 전혀 없어."

보고를 받은 기리시마의 표정이 점점 험악해졌다. 희생자가 늘고 범인으로 추정되는 인물도 밝혀졌지만 거리는 좁혀지지 않았다. 정체가 드러난 범인을 수수방관하는 상황이나 마찬가지니 어찌 보면 범인을 알아내지 못한 경우보다더 책임을 추궁당한다고 해도 도리가 없었다.

수사본부가 해야 할 일은 크게 두 가지다. 하나는 희생자가 더 늘지 않도록 막는 일, 나머지 하나는 우도 사유리의신병을 확보하는 일이다. 희생자들의 연결고리를 찾지 못하는 한 다음 범행을 사전에 막을 방법은 없었다.

"그런데 희생자를 꼭 셋 다 묶을 필요는 없어. 세 사건 모두 우발적이거나 계획 없이 저지른 범행이 아니야. 도구와사전 준비가 필요하지. 결코 충동 범행이 아니야."

잠시 눈을 감고 조용히 생각에 잠긴 기리시마는 이내 각성한 듯 눈을 떴다.

오쓰카 히사히로

"역으로 조사한다."

그렇게 말한 뒤 등 뒤에 있던 화이트보드에 붙어 있는 우도 사유리의 얼굴 사진으로 시선을 돌렸다.

"피해자가 아닌 범인, 즉 우도 사유리를 아는 사람부터 정보를 캐내. 사고방식과 취향, 교우 관계까지. 당연히 과거에 작성된 진술조서 내용 말고."

묘안이라고는 생각했지만 체포 당시와 정신감정을 받았을 때의 우도 사유리 프로필과 인격은 이미 샅샅이 드러났다. 이제 와서 그 외 사정을 알 사람이 있을까.

미야마가 솔직하게 질문하자 기리시마는 태연하게 대답했다.

"일단 두 명은 있어. 가장 처음 우도 사유리와 대결한 사이타마 현경의 형사. 그리고 다른 한 명은 우도 사유리의 변호인 겸 신원보증인이었던 미코시바 변호사."

2

다음 날, 미야마는 홀로 사이타마 현경을 방문했다. 과거 우도 사유리 사건을 담당한 사람은 고테가와 가즈야라는 형사로, 전해 들은 소문에 따르면 체포 당시 반죽음 꼴을 당했다고 한다. 목숨이 왔다 갔을 했을 정도의 사이라면 누구보다 우도 사유리를 잘 안다고 해도 이상하지 않았다.

"안녕하십니까, 고테가와입니다."

고테가와는 불량배가 경찰관이 된 듯한 인상이었다. 승부욕이 강하고 예의는 없지만 이치에 맞게 행동하려는 사람이었다. 좁은 범위의 정의감을 지키려고 분투하는, 대략 관리직에는 어울리지 않는 부류지만 미야마는 싫지 않았다.

"우도 사유리 건으로 일부러 찾아오셨죠? 그 여자 사건은 여기까지 들리더군요."

고테가와는 우울한 표정으로 미야마를 바라봤다. 승부욕 강해 보이는 남자에게는 전혀 어울리지 않는 얼굴이었다.

"당연히 들으셨겠죠. 원래 형사님이 잡은 범인이니까요."

"그뿐만 아니라 범행이 하나같이 요란하잖습니까. 호텔 파티 참가자 모두에게 독을 먹인다거나 대형 버스를 폭파시킨다거나, 대부분 테러리스트들이 쓰는 수법이잖습니까."

"이곳 한노시에서 벌인 사건도 몹시 요란했다고 들었습니다. 치졸한 범행성명문대로 연쇄 살인을 저지르고 짐승의 소행처럼 사체를 손괴하고, 도무지 정상인이 할 거라곤 생각할 수 있는 짓이 아니었죠."

"네, 그래서 우도 사유리가 정신병 환자라는 사실을 알았을 때는 수긍이 가기도 했습니다."

체포 후 기소 전 정신감정에서 우도 사유리는 해리성 동일 장애 진단을 받았다. 그 때문에 검찰이 기소를 보류했지만 그것이 우도 사유리가 달아난 간접적 원인이 되었으니 아이러니다.

"엽기적인 수법에 이해할 수 없는 동기. 제 입으로 말하기도 뭣하지만 한동안 여자를 믿을 수 없을 정도였습니다. 꽤 상처를 입기도 했고 말입니다."

정신적 상처인가 육체적 상처인가. 궁금했지만 굳이 입 밖에 내지 않았다.

"그런 칼부림을 벌인 상대라면 하치오지 의료교도소를 탈옥했다는 소식을 들었을 때 직접 쫓고 싶다는 마음이 드셨겠군요?"

"쫓고 싶은 마음이야 굴뚝같았죠. 하치오지 의료교도소 사건이든 경시청 관할이든 상관 않고 말입니다. 하지만 쫓지 못했습니다."

"다른 사건으로 바쁘셨습니까?"

"아뇨, 막혔거든요."

고테가와가 검지로 천장을 가리켰다.

"직속 상사가 이러쿵저러쿵 시끄러워서……. 넌 더는 그 여자와 엮이지 말라면서 무슨 꽃뱀한테 걸려든 애송이 취급했습니다."

딱 맞는 표현이라고 생각했지만 이 또한 입 밖으로 내지 않았다.

"후지미 임페리얼 호텔 사건으로 우도 사유리 이름이 거론됐을 때는 몹시 놀라셨겠군요."

"한동안 소식이 없었으니 더했죠. 그런데 그 뒤에 일어난 대형 버스 폭파 사건도 그렇고 도무지 이해가 안 가더라고요."

"어디가 어떻게 이해가 안 됐습니까? CCTV 영상에서 3D 이미지를 도출했더니 우도 사유리 얼굴과 일치했습니다. 현장에 있던 사람은 그 여자가 분명합니다."

"아뇨, 형사님. 나라고 과학수사연구원이나 DAIS의 분석 능력을 의심하겠습니까? 현장에 우도 사유리가 있었던 건 사실이죠. 하지만 대규모 독살도 대형 버스 폭파도 그 여자와는 맞지 않는다는 생각이 들었습니다."

"맞지 않는다니, 그게 무슨 말씀이십니까."

"난 어휘력이 부족하니까 다르게 말하겠습니다. 우도 사유리는 기본적으로 맞짱을 뜨는 스타일입니다. 여자치고 완력이 상당히 좋아서인지 사람을 죽일 때는 늘 일대일, 아니면 접근전이었죠. 어둠을 틈타는 등 본인한테 유리한 상황을 만들기는 해도 방식만큼은 맞짱 뜨는 스타일이었어요."

"일대일도 아니고 접근전도 아니다. 그러니까 우도 사유리의 범행이 아니라는 말씀입니까?"

"그런 뜻까지는 아닙니다. 하지만 우도 사유리가 관여한 게 사실이라고 해도 범행 전체를 계획한 사람은 적어도 그 여자는 아닐 거라 생각합니다."

"우도 사유리는 장기짝일 뿐, 계획자는 따로 있다고 보시는군요."

"확실한 증거는 없지만 말입니다. 그렇게 생각해야 아귀가 맞아요."

고테가와는 아마도 직감으로 말했으리라. 본인 말마따나 근거다운 근거도 없다.

하지만 근거가 없어도 기이하게도 설득력이 있는 이유는 고테가와 본인이 직접 체득한 감각 때문일 것이다. 직접 피를 흘린 경험자 앞에서 온갖 논리는 허무할 뿐이다.

지금 나눈 대화로 고테가와의 인격을 파악했다. 지금부터는 본론으로 들어갈 차례다.

"수사본부는 희생자와 우도 사유리와의 접점을 찾고 있습니다."

미야마는 번호표를 가지고 있던 피해자 세 명의 프로필과 생활 이력을 하나하나 열거했다.

　"어떻습니까. 우도 사유리와의 접점이 뭐라도 있습니까?"

　"히사카 고이치 39세 국회의원, 다카하마 유키미 24세 버스 가이드, 오오쓰카 히사히로 32세 초등학교 교사……. 보란 듯이 제각각이네요. 출신지도 출신 학교도 다르고. SNS 같은 걸로 교류한 적은 없었습니까?"

　"아뇨. 아직 거기서도 아무것도 못 찾았습니다."

　"우도 사유리의 가정환경은 복잡하고 의료소년원을 출소하고 나서는 음악 세계에 완전히 빠져 지냈다고 들었습니다. 피해자 세 사람은 음악과는 별로 인연이 없는 것 같던데요. 길에서 버스킹이라도 한 적 있습니까?"

　"그런 취미는 없었던 것 같습니다."

　고테가와는 잠시 팔짱을 끼고 생각에 잠겼다가 이윽고 체념한 듯 고개를 저었다.

　"접점, 전혀 떠오르는 게 없네요."

　"그럼 그 여자가 다음으로 노리는 희생자도 짐작 가는 바가 없습니까?"

　"전혀요. 애당초 지금 일어난 사건들이 우도 사유리의 범행 스타일과는 전혀 다르게만 보입니다."

오쓰카 히사히로

고테가와의 주장은 변함없었다. 우도 사유리에 관해서는 자신의 의견이 가장 옳다고 믿는 눈치였다.

"폭탄이니 방화니, 굳이 증거를 인멸하고 싶어 하는 행태로 보이는데 우도 사유리는 증거 인멸에도 별로 관심 없습니다. 전혀 신경 쓰지 않는다고 해야 하나, 잡을 수 있으면 잡아 보라는 느낌이었거든요."

사이타마 현경을 뒤로한 미야마가 다음으로 향한 곳은 가쓰시카구 고스게에 있는 미코시바 변호사의 사무실이었다. 약속은 미리 잡았는데 면담 시간은 15분 정도라고 했다.

30분이 지나면서부터는 유료라고 전화를 받은 여성 사무원이 알려 줬다.

"잠시만요. 저희는 경찰 조사로 방문하는 건데요."

─죄송합니다. 임의 조사인 한 다른 고객들과 같은 조건이라는 게 저희 변호사님 방침입니다.

여성 사무원은 미안하다는 말투였지만 이 상황이 익숙해 보였다. 그 모습으로 보건대 미야마를 곤란하게 하려고 일부러 꾸민 일은 아닌 듯했다.

미코시바 레이지라는 이름을 모르는 사법 관계자는 적으

리라. 촉법소년으로 사건을 일으켜 신문에 보도되고, 의료소년원 시절 군은 결심으로 매진해 사법시험에 합격. 변호사가 된 뒤에는 연전연승을 기록하며 분명 유죄 판결이 예견된 사건을 몇 번이나 뒤집었다. 의뢰인에게는 믿을 수 있는 아군이지만 검찰과 경찰에게는 불구대천지원수였다.

사무실 문을 열 때는 역시 긴장됐다. 본인과 만나기 전부터 이 꼴이라니 앞으로가 염려됐다. 미야마는 마음을 가다듬고 사무실 안으로 걸음을 옮겼다.

"우도 사유리 건으로 오셨다고?"

인사고 나발이고 없었다. 미코시바는 입을 열자마자 본론으로 들어갔다.

뾰족한 귀와 가느다란 입술은 상대에 따라 자못 사나워 보였다. 변호사라고 해도 인기가 있어야 장사가 될 텐데 첫인상에 마이너스 요인이 될 부분을 굳이 고치려 들지 않는 이유는 뛰어난 실적 때문이리라.

"변호사님은 우도 사유리의 변호인 겸 신원보증인이라고 들었습니다."

"그러니 형사님이 이야기를 물으러 왔겠지."

"6월에 후지미 임페리얼 호텔에서 일어난 대규모 독살 사건을 아십니까?"

"매일 신문을 보니 아네."

"같은 달에 일어난 대형 버스 폭파 사건, 그리고 지난달에 일어난 중학교 방화 사건은요?"

"다 알아. 무슨 문제라도 있나?"

"우도 사유리가 그 세 사건에 모두 연루됐습니다. 아니, 수사본부는 우도 사유리를 핵심 용의자로 쫓고 있습니다."

그때까지 냉철하기 그지없었던 미코시바의 눈빛이 살짝 흔들렸다.

"물증이 있나?"

"현장 CCTV에 우도 사유리가 찍혔습니다."

"CCTV 영상은 물증이 안 돼. 공판에서도 채택되지 않지."

"공판이 아니라 수사 단계 이야기입니다. 수사 정보이니 자세한 내용은 말씀드리기 어렵지만 세 사건 모두 표적은 한 명뿐입니다. 나머지 희생자들은 그냥 휘말린 사람들입니다."

세 피해자에게 번호표가 있었던 사실은 말할 수 없다. 미코시바에게 말해도 되는 내용은 세 사람의 프로필과 범행 현장 상태로 한정된다.

"세 범행 현장에서 우도 사유리의 모발이나 지문이 검출됐나?"

"아뇨……."

"우도 사유리의 얼굴을 분명히 봤다는 목격자가 있나?"

"아닙니다……."

"더 말할 것도 없군."

칼 같았다.

"핵심 용의자치고는 증거가 너무 모호해. 설마 의료교도소를 탈주했다는 사실만으로 용의자라고 의심한다면 주먹구구식 수사도 이만저만이 아니군. 아직도 그렇게 수준 떨어지는 수사를 하니 억울한 사람이 없어지지 않는 거야. 무엇보다도 경찰이 허술하게 수사해 주는 덕분에 내 돈줄이 끊이지 않기도 하고."

심한 모욕에 미야마의 피가 머리끝까지 솟구쳤지만 간신히 억눌렀다.

간단한 사정 청취 겸 방문했지만 어느샌가 심리전 양상을 띠었다. 자제심을 먼저 잃는 사람의 패배다.

"우도 사유리의 변호인다운 말이군요. 하지만 변호사님은 신원보증인이기도 합니다. 우도 사유리의 소행일 가능성이 있다면 더는 죄를 짓지 않도록 노력하는 게 신원보증인의 역할 아닙니까?"

"다음 범행을 예측하라는 말인가."

"하치오지 의료교도소 면회 기록을 봤습니다. 변호사님은 일주일에 두 번씩 자주 방문해 우도 사유리를 면회했더군요. 그만큼 그 여자와 대화를 나누다 보면 사고 패턴도 잘 아시지 않겠습니까."

공수 교대라는 생각에 단단히 별렀지만 착각이었다.

"면회는 했지. 하지만 대화는 안 했어."

"뭐라고요?"

"정확하게는 대화가 이루어지지 않았어. 상대는 정신병 환자야. 대화가 되지를 않는데 무슨 재주로 사고 패턴을 읽겠나?"

도발이 느껴지는 말투였는데 미코시바의 말을 도저히 그대로 받아들일 수 없었다. 미코시바의 과거를 조금 조사했더니 우도 사유리와 같은 의료소년원 출신이라는 사실을 알았다. 똑같은 촉법소년에 같은 소년원 출신으로 서로 통하는 것이 있을 터다.

"그럼 변호사님 외에 우도 사유리와 가까운 사람은 없습니까? 우도 사유리가 들를 만한 곳을 아는 사람 말입니다."

"우도 사유리의 남편에 대해 알아봤나?"

"우도 신이치 씨, 현재 오키나와 거주. 호적상으로는 아직 남편이지만 이혼이 성립되지 않았을 뿐 사실상 남남입니다.

수사관들이 현지까지 가서 우도 사유리와 접촉이 없었던 사실을 확인했습니다."

"그럼 그걸로 주변 조사는 끝이군. 우도 사유리는 구속 전에도 자기만의 세계에 틀어박혀 살았어. 친하게 지낸 사람은 없지. 포기해야겠군."

"그렇다고 형사가 어떻게 포기하겠습니까."

미야마가 더욱 물고 늘어졌다.

"하치오지 의료교도소에서 우도 사유리를 담당했던 의사는 도움이 안 됐습니다. 해리성 동일 장애인 데다 살인 충동까지 발현돼 이전 사례를 참고할 수 없다더군요. 하지만 우도 사유리에게 음악 치료를 지도한 사람이 있지 않습니까."

"오마에자키 교수를 말하는 거라면 가장 먼저 포기해. 형사에게 환자의 정보를 넘길 만한 위인이 아니야. 만나러 가자마자 문전박대나 당할 게 뻔하지."

"협조하실 생각이 없어 보이는군요."

"당신들이 우도 사유리를 잡을 수 있을 것 같지 않아. 실제로 하치오지 의료교도소를 탈주한 지금도 아무 단서를 얻지 못했지. 능력 없는 사람한테는 협조해도 쓸모없어."

"우도 사유리가 계속 범행을 저지르면 협조하지 않은 변호사님도 책임을 추궁당할 겁니다. 그렇지 않습니까."

오쓰카 히사히로

"책임을 묻기 전에 우도 사유리의 혐의를 벗기면 될 일이지."

도대체 저 거만한 자신감은 어디서 나오는가. 미코시바를 불구대천지원수로 여기는 사람들의 심정을 비로소 이해할 수 있었다.

"노파심에서 하는 말인데 수사본부는 중요한 사항을 빠뜨리고 있어. 굳이 알고 싶지 않은 건지, 아니면 완전히 놓치고 있는 건지 우도 사유리를 범인으로 몰고 싶다는 생각만 가득할 뿐 아무런 검토도 안 하고 있잖아."

"무엇을 말입니까."

"잠겨 있던 중학교 뒷문을 따고 침입했을 거야. 만약 자물쇠를 땄다면 그 흔적을 감식이 놓칠 리 없지. 그렇다면 우도 사유리는 스페어 키를 갖고 있었다는 말인데. 열쇠를 어디서 어떻게 구했을까? 애당초 우도 사유리가 중학교 근처 지리에 밝았을까? 교무실을 포함해 1층은 거의 전소했다고 하니 아마 설치된 CCTV도 다 타 버렸겠지. 당신은 분명한 표현을 피했지만 중학교 화재 현장에서 우도 사유리의 모습을 확인하지 못한 것 아닌가."

핵심을 꿰뚫는 말에 한마디도 반박하지 못했다.

"물증은커녕 본인이 현장에 있었다는 사실조차 확인하지

못했어. 그런 상황에서 잘도 핵심 용의자 운운하는군. 여기가 법정이라면 재판관이 실소할 거야."

미코시바의 지적은 정곡을 찔렀다. 뒷문 문제가 마음에 걸렸지만 오오쓰카가 번호표를 쥐고 있었다는 사실에 사로잡혀 해결을 미룬 감이 있었다.

"교내에 침입해 불을 지른 사람이 우도 사유리라고 단언할 수 없어. 현재 분명한 것은 그 사실이지. 거기서부터 추론하면 새로운 전개가 펼쳐질지 모르겠군."

"하지만."

"15분 지났어."

미코시바는 손목시계로 시선을 던졌다. 아무래도 말하면서 시간을 재고 있었던 듯했다.

"돌아갈 시간이군."

일말의 여지도 없었다. 여성 사무원에게 슬쩍 눈짓해서 도움을 청했지만 그녀는 미안한 듯 웃기만 할 뿐 전혀 도움이 되지 않았다.

"또 시간을 뺏을지도 모르겠습니다."

최소한의 협박이었으나 미코시바의 대답은 가차 없었다.

"성가시니까 오지 마."

완전히 패배자가 된 기분으로 사무실을 나왔다. 우도 사유리를 아는 사람을 사정 청취했지만 얻은 것은 적고 잃은 것은 많았다. 미코시바와의 대치로 자존심에 상처를 입고 의욕이 꺾였다. 변호사 따위에게 어떠한 말을 들어도 동요하지 않으리라 생각했는데 아무래도 틀린 모양이다. 더욱이 미코시바의 과거를 감안하면 범죄자에게 비웃음을 산 것이나 다름없었다. 면담은 끝났지만 우울감만 쌓이고 형사로서 자부심이 좀먹었다.

사무실이 있는 상가 건물을 나와 텅 빈 주차장을 걸으니 간신히 진정됐다.

새삼 곱씹으니 미코시바의 지적은 정곡을 찔렀을 뿐 아니라 시사하는 바가 컸다. 오오쓰카가 번호표를 쥐고 있던 점, 그리고 방화 당시 가연 물질로 경질 나프타가 사용된 점. 사건과 우도 사유리를 연결 짓는 사실은 그 두 가지뿐이었다. 달리 말하면 그 두 사실에 제삼자가 관여했다고 가정하면 우도 사유리는 무관하다는 뜻이 된다.

하지만 있을 수 있는 일인가.

숫자가 새겨진 번호표는 아직 미공개 수사 정보로 언론 관계자에게 새어나가지 않았다. 번호표의 존재를 아는 사람은 수사본부 수사관들과 범인뿐이다. 따라서 방화 사건에 우도 사유리가 관여하지 않았다는 가설은 설득력이 떨어진다.

수사본부가 어느 부분을 잘못 판단하기라도 한 것인가.

곰곰이 생각하는데 가슴팍 주머니에 넣어 두었던 휴대폰의 벨소리가 울렸다. 전화를 건 사람은 기리시마였다.

"네, 미야마입니다."

—지금 당장 들어와.

평소처럼 반론의 여지를 주지 않는 말투지만 긴장감이 느껴졌다.

—용의자가 한 명 더 떠올랐다.

순식간에 미코시바의 말이 떠올랐다.

"도대체 누구입니까?"

—재학생이야. 사건 당시 중학교 방향으로 가는 모습이 CCTV에 찍혔어. 범행동기도 있어.

3

미야마가 서둘러 수사본부로 돌아오자 이미 해당 용의자에 대해 임의동행을 신청할 예정이라고 했다. 중학생을 용의자로 지목한 이상 그에 걸맞은 물증과 근거가 있었다.

"근래 보기 드문 흉악범죄인데 잡고 보니 꼬맹이 짓이라고? 그야말로 용두사미로군."

기리시마는 마침내 수사선상에 오른 용의자가 열네 살이라는 사실을 납득할 수 없는 듯했다. 만약 그 소년이 범인이면 취조가 끝난 뒤 대개 가정법원으로 넘겨져 형사사건으로 재판을 받는 일은 없다. 그저 소년 갱생이 목적인 처분이 내려질 뿐이었다.

"용의자가 재학생이라면서요."

"가라스마 다카야라는 꼬맹이야."

기리시마의 설명에 따르면 통학로에 설치된 CCTV를 분석한 결과, 화재 직전에 학교 건물로 이어지는 길을 오가던 가라스마의 모습이 확인됐다고 한다.

"편의점에 뭐 사러 나갔던 거 아닙니까?"

그러자 기리시마는 자신의 컴퓨터를 미야마에게 보였다. 키보드를 누르자 화면에 선명한 영상이 나타났다.

"방금 말한 CCTV를 분석한 영상이다."

타임 코드가 어지럽게 바뀌는 가운데 소년이 어둑한 보도를 티셔츠와 반바지 차림으로 가로질렀다. 작은 덩치에 짧은 머리, 카메라 방향 탓에 얼굴까지는 보이지 않았다. 한 손에 든 스포츠 가방이 둥글게 부풀어 있었다. 이 시점 시각은 7월 27일 23시 29분이었다.

영상이 잠시 깨진 이유는 편집 부분을 지났기 때문이었다. 시각은 날짜가 바뀐 28일 0시 20분. 조금 전 찍힌 소년이 이번에는 반대쪽에서 달려왔다. 부풀었던 스포츠 가방은 내용물을 토해낸 뒤 움푹 꺼졌고, 소년의 얼굴이 비스듬히 찍혔다.

　"스포츠 가방을 들고 편의점에 가는 놈은 잘 없어. 게다가 돌아올 때는 가방이 움푹 들어가 있었고."

　"폭탄을 학교로 옮겼으니 돌아오는 길에는 가방이 비었겠군요."

　"영상을 고화질로 만들어 학교 관계자에게 보여 줬더니 누군지 금방 알아냈어. 2학년 A반이라더군."

　"그런데 CCTV 영상만으로 임의동행은 어렵지 않습니까. 상대는 열네 살이라고요."

　"증거가 있어."

　그렇게 말하는 기리시마의 얼굴은 여전히 언짢았다.

　"스페어 키. 상점가에 '키 레스큐'라는 열쇠 전문점이 있는데 가라스마가 25일에 방문했어. 점원에게 브랜드 이름과 열쇠 번호를 말하고 다음 날 받아 갔지."

　브랜드 이름과 열쇠 번호만 알면 스페어 키를 쉽게 만들 수 있다.

　오쓰카 히사히로

"점원에게 가라스마의 사진을 보여 줬더니 스페어 키를 주문한 당사자라고 증언했다. 임의 동행하기에 충분한 증거지."

미야마가 도착하자 가라스마를 데리고 오라며 기리시마가 타이밍 좋게 명령했다. 동안으로 통하는 미야마와 형사답지 않은 풍채의 가쓰라기를 보내는 이유는 열네 살 소년과 그의 가족들에 대한 배려로 느껴졌다.

미야마는 가쓰라기와 함께 암행순찰차를 타고 가라스마의 집으로 향했다. 해당 주택은 신축과 구축이 뒤섞여 있는 주택지 안에 있었고 지은 지 30년은 지난 듯 보였다.

시각은 오후 6시 50분. 가라스마가 이미 집으로 돌아왔다는 사실은 선발대의 보고로 알고 있다. 선발대는 뒷문으로 돌아가고 미야마와 가쓰라기는 정면 현관에서 급습할 것이다. 퇴로를 막는 완벽한 방법이었다.

인터폰을 누르자 여자 목소리가 들려왔다.

—누구세요?

"경찰입니다. 다카야 씨 일로 왔습니다."

말을 꺼낸 사람은 경찰이라고 소개해도 거부감이 덜 느껴지는 가쓰라기였다. 어머니로 보이는 여성의 말투가 확연히 바뀌었다.

―네, 지금 열어 드릴게요.

　현관으로 들어선 미야마와 가쓰라기가 경찰수첩을 보여 주자 어머니는 한층 더 경계하는 모습이었다.

　요구에 응해 트레이닝복 차림으로 나타난 가라스마 다카야는 현관 앞에 서 있는 미야마 일행을 겁먹은 시선으로 쳐다봤다.

　분명히 CCTV에 찍힌 소년이었다.

　"가라스마 다쓰야 군이지? 잠시 이야기 좀 나누고 싶은데 경찰서까지 함께 가 주겠니?"

　가쓰라기가 매우 부드러운 어투로 말했다. 방화 살인 혐의가 농후하다고 해도 열네 살이라는 나이를 생각하면 타당한 대응이었다.

　아무래도 짚이는 구석이 있는지 가라스마는 잠시 머뭇거린 뒤 힘없이 고개를 끄덕였다.

　"……알겠어요. 옷 갈아입고 올 테니 잠깐 기다려 주세요."

　"이야기가 길어지면 서에서 묵어야 할지도 몰라. 도와줄게."

　"아뇨, 괜찮아요."

　"괜찮아, 도와줄게."

　자신의 역할은 억지로 밀어붙이는 것이라고 미리 정해놓

왔다. 미야마는 가라스마를 억지로 앞장세워 방으로 서둘러 들어갔다. 용의자의 도주를 막겠다는 목적과 함께 또 하나, 증거 인멸을 막으려는 의도였다.

가라스마의 방으로 들어가자 그 나이 또래 특유의 소년 냄새가 났다. 그러나 소년다운 분위기는 냄새와 선반을 장식한 피규어까지였다.

책상 옆 쓰레기통에는 전자부품 포장지가 처박혀 있었다. 꺼내 보니 제품명이 'IC555'라고 적혀 있었다. 발신 회로나 타이머에 쉽게 쓰이는 전자부품이다.

"그건……."

미야마는 뭐라고 항의하려던 가라스마를 거들떠보지도 않고 책상 위에 코를 가져다 댔다. 가라스마가 방에서 폭탄을 만들었다면 작업 장소는 이곳뿐이었다.

아니나 다를까 가솔린 냄새가 났다. 방 한구석에는 CCTV에 찍혔던 스포츠 가방이 나동그라져 있었다.

당장 현장을 보존해야 한다. 가라스마 집안은 세 식구로 다행히 아버지는 아직 귀가 전이었다. 미야마는 머리를 굴려 아래층에서 초조해하는 어머니에게 말을 걸었다.

"아드님한테 이야기를 듣고 싶은데 이런 시간에 아드님 혼자만 경찰서에 보내는 건 불안하시죠? 괜찮으시면 동행하시겠습니까?"

"당연하죠."

"그럼 남편분도 경찰서로 오시도록 연락해 두시죠."

가라스마 다카야와 그의 어머니를 암행순찰차에 태우고 수사본부로 향했다. 문단속을 하고 아버지도 경찰서로 오라고 연락했으니 당분간은 방을 현장 보존할 수 있다. 부모를 경찰서에 붙잡아 놓는 사이에 압수수색 영장을 발부받으면 된다.

막혀 있던 수사가 단번에 뚫리기 시작했다. 미야마는 흥분을 감추지 못했지만 한편으로는 가장 중요한 의문이 떠올랐다.

가라스마 다카야는 지금까지 벌어진 사건과 어떻게 연관되어 있을까?

경찰 취조는 특별한 허가가 없는 한 하루 여덟 시간 이내, 기본적으로 오전 5시부터 오후 10시까지로 제한되어 있다. 가라스마가 경찰서에 도착한 시각은 오후 7시 51분. 따라서 첫 취조는 두 시간 동안 진행할 수 있다. 기리시마는 오늘 밤 안으로 항복을 받아내라고 엄명을 내렸다.

"학교에 불 지른 사람, 너지?"

미야마는 취조실에서 기싸움을 벌이기보다 단도직입적으로 물었다. 이러니저러니 해도 상대는 열네 살이다. 꼼수를 부리지 않으면서 자백을 받아내고 싶었다.

"불 같은 거 지른 적 없어요."

가라스마는 임의동행에 동의했으면서도 버티기 시작했다. 의심받을까 봐 따라나섰지만 핵심은 말하지 않을 속셈인가.

"7월 28일 늦은 밤에 학교에 불이 났어. 그 시간에 어디서 뭘 했지?"

"방에서 자고 있었어요."

"몇 시쯤에 침대에 누웠어?"

"……자정쯤이요."

"그 시각에는 밖에 나가지 않았다는 말이구나."

가라스마는 조심스럽게 대답하듯 고개를 끄덕였다. 아무리 아닌 척해도 어린 티가 났다.

"이걸 봐."

미야마는 가쓰라기에게 컴퓨터를 가져 오라서 해서 가라스마에게 화면을 보여 줬다. 화면에 뜬 것은 CCTV 영상이었다.

"여기 찍힌 사람, 너지? 시간도 확실하게 나와 있어. 27일

23시 29분부터 28일 0시 20분 사이에 넌 학교 건물로 이어지는 통학로를 왕복했어. 아까 한 증언과 완전히 다른데?"

가라스마는 입을 꾹 다물고 있었는데 묵비권을 행사하려는 것이 아니라 그저 미야마를 무서워하는 기색이었다.

그렇다면 더 몰아붙여야지.

"한밤중에 집에서 나와 학교에 몰래 들어갔지?"

"몰래 들어간 거 아녜요."

"상점가에 키 레스큐라는 열쇠 가게 알지? 최근에 간 적 있어?"

무언가를 숨기는 것에 서툰 사람은 궁지에 몰릴수록 거짓말을 한다.

"아뇨, 가게 앞을 몇 번 지나간 적은 있지만 이용한 적은 없어요."

"25일 오후 4시 30분, 네가 가게에 가서 스페어 키를 한 개 주문했다고 점원이 증언했어. 그때 열쇠 실물을 제시하지 않고 브랜드 이름과 열쇠 번호만 말했다더군. 그러면 굳이 열쇠를 빼돌리지 않아도 되니까 편했겠지. 그리고 그다음 날 네 손에 스페어 키가 들어왔고. 27일 늦은 밤, 학교 건물 뒤로 돌아가 스페어 키로 문을 따고 들어갔어."

"아니에요, 아니라고요."

"학교에 갈 때까지만 해도 빵빵하게 부풀어 있던 스포츠 가방이 집에 돌아갈 때는 텅 비어 있었지. 속에 뭐가 들어 있었어? 폭탄이었어, 가연 물질이었어?"

"야, 야한 책이 들어 있었는데 몰래 버리려고 가져간 거예요."

"오호. 그럼 그 시간에 집을 나온 사실은 인정한다는 말이로군."

가라스마는 아차 하는 표정을 지었지만 이미 늦었다.

"방화에는 특수한 가연 물질이 사용됐어. 원격으로 폭발시켜서 가연 물질을 퍼뜨리는 방식이지. 그러면 안전한 곳에서 화재쇼를 즐길 수 있어. 어때, 네가 다니는 중학교가 활활 불타는 광경을 구경하는 거 재밌었어?"

가라스마는 더 이상 제대로 대답하지 않았다. 달그락 소리가 들리는 듯싶더라니 가라스마의 떨리는 무릎이 책상 뒤쪽을 치고 있었다.

이제 한 발자국만 더 가면 된다. 미야마는 조금 더 거칠게 말했다.

"아까 네 방 쓰레기통에 전자부품 포장지가 있었지. 아마 부모님이 보면 의심할까 봐 무서워서 버리려야 버릴 수가 없었을 거야. 원격 조종으로 폭발시키는 구조겠지. 중학생이 만들었다니 솔직히 놀라워. 잘하는 과목이 이과야, 공작이야? 아무튼 부품을 사면 가게에 기록이 남지. 네가 아무리 침묵을 고수해도 계속 증거가 나올 거야. 증거가 다 모이고 나면 사실은 제가 했습니다, 로는 안 끝나."

가라스마의 눈앞에서 책상을 요란하게 쳐 보였다.

흠칫 어깨를 떨었지만 대답은 하지 않았다. 그러나 무시해서가 아니라 필사적으로 자제하기 때문이라는 사실을 알기에 계속 몰아붙였다. 형사의 심문에 열네 살짜리가 언제까지 견딜 수 있을까.

미야마는 본래 아이를 싫어하지 않는다. 중고등학생들이 저지르는 못된 짓에도 너그러운 편이라고 생각했다.

그러나 방화 살인은 관용의 범위에서 한참 벗어난다. 솔직히 말하면 가정법원으로 송치하는 점에도 이의가 있었다. 이런 중대 사건의 법적 책임을 범인 갱생이라는 대의명분으로 바꿔서야 되겠는가.

"처음부터 죄다 털어놓는 게 검사나 판사에게 좋은 인상을 줄 거야. 무엇보다 계속 숨기면 꿈자리 사납잖아."

미야마가 태도를 바꾸어 말투를 누그러뜨렸다. 몰아세우면서도 퇴로를 만들어 주면 궁지에 몰린 용의자는 그곳으로 달아난다.

"처음 방화를 저질렀을 때야 흥분도 되고 기분도 좋았겠지만 개학해서 학교에 가면 네가 저지른 짓과 매일 마주해야 해. 입 다물고 있으면 평생 후회할 거야. 그게 뭘 뜻하는지 알아? 가족과 이야기하든 친구들과 밥을 먹든 책을 읽든 게임을 하든 매 순간 네가 저지른 죄가 떠오른다는 말이야. 재판을 받지 않는다는 건 영원히 계속되는 지옥행 열차를 탔다는 말이라고."

미야마는 가라스마를 찌를 듯이 쳐다봤다. 달리 도망갈 곳은 없어. 미끼를 냉큼 물라고.

열네 살 소년은 역시 인내심이 부족했다. 잠시 고개를 떨구더니 이윽고 경련하듯 울음을 터뜨리기 시작했다.

"죄송합니다······. 잘못했어요······. 죄송합니다······."

드디어 물었다.

이런 순간은 진정될 때까지 감정을 토해내도록 내버려두는 편이 좋다. 감정을 터뜨릴 때 자제심과 적대감도 함께 터뜨려 흘려보내기 때문이다.

가라스마가 울음을 그칠 타이밍을 가늠하며 천천히 물었다.

"네가 학교에 불을 질렀지?"

"······네."

"스페어 키로 뒷문을 따고 숨어들어 교무실에 폭탄을 설치했어. 어떤 폭탄이었지?"

"원격으로 경질 나프타에 불을 붙이는 방식이었어요. 휴대폰으로 신호를 보내 터뜨렸어요."

"아까도 말했지만 열네 살이 잘도 그런 걸 만들었구나."

"만드는 법이야 인터넷에 나와요. 다크웹 같은 데에서는 동영상으로 가르쳐 주기도 하고요."

"재료는 어떻게 구했지? 타이머나 기폭장치 정도는 부품 가게에서 팔겠지만 경질 나프타 같은 건 그리 쉽게 살 수 있는 물건이 아니야."

"중국계 쇼핑몰 사이트 가면 다 살 수 있어요."

가라스마가 말한 곳은 최근 몇 년 사이에 규모가 커진 거대 쇼핑몰 사이트였는데 급성장한 탓에 보안이나 공익성을 위협하는 취약점을 보였다. 그래도 설마 열네 살 소년이 그런 사이트를 이용하리라고는 생각도 못 했다.

"열쇠 번호는 어떻게 알았어?"

"학교 열쇠는 전부 교무실에서 보관하는데 동아리 활동이 늦게 끝나거나 특별 교실을 이용할 때는 선생님한테 허락받고 열쇠를 가지고 나올 수 있어요. 음악실 열쇠를 반납할 때 뒷문 열쇠 번호를 휴대폰으로 찍어왔어요."

오쓰카 히사히로

201

그러니까 학교 측 보안도 허술했다는 말이다.

"교무실에 폭탄을 설치하고 나서 학교를 나왔어요."

"도망갈 때 뒷문은 안 잠갔던데."

"어차피 다 타 버릴 건데 열쇠로 잠가 봤자니까요. 그래서 집으로 돌아와서 1시 좀 넘어서 휴대폰으로 폭탄을 터뜨렸어요."

"애초에 왜 방화를 해야겠다고 생각한 거야?"

가라스마는 다시 입을 다물었으나 잠시 침묵한 뒤에 무겁게 입을 열었다.

"……학교가 타 버리면 안 가도 되니까요."

"뭐라고?"

가라스마가 더듬더듬 꺼내기 시작한 이야기는 반에서 학교 폭력을 당하고 있다는 사실이었다. 본인은 기억도 나지 않는 이유로 반 학생들이 시비를 걸고 심부름을 시키며 욕했다. 신체에 폭행 흔적은 없지만 마음에 지울 수 없는 상처가 잔뜩 생겼다.

어느 학교에나 있는 흔하면서도 끔찍한 이야기였다. 다만 다른 점은 학교 폭력 피해자가 방에 틀어박히지 않고 학교 폭력의 무대를 태워 버리려고 한 사실이리라.

"등교 거부도 생각했어요. 하지만 괴롭힘당한 제가 수업을 못 받는데 정작 저를 괴롭힌 놈들은 아무렇지 않게 수업을 받는다니 말도 안 되잖아요."

그래서 차라리 학교를 불태우자고 생각했으니 가라스마도 단순하다면 단순하다. 그러나 사람은 궁지에 몰리면 단순해지는 법이다. 그리고 단순한 사고 끝에는 대개 파괴 행위가 도사리고 있다.

"좋아. 학교에 불을 지른 이유는 알겠어. 그럼 왜 오오쓰카 히사히로를 죽였지? 그 사람과 어떤 사이였는데?"

"그걸 물을까 봐 싫어서이기도 했어요. 불을 낸 걸 말하지 않은 이유 말이에요."

가라스마가 입술을 비죽였다. 지금까지 짓고 있는 매우 슬픈 표정에 더욱 어려 보였다.

"불은 질렀지만 사람은 안 죽였어요. 불탄 자리에서 시신이 발견됐다는 걸 뉴스에서 보고 정말로 깜짝 놀랐다니까요."

"잠시만. 그럼 네가 폭탄을 설치했을 때 교무실에는 아무도 없었다는 말이야?"

"누가 있었으면 폭탄도 못 설치했겠죠."

미야마와 가쓰라기가 시선을 주고받았다.

"정말 모르는 일이야?"

"불을 지를 이유는 있어도 사람을 죽일 이유는 없어요. 무엇보다도 이름도 모르는 사람을 제가 왜 죽이겠어요."

미야마가 질문의 방향을 바꾸었다.

"집으로 돌아갈 때 뒷문 안 잠갔지?"

"네."

"집으로 가는 길에 이 사람과 스쳐 지나간 적은 없어?"

가라스마에게 오오쓰카의 얼굴 사진을 보여 줬다. 그러나 가라스마는 그야말로 관심 없다는 듯 고개를 저었다.

"본 적 없어요."

미야마는 질문 내용도 잊고 생각에 잠겼다.

단추를 잘못 채웠나? 만약 가라스마의 진술이 사실이라면 당일 같은 학교를 무대로 또 다른 사건이 벌어진 셈이다. 처음에는 가라스마가 일으킨 방화 사건. 스페어 키로 학교에 몰래 들어가 교무실에 폭탄을 설치하고 뒷문으로 빠져나온다. 이때가 28일 0시 20분 직전.

가라스마가 집으로 돌아간 뒤 원격으로 1시 넘은 시간에 폭탄을 터뜨렸다.

살인은 0시 20분부터 1시 40분 사이에 발생했다. 즉 오오쓰카와 누군가가 잠기지 않은 뒷문으로 학교 건물에 잠입했고, 오오쓰카는 이미 폭탄이 설치되어 있던 교무실에서 살해당한 뒤 1시가 지나고 폭탄이 터진 교무실에서 불에 탔다.

오오쓰카를 살해한 범인은 분명 가라스마의 행동을 사전에 알고 있었으리라. 그렇지 않다면 너무나도 지나친 우연이었다.

"방화 계획을 다른 사람한테 알렸나?"

"누가 그런 걸 남한테 말해요."

토라진 말투에 눈앞에 앉아 있는 방화점이 열네 살 소년이라는 사실을 새삼 깨달았다.

문득 어떤 생각이 머리를 스쳤다.

"학교 폭력 때문에 괴로워할 때 처음부터 방화를 생각한 건 아닐 테지?"

아무리 궁지에 몰렸다지만 어떻게 단번에 극단적인 결론에 다다르겠는가.

"등교 거부와 학교 방화는 차원이 달라. 그 외에 다른 선택지도 있잖아. 혹시 네가 괴롭힘당한다는 걸 누구한테 상담한 적 있어?"

"그, 러, 니, 까, 애당초 내가 애들한테 당하는 걸 상담할 만한 놈 같은 건 없다고요."

가라스마는 한마디 한마디 힘을 주어 부정했다. 가라스마의 주장은 그럴듯했고 지금까지 학교 폭력 때문에 벌어진 사건은 일일이 나열할 수도 없지만 공통점은 학교 폭력을 당한 당사자가 누구에게도 고민을 털어놓지 못하고 속으로만 삭였다는 것이다.

"형사 아저씨, 학교 폭력 당한 적 없으시죠? 한번 당해 보면 알 거예요."

가라스마는 아주 잘 안다는 얼굴로 말했다. 아니, 실제로 학교 폭력을 당했으니 잘 알고 있는 것이 당연했다.

만약을 위해 이번에는 우도 사유리의 사진을 내밀었다.

"이 사람은 누구예요?"

가라스마의 얼굴 근육은 꿈쩍도 하지 않았다. 미야마는 여전히 가라스마의 상태를 주시했지만 심문 상대는 입술을 팔八자 모양을 하고 미야마를 노려보기만 했다.

아무튼 방화에 대해 진술했으므로 미야마는 가라스마를 그 자리에서 현주 건조물 등 방화죄로 체포했다.

영장을 발부받은 기리시마 반은 서둘러 가라스마의 집으로 들이닥쳐 다카야의 방을 중심으로 가택 수색을 벌였다. 다카야의 책상 위에는 경질 나프타의 얼룩이 남아 있었고 쓰레기통에서는 'IC555'의 포장지 외에도 폭탄 제조에 사용된 것으로 보이는 금속 조각들이 다수 발견됐다. 본인 진술도 나온 데다 증거를 추가 확보한 수사본부는 다카야를 검찰에 송치하기로 결정했다.

그러나 오오쓰카 히사히로 살인 사건은 한 발자국도 나아가지 못했다.

"방화는 자백, 살인은 부인인가."

보고받은 기리시마는 초조함을 숨기지 않았다.

"그래서, 네 그렇습니까 하고 끝냈다고?"

"설마요."

미야마는 부정하듯 고개를 저었다.

"폭탄을 설치하러 갔더니 사체가 널브러져 있었다. 그런 어이없는 소리는 안 했으니까요. 오오쓰카와 어떤 관계가 있다고 보고 철저히 심문했지만 좀처럼 입을 열지 않았습니다."

"입은 안 열어도 접촉한 흔적 정도는 남아 있을 텐데? 마침 영장도 받았네. 휴대폰을 압수하면 되겠어."

"그게 말입니다……. 휴대폰은 방화 직후에 떨어뜨렸는데 차가 밟고 지나가는 바람에 망가졌다고 합니다."

"아무리 열네 살짜리의 변명이라지만 어이가 없군."

"취조를 시작하기 전에 간단한 시체 검사를 했는데 휴대폰은 분명 갖고 있지 않았습니다."

"어디서 잃어버렸다고 진술했지?"

"잃어버린 곳을 알았으면 고생도 안 했을 거라더군요."

심사를 건들지 않을 생각이었으나 기리시마의 한쪽 눈썹이 꿈틀거렸다.

"가라스마의 방을 뒤져도 못 찾았습니다."

"증거를 인멸했나. 하지만 그렇다는 건 경찰이 들이닥치리라는 걸 미리 알았다는 말이 되는데. 그런데도 그 방에서는 폭탄을 만들 때 사용한 물건들이 잔뜩 나왔어."

"평범한 열네 살이니까요. 애써 숨기려고 해도 허점이 생길 수밖에요."

미야마는 설명하면서도 위화감을 느꼈다. 허점투성이인 증거 인멸이지만 방화 증거와 살인 증거에 대한 의욕이 천양지차였다. 마치 방화는 발각돼도 상관없지만 살인은 추호도 의심할 수 없도록 방어막을 치는 듯 보였다.

"방화와 살인의 처벌에 차이가 별로 없다는 설명은 했나?"

"일단 한번 했습니다."

"아무리 범죄를 저지른 열네 살짜리 소년이라도 검찰 하기에 따라서는 소년교도소나 보호관찰소로 끝나지 않아."

"설명을 듣기 전에 본인이 알아본 느낌은 들었습니다. 죄를 덜려고 살인은 부인한 걸까요?"

"어차피 가라스마와 오오쓰카의 접점을 밝혀내지 않으면 두 사건을 연결 지을 수 없어."

현재 두 사람의 접점이라면 휴대폰 단말기를 빼놓을 수 없다. 그러나 수사관과 소방서의 화재 원인 조사관이 발화 지점을 샅샅이 수색했지만 오오쓰카의 휴대폰은 끝내 찾지 못했다. 통신기록으로 가라스마와의 접점을 찾는 시도는 처음부터 좌절됐다.

"가라스마와 우도 사유리 관계에 대해서는 어때?"

"시종일관 전혀 모른다는 반응입니다. 사진을 보여 줘도 아무런 반응도 보이지 않습니다."

"사체가 손에 쥐고 있던 황동판을 보면 우도 사유리가 사건에 관여한 사실은 틀림없어. 가라스마의 방에서 우도 사유리의 존재를 추측할 만한 건 안 나왔나?"

"하나도 없었습니다. 남아 있다면 본인이 잃어버렸다고 신고한 휴대폰 정도일 겁니다."

기리시마는 손가락으로 책상을 두드리기 시작했다. 이러지도 저러지도 못하고 생각이 궁할 때 보이는 버릇이었다.

생각이 궁한 사람이 만들어낼 수 있는 수단은 대개 뻔한 법이다. 아니나 다를까 기리시마는 예상한 말을 꺼냈다.

"검사가 구속영장을 청구하면 송치 후에도 스물일곱 시간까지 구금할 수 있어. 그사이에 어떻게든 그 꼬맹이가 모든 사실을 불게 해야지."

***

뜻밖에도 유치장은 그다지 춥지도 불결하지도 않았다. 가라스마는 창이 없는 벽을 바라보며 진이 다 빠진 한숨을 토해냈다.

결국 취조를 마치고도 어머니를 만나지 못했다. 가라스마에게는 오히려 잘된 일이었다. 자식이 학교에 불을 지른 범인이라는 사실을 알면 어머니는 도대체 어떤 표정을 지을까.

미야마라는 형사의 설명을 들을 것도 없이 조만간 소년 교도소나 보호관찰소로 보내지리라는 것을 안다. 거기까지 각오하고 범행을 저질렀으니 새삼 겁이 나지도 않는다.

자신에게 형제가 없어서 다행이다. 있으면 분명 짐이 됐으리라. 어머니와 아버지는 자식을 이런 아이로 키운 책임을 져야 한다. 죄송하지만 자신에게는 이 방법뿐이었다.

현관에서 그 두 형사를 본 순간부터 불쾌한 예감이 들었다. 최대한 묵비권을 고수하려고 안간힘을 썼지만 역시 경찰을 당해내지는 못했다.

반성해야 할 결과가 적지 않았다.

폭탄을 만들 장소는 방밖에 없었다. 하지만 신속히 뒤처리해야 했다. 부모님이 알면 곤란하므로 제조 과정에서 생긴 금속 조각이나 경질 나프타 얼룩은 일찌감치 제거해야 했다.

CCTV도 그렇다. 범행 당시에는 긴장해서 학교 내 CCTV만 경계했다. 스페어 키도 더 멀리 떨어진 동네에서 만들었다면 덜미가 잡히지 않았을 테다.

반성한다.

하지만 후회는 없다.

자신의 범행은 드러났지만 '그 사람'에 대해서는 완전히 입을 다물 수 있었으니까.

처음에는 학교 폭력을 당하는 사실을 누구에게도 상담할 수 없었다. 스스로가 비참한 존재라고 알려질까 봐 두려워 부모에게도 알릴 수 없었다. 인터넷으로 도피한 자신을 누구도 비난할 수 없으리라.

학교 폭력 사실을 토로하자 반응은 셋으로 나뉘었다.

경찰에 신고해라.

졸업할 때까지 버텨라.

차라리 자살하면 공론화할 수 있을 거야.

조롱이나 선동이라고만 느껴지는 내용 가운데 유일하게 흥미를 끈 답변이 있었다.

―일단 내게 악의를 쏟아내는 게 어떨까요. 마음이 조금이라도 편해질 거예요.

신선한 접근이어서 호의에 기대 평소에 쌓인 울분과 괴로운 심정을 토해냈다. 스스로도 지나치게 어리광을 부린다고 생각했지만 상대는 반박 한번 하지 않고 가라스마의 이야기를 전부 받아줬다.

그녀는 '아르테미스'라고 자신을 소개했다. 풍부한 어휘와 말투 때문에 상대가 연상의 여인이라고 인식할 수밖에 없었다.

어느 날 괴롭힘이 참을 수 없는 지경에 이르러 절망을 드러냈을 때였다.

―그렇다면 학교 폭력의 무대를 없애 버리는 건 어때요? 그러면 가해자와 학교 폭력을 방치하는 학교 모두 똑같이 피해를 입을 거예요. 당신 혼자 피해를 감수하다니 바보 같잖아요.

가라스마는 그 제안에 홀딱 넘어갔다. 제안에 흥미를 느낀다는 의사를 전하자 '아르테미스'는 중학생인 자신도 행동으로 옮길 수 있으면서 가장 효과적인 방법을 알려 줬다. 바로 경질 나프타로 폭탄을 만드는 것이었다.

—제조 방법은 이 사이트의 동영상을 보면 되고, 재료는 이 쇼핑몰에서 쉽게 구할 수 있어요.

알려 준 사이트는 확실히 유용했고 폭탄은 비교적 쉽게 만들 수 있었다.

막상 실제로 물건을 눈앞에 두자 형언할 수 없는 고양감이 가슴을 가득 채웠다. 머릿속으로 몇 번이나 시뮬레이션을 반복하며 실행 날짜를 7월 27일 늦은 밤으로 정했다.

결심하자 자신의 계획을 자랑하고 싶어졌다. 기념비적인 날을 누군가가 칭찬해 줬으면 했다.

칭찬을 받고 싶은 상대는 한 사람뿐이었다. '아르테미스'에게 실행 날짜를 알리자 세심하게 주의를 기울이라고 조언한 다음 격려해 줬다.

—반란은 성공하는 순간 혁명이 됩니다.

혁명.

이 얼마나 감미로운 단어인가.

그녀의 격려로 불안은 순식간에 자취를 감췄다.

내일 뉴스를 봐주세요.

독방은 약 한 평 정도 크기밖에 되지 않았지만 무릎을 껴안고 앉으니 그리 좁지도 않았다.

'아르테미스'.

당신은 나를 또 칭찬해 주겠죠.

4

7월 28일 늦은 밤, 0시 15분.

학교 건물에서 조금 떨어진 그늘에 몸을 숨기고 있던 우도 사유리는 뒷문까지 종종걸음으로 달려가는 자그마한 사람을 지켜봤다.

저 아이가 불을 붙이는 역할인가.

키와 얼굴로 미루어 열세 살, 아니면 열네 살. 아무튼 아직 어린아이로 스스로와 세상과의 거리감을 파악하지 못하는 나이다.

문득 아들 마사토가 떠올랐다. 살아 있었다면 저만한 사내아이로 자랐을 터다.

다음 순간 머릿속이 뒤흔들렸다. 뇌수를 움켜쥐는 듯한 충격에 휩싸였다. 온몸이 경직돼 숨조차 쉴 수 없었다.

생각하지 마.

절대로 생각하지 마.

머릿속 한구석에 도사리고 있는 누군가가 경고한다. 떠올리면 마음이 균형을 잡을 수 없다고 경고한다.

순간 사유리의 마음속에 피아노 건반 여든여덟 개가 떠올랐다. 스스로 소나타를 치기 시작했다.

마침내 숨을 쉴 수 있게 된 사유리는 정신을 차렸다.

어쨌든 계획대로 움직이자. 지금 내게 필요한 것은 냉정함이다.

사유리는 소년이 떠난 뒤 뒷문으로 돌아갔다. 예상대로 뒷문은 잠겨 있지 않았다.

오늘 밤, 사유리는 검은 스웨터와 검은 바지로 무장했다. 가로등이 있는 길이면 몰라도 비상등만 켜진 교내에서는 어둠에 녹아든다.

대략적인 건물 배치도는 사전에 입수해서 교무실 위치는 금방 파악할 수 있었다. 도중에 CCTV에 찍혔을지도 모르지만 그다지 신경 쓰지는 않았다. 어차피 불이 나면 CCTV 영상 데이터도 건물과 함께 타 버릴 테니까.

집중해서 둘러보니 교무실 구석에 페트병을 묶은 듯한 상자가 보였다. 그 소년이 만든 폭탄이리라. 사유리가 대형버스를 폭파하는 데 사용한 것과는 모양이 조금 다르지만 아마도 구조 자체는 비슷할 것이다. 폭발 예정 시각은 밤 1시 이후로 알고 있다. 만약 계획에 차질이 생긴다고 해도 사유리는 1시 전에 학교 건물을 빠져나오면 그만이다.

문제는 그때까지 그 남자가 오느냐 오지 않느냐였다.

사유리는 입구 바로 옆에 섰다. 교무실로 들어오는 사람에게는 보이지 않는 사각지대였다.

과연 그 남자가 올 것인가. 그녀는 '반드시 온다'며 장담했다.

—그자는 지금 안정된 삶을 살고 있어. 공무원, 고정 수입, 신용, 휴식. 보잘것없고 하찮은 것들 뿐이지만 인생의 쓴맛을 본 사람에게는 그 무엇보다도 달콤한 것들이지. 그걸 위협한다면 만사 제쳐두고 달려올 거야.

옛날 옛적에 안정된 삶을 버린 사유리로서는 실감 나지 않는 지적이었다. 그러나 그녀는 지금까지 한 번도 틀린 적이 없다. 그러니 분명 그렇게 될 것이다.

0시 30분, 약속 시간이다.

아니나 다를까 뒷문에서 교무실 쪽으로 다가오는 발소리가 들렸다.

시간을 지키는 사람에게는 호감을 느낀다. 사유리는 만반의 준비를 하고 그를 기다렸다. 어둠과 정적 속에서 그 남자의 발소리만이 커다랗게 울렸다.

사유리는 품에서 무기를 꺼냈다. 끝을 더욱 날카롭게 개조한 송곳이었다. 완력이 좋은 사유리에게 알맞으면서 살상력이 가장 높은 무기였다.

얼마 지나지 않아 입구에서 그 남자가 고개를 내밀었다.

사전에 확인한 얼굴로 미루어 오오쓰카 히사히로가 틀림없었다.

사유리는 숨을 멈추고 동태를 살폈다. 오오쓰카는 주위를 두리번거리며 이곳이 약속 장소가 맞는지 확인하는 기색이었다.

사냥감에게 생각할 틈을 주면 안 된다.

사유리는 오오쓰카의 뒤로 소리 없이 다가가 송곳으로 등을 깊숙이 찔렀다.

오오쓰카가 낮게 신음하며 무릎을 꿇었다. 아마 순간적으로 자신이 습격당했다는 사실조차 깨닫지 못하리라.

송곳은 등에 깊이 박혀 오오쓰카가 안간힘을 써서 팔을 등 뒤로 뻗어도 손이 닿지 않았다. 몸부림치는 모습은 덫에 걸린 작은 동물 같았다.

사유리는 송곳의 자루 부분을 잡고 더욱 깊숙이 찔러넣었다.

오쓰카 히사히로

"우욱!"

폐 속 공기를 전부 내뿜는 듯한 소리였다.

사유리는 오오쓰카의 저항이 멈추는 모습을 보고 마침내 송곳을 빼냈다. 찔린 상처에서 피가 철철 뿜어져 나왔다.

피가 흐를 때마다 생명도 흘러나왔다. 오오쓰카의 몸이 바닥에 무너져 내렸다.

피가 튀었을 수도 있으나 사유리는 개의치 않았다. 피가 묻어도 눈에 띄지 않으려고 검은 옷을 입었기 때문이었다.

오오쓰카의 몸을 발끝으로 굴려 위를 보게 했다. 지금에야 급습당했다는 사실을 눈치챘겠지만 이미 반격할 기력도 없어 초점이 흐린 눈으로 사유리를 올려다보기만 했다.

"어, 째서."

대답할 이유는 없다.

사유리는 옆에 쭈그리고 앉아 심장 바로 위에서 다시 한 번 송곳을 박아넣었다.

"흐으윽!"

오오쓰카가 몸을 새우처럼 젖혔다. 그러나 그것도 한순간이었고 송곳을 더욱 밀어 넣자 큰 대자로 뻗었다.

사냥감은 꿈쩍도 하지 않았다. 손목시계로 시간을 확인하니 0시 43분이었다. 시간이 얼마 남지 않았다.

가슴팍에서 송곳을 빼낼 때 오오쓰카가 저항과 함께 짧게 쿨럭였다. 액체를 내뿜는 듯한 소리도 들렸으니 아마 폐에 피가 고였을 터다.

사람을 찌르는 느낌도 송곳을 빼내는 감각도 반가웠다. 마치 어린 시절로 돌아간 듯 편안했다. 그녀의 제안을 두말 없이 받아들인 이유도 자신의 성벽을 만족시킬 수 있으리라 생각했기 때문이었다.

사유리는 오오쓰카의 몸을 더듬어 휴대폰을 찾아 꺼냈다. 그러고 나서 품에서 황동판을 꺼내 오오쓰카의 손에 쥐여 줬다. 한가운데에 숫자 '3'이 새겨져 있는데, 오오쓰카의 몸과 학교가 잿더미가 돼도 이 황동판만은 남을 것이다.

오오쓰카의 숨이 끊어진 것을 확인하고 나서 교무실을 나왔다. 앞으로 20분 남짓, 서두를 필요는 없다. 사유리는 발소리를 죽이고 뒷문으로 향했다.

후문을 지나 학교를 완전히 빠져나와 공원 쪽으로 걸었다. 서두르지 않고 의심을 사지 않도록 매우 자연스럽게 움직였다.

공원에 도착하니 공원 밖 도로에 검은 왜건이 세워져 있었다.

안에서 미치루가 기다리고 있었다.

"자, 옷 갈아입어."

자초지종도 묻지 않고 갈아입을 니트를 뒷좌석으로 넘겨줬다. 사유리의 수행 능력은 의심하지 않는 듯했다. 사유리는 답례로 오오쓰카에게서 빼앗아 온 휴대폰을 던져 줬다.

뒷좌석에서 옷을 갈아입는데 슬슬 예정 시간이라는 말이 들렸다.

"1시 지났어. 이제 쇼타임이야."

그 순간, 중학교가 있는 방향에서 백파이어와 비슷한 소리가 들렸다.

미치루는 사랑스러운 눈빛으로 말했다.

"시간을 잘 지키는 사람은 참 마음에 든단 말이야."

오래 머무를 필요 없다는 듯 왜건을 출발시켰다. 사유리가 왔던 길을 거슬러 갔다. 이대로 직진하면 학교 앞을 지난다.

"오오쓰카, 였나? 그놈도 시간을 제대로 지켰어."

"내가 정한 것을 전부 지켜야 했으니까 당연한 일이야."

오오쓰카는 약점을 잡히자 꼭두각시처럼 행동할 수밖에 없었다. 미토시의 초등학교에서 근무할 때 강제 성추행으로 체포된 건을 미치루에게 들킨 것이다.

"전과가 있는데도 페이스북을 했잖아. 멍청하기는."

"지금 초등학교에 채용되고 나서 나사가 풀렸나 보네. 아동 성애자로 붙잡혔는데 어떻게 마냥 태평하게 계속 교사 생활을 할 수 있을 거라 생각했는지, 그게 더 신기해."

미치루에게 들은 진행 순서는 이러했다.

징계면직 처분을 받은 교원은 각 도도부현*의 교육위원회가 관보에 기재한다. 미치루는 과거 기록을 세밀하게 조사해서, 처분을 받고도 다른 도도부현에서 감쪽같이 교원으로 채용된 사람 명단을 자체 작성했다.

오오쓰카가 불행의 구렁텅이에 빠진 이유는 SNS에 스스로 존재를 과시했기 때문이었다. 미치루는 오오쓰카에게 DM을 보내며 접근한 뒤 관보 기재를 확인했다는 내용을 통보했다. 당황한 오오쓰카가 공개하지 말아 달라고 간청하자 미치루는 자신을 아키가와 제1중학교 교사라고 소개하며 늦은 밤 학교에서 대화하자고 불러냈다. 오오쓰카는 거역할 수 없었다.

"그건 그렇고 불을 붙일 재학생을 잘도 찾아냈네."

"반대야. 재학생 중에 학교 폭력을 당하는 아이가 있다는 걸 먼저 알았지. 전과가 있는 교직원 중에 오오쓰카를 고른

---

* 일본의 행정구역으로 총 47개로 나뉜다. 도쿄도(都), 홋카이도(道), 오사카부(府), 교토부(府), 43개의 현(県)이 있다.

오쓰카 히사히로

건 그다음이었고."

미치루는 '아키가와 제1중학교'라는 검색어로 인터넷이라는 바다를 건너 조난당한 가라스마 다카야라는 소년의 SNS에 도달했다고 했다. 일단 접근하기만 하면 미치루에게 열네 살 소년은 갓난아기나 마찬가지였다. 미치루는 '아르테미스'라는 이름으로 가라스마의 상담자로 존재감을 키웠다.

가라스마가 방화를 저지르도록 미치루가 교사했지만 가라스마는 스스로 방화를 해야겠다고 생각한 거라 여기며 희희낙락 폭탄 제조에 심취했다. 목적을 달성한 새벽에는 '아르테미스'와 접촉한 기록을 모두 없애는 것도 승낙했다.

순진한 사람일수록 다루기 쉽다. 가라스마가 좋은 예였다.

이윽고 두 사람을 태운 왜건이 중학교와 가까워졌다. 학교 바로 앞 도로가 아니라 한 블록 뒤에 있는 골목을 달렸지만 학교 1층에서 불길이 치솟는 광경이 보였다.

가연 물질이 경질 나프타인 탓인지 불꽃은 탐스러운 붉은색이었다. 한밤중에도 또렷해서 사유리는 잠시 그 광경에 마음을 빼앗겼다.

"예쁘네."

미치루도 흥에 겨운 듯 중얼거렸다. 적어도 화재에서 아름다움을 찾는 감성은 같은 듯했다. 미치루에게 공감 가는 부분은 적지 않았는데 그중에서도 가치관을 공유하는 것은 무시할 수 없는 일이었다.

"미치루 씨. 하나 물어도 돼?"

"뭔데?"

"오오쓰카를 죽여야 하는 이유가 뭐였어?"

그러자 미치루는 같은 여자가 봐도 요염한 미소를 지었다.

"그건 나중에."

후루미
지카

I

"하아아!"

에어로바이크를 5분 동안 힘차게 탄 오기노 다에코는 페달을 멈추고 크게 숨을 내뱉었다. 난도가 낮은 에어로바이크는 준비운동에 알맞아서 5분 동안 타면 다리 근육이 자극받아 몸이 적당히 예열된다. 그러나 쉰 살에 가까운 다에코의 체력으로는 몸이 예열되기는커녕 하체 관절이 일제히 비명을 질러냈다. 일어서니 무릎 아래가 후들거려서 걸음걸이가 불안해 잠시 쉬기로 했다.

잠시 숨을 돌린 다음에는 레그 프레스로 이동했다. 몸에서 특히 근육량이 많은 허벅지를 단련하면 기초대사량도

후루미 지카

높일 수 있다. 의자에 앉아 플레이트를 밀어 올렸다. 허벅지 앞과 뒤, 안쪽 허벅지와 종아리 등 하반신 전체를 사용해 플레이트를 밀었다. 한 세트에 열 번씩 휴식 시간을 두고 세 세트가 목표였다. 레그 프레스는 에어로바이크보다 더 힘들다. 한 세트도 끝나지 않았는데 벌써 숨이 찼다.

"다에코 씨, 열심히 하시네요."

러닝머신을 천천히 걷던 구라마 가오리가 말을 걸었다. 다에코보다 먼저 헬스장을 다닌 선배로 나이를 물은 적은 없지만 아마 60대일 것이다.

다에코는 다이어트 목적으로 헬스장을 다니기 시작했지만 가오리는 마치 말벗을 사귀려고 다니는 사람 같았다. 운동을 대하는 태도를 보면 알 수 있었다. 그렇다고는 해도 가오리의 마음을 탓할 생각은 털끝만큼도 없다. 이곳에 다니는 회원 대부분은 사교 공간 대신 헬스장을 이용하기 때문이었다. 애초에 헬스장 시설이 낡고 기구도 구형이었으며 인테리어로 말할 것 같으면 벽 안쪽에서부터 얼룩이 번져 있었다. 대략 세련됐다고 말하기 어려운 곳으로 열심히 다이어트를 하겠다는 등의 각오로 이곳을 찾는 사람은 소수일 것이다.

'야마기시 피트니스 클럽'은 원래 대중목욕탕이었던 건

물을 주인인 야마기시 다케토미가 헬스장으로 개조한 곳이다. 리모델링이라고 해도 욕조를 떼어내고 타일 바닥을 플로링으로 교체한 정도이므로 목욕탕이었던 흔적이 곳곳에 눈에 띄었다. 남성 공간과 여성 공간을 높은 벽으로 구분해 놓은 점과 샤워실과 사우나 시설이 있는 점이 그러했다.

전해 들은 바에 따르면 야마기시 목욕탕의 경영 상태는 상당히 궁지에 몰렸다는 듯하다. 그도 그럴 것이 이런 시골 촌구석에도 욕조가 없는 집은 드물다. 요즘은 원룸조차 붙박이 욕조가 없으면 세입자를 구할 수 없다. 노후화된 대중 목욕탕을 자주 찾는 사람은 어지간히 괴팍한 사람뿐이다. 괴팍한 손님만으로 목욕탕을 운영하기란 어려운 법이다.

궁여지책으로 피트니스센터로 탈바꿈한 셈인데 어차피 아주 조금 개조했을 뿐인 헬스장에 손님이 몰릴 리 만무해서 일요일인 오늘도 헬스장은 한산했다. 여성 전용 공간에는 다에코를 포함해 네 명밖에 없었다. 말을 건 가오리와 업도미널 크런치의 핸들을 잡고 땀을 흘리는 후루미 지카, 헬스장 구석에서 무료한 듯 있는 스미노 아카리.

지카는 몸을 만들려고 다니는 것이 확실했다. 다에코가 볼 때마다 지카는 운동 기구에서 벗어나는 법이 없었고 늘

후루미 지카

229

몸을 움직이고 있었다. 외모는 30대 초반, 이때 단련하지 않으면 미래는 없다는 위기감이 들었을까? 물론 땀을 흘리는 것이 헬스장을 찾는 본연의 목적이므로 이 또한 다에코가 왈가왈부할 입장은 아니었다.

아카리는 가오리보다 왜 헬스장에 다니는지 알 수 없는 인물이었다. 땀도 흘리지 않고 다른 회원들과 수다를 떨지도 않는다.

마치 시간을 때우러 오는 듯 보였다. 저마다 사정이 있으므로 시시콜콜 캐낼 마음은 없지만 가끔 신경 쓰이는 존재였다.

운동을 대하는 자세가 네 사람 모두 제각각 다른 이유는 트레이너가 없는 탓도 컸다. 지도를 받지 않아 오히려 마음이 편하다는 회원도 있지만 결국 자금 부족으로 트레이너를 고용할 수 없는 것이 현실일 테다.

어지간한 일이 벌어지지 않는 한 '야마기시 피트니스 클럽'도 이전 목욕탕처럼 경영난으로 문을 닫을 것이다. 아마 회원 대부분이 그렇게 생각하리라. 그래도 주변에 경쟁 헬스장이 없는 탓에 회원들이 어쩔 수 없이 다니는 실정이었다. 다에코도 헬스장을 유지하기 위해 애써야겠다는 생각은 하지 않았다.

서명 활동이나 크라우딩 펀딩도 귀찮았다.

운동으로 쌓인 피로에 더해 슬그머니 다가오는 피폐한 냄새가 다에코의 정신력을 좀먹었다.

정신 차리자.

모처럼 돈을 내고 다니는 건데 헬스장에 있는 동안 땀을 흘리지 않으면 아깝다.

레그 프레스의 플레이트를 다시 밀어 올린 바로 그 순간이었다.

쿵! 바닥에서 큰북 소리가 났다고 생각했을 때 진동과 함께 몸이 떠올랐다.

다에코뿐만이 아니었다. 다른 세 명과 운동 기구도 바닥과 함께 공중에 떠 있었다.

마치 슬로모션 영상을 보는 기분이었다.

아니, 떠 있는 것이 아니었다.

날아가는 것이었다.

폭발이다.

머리 한구석에서 언뜻 인지했지만 소리가 청각의 한계치를 넘어섰기에 상황을 파악할 수 없었다.

다에코는 벽에 내동댕이쳐졌다. 엄청난 충격으로 정신을 잃을 뻔했는데 폭발의 여파로 자신이 부딪친 벽까지 무너졌다.

무슨 일이 일어났지?

떠오른 의문이 순식간에 사라졌다.

운동 기구, 바닥재, 콘크리트 조각과 함께 건물 밖으로 내동댕이쳐졌다.

다에코의 의식은 거기서 끊겼다.

***

나가레야마시 스가다이라에 있는 '야마기시 피트니스 클럽'에 폭발이 발생한 것은 8월 10일 오후 2시 25분의 일이었다.

스가다이라는 저층 주거지와 소규모 가게가 공존하는 오래된 주택지다. 폭발이 발생했을 때 행인은 없었지만 막대한 인명피해와 재산피해를 냈다.

별안간 터진 폭발음은 마치 천둥이 내려친 듯했다. 처음에는 큰북을 치는 듯한 소리, 다음에는 폭탄을 투하하는 듯한 소리가 났다고 했다.

혼비백산해 집에서 뛰쳐나온 인근 주민들은 헬스장 방향에서 피어오르는 검은 연기를 보고 천재지변이 아니라고 판단했다.

폭발 때문에 우선 맞은편 민가 세 채와 편의점의 문과 유리창이 전부 날아갔다. 우연히 그 자리에 있던 손님은 유리 파편을 뒤집어썼으며 개중에는 하마터면 실명할 뻔한 사람도 있었다.

"진도 4 수준의 지진인 줄 알았어요."

그렇게 증언한 사람은 계산대에 있던 아르바이트 점원이었다. 진열 선반의 상품들이 엉망으로 흐트러져 영업 재개까지 며칠이 걸릴 상태였다.

지은 지 오래된 민가는 슬레이트 지붕이 뒤틀리고 기와가 떨어졌으며 벽에 금이 갔다. 그야말로 진도 4 지진과 맞먹는 피해였지만 수리 비용은 재난지원금에 적용되지 않는다. '야마기시 피트니스 클럽'의 주인이 어디까지 보상할 수 있을지 현재로서는 아무것도 모르는 상황이었다.

물론 가장 큰 피해를 입은 곳은 말할 것도 없이 '야마기시 피트니스 클럽' 건물이었다. 지붕이 무너지고 벽은 모조리 날아가 버렸다. 콘크리트 조각 일부가 한 블록 떨어진 곳까지 날아갔다니 폭발 규모를 짐작하고도 남았다.

인근 주민의 신고를 받고 출동한 소방차와 경찰차가 도착했다. 헬스장 건물은 거의 폭파되고 겨우 남은 바닥과 지

후루미 지카

233

하 보일러실은 불타고 있었다.

현장으로 들어간 소방대원들은 하나같이 얼굴을 찡그렸다.

그야말로 잿더미 아닌가.

기존 형태를 유지하는 것은 무엇 하나 찾을 수 없었다. 운동 기구는 휘어지고 망가졌다. 플로어링 바닥은 산산조각이 나서 흩어졌으며 부서진 수도관에서는 물이 힘차게 뿜어져 나오고 있었다.

잔해 더미에서 언뜻 사람의 몸이 보였다. 운동복 조각과 인체 일부가 나뒹굴고 주변에 피와 살이 타는 냄새가 진동했다.

화재 진압이 빨리 끝나면서 희생자 구조가 급물살을 탔다. 하지만 허허벌판이나 다름없는 현장에서 목숨을 부지한 사람은 남성 한 명과 여성 한 명뿐이었다. 구급대원들이 분투했음에도 나머지 희생자들은 허무하게 사망자로 발견됐다. 사지는 고사하고 머리가 뜯겨 나간 사체도 있었으니 이상한 일도 아니었다. 폭발 직전 입·퇴실 기록으로 건물 안에 회원 일곱 명이 있었다는 사실이 밝혀졌다.

스즈키 마유키(28세)

고바 겐이치(36세, 사망)

사사키 요시타케(42세, 사망)

후루미 지카(32세, 사망)

오기노 다에코(48세)

스미노 아카리(35세, 사망)

구라마 가오리(66세, 사망)

이 중에서 고바 겐이치와 구라마 가오리는 이웃 동네, 나머지 다섯 명은 같은 동네 주민이었다. 주인인 야마기시가 제출한 회원 명단을 보고 피해자들의 가족에게 연락한 뒤 부검을 기다렸다가 신원을 확인했다. 사체가 몹시 손상되어 인상착의가 불명확한 사체도 더러 있었지만 입고 있던 운동복으로 겨우 신원을 알아낸 상태였다.

현장 구조활동을 통해 생존을 확인한 두 명과 심폐 정지 상태인 두 명은 병원으로 긴급 이송됐다. 그러나 나머지 세 명은 도저히 생존을 기대할 수 있는 상태가 아니어서 사망 확인 후 부검에 들어갔다.

소방서는 피해자 구조와 이송 외에 화재 원인 조사도 시작했다. 그러나 이 조사에 관해서는 그리 긴 시간이 필요하지 않았다. 훤히 드러난 지하 보일러실을 들여다본 화재 원인 조사관이 일찌감치 원인을 짐작했기 때문이었다.

예전에 목욕탕이었던 곳을 헬스장으로 리모델링 한 뒤에도 여전히 보일러 시설을 가동하고 있었으며 건물에 온천수를 공급했다. 화재 원인 조사관이 처음부터 주목한 것은 온천수를 끌어 올릴 때 동시에 분출되는 메탄가스를 주성분으로 한 천연가스였다. 즉 주성분인 메탄가스에 어떠한 연유로든 불이 붙어 가스 폭발을 일으켰다고 추측했다.

그런데 폭발한 보일러를 조사하니 바깥쪽이 아니라 안쪽에서 폭발했다. 따라서 메탄가스 인화설은 순간 보일러 폭발설로 바뀔 뻔했으나 폭발 원인이 내부가 아니라 외부 압력 때문이었다는 사실이 밝혀지면서 시끄러워졌다.

다양한 화재 현장을 경험한 노련한 화재 원인 조사관들은 보일러가 망가진 부분을 유심히 살피다가 해당 단면에서 휘발유와 비슷한 성분을 추출했다.

"그러고 보니."

소방관 몇 명이 입을 모아 증언했다.

"현장에서 가스 연소 냄새 말고도 어렴풋이 휘발유 냄새가 납니다."

조금 늦게 현장에 도착한 나가레야마 경찰서도 폭발 원인을 조사하려고 추출한 휘발유의 성분을 분석했다. 분석 결과 소방서와 나가레야마 경찰서 모두 휘발유 성분이 경질 나프타라고 확정했다.

여기서 시간을 조금 거슬러 올라간다.

건물 폭발 3분 후, 즉 오후 2시 28분에 나가레야마 경찰서에 신고가 접수됐다. 수사관들이 현장에 도착할 무렵에는 이미 소방관과 구급대원들이 먼저 도착해 제각각 임무를 수행하고 있었다. 진화 작업이 끝나지 않아 피해자의 생존 여부도 확인할 수 없는 시점에서 경찰이 할 수 있는 일은 현장 보존과 구경꾼 통제 정도밖에 없었다.

휴대폰이 보급되면서 악질적인 구경꾼이 더욱 늘어났다. 현장을 겹겹이 둘러싼 구경꾼들은 호기심과 흥분으로 눈을 반짝이며 폭발 현장을 거리낌 없이 찍었다. 개중에는 사체에 초점을 맞추는 몰상식한 사람도 있었다.

건물 폭발의 위력은 어마어마해서 헬스장 부지에 있던 거의 모든 것을 날려 버렸다. 그 잔해를 모아 분류하는 것도 경찰의 일이었다.

사고가 발생한 헬스장 회원은 대부분 인근 주민이었는데 도보나 자전거, 그 밖에 오토바이로 오가는 사람들이 많았다. 따라서 주차 공간에는 자연히 자전거와 오토바이가 나란히 주차되어 있었을 터였다. 현장에 출동한 경찰관들은 여기저기 흩어져 헬스장 부지에서 날아가 버렸다고 추정되는 자전거와 오토바이를 회수했다.

그런데 그렇게 모은 자전거 한 대에 이상한 물건이 설치되어 있는 것을 조사관이 발견했다.

"이게 뭐지?"

수상한 물건은 자전거 바구니 앞에 철사로 단단히 묶여 있었다.

황동판 한가운데에는 숫자 '4'가 새겨져 있었다.

"자, 잠깐."

희생자는 항상 번호표를 가지고 있다. 6월 3일부터 벌어진 연쇄 살인 사건의 수사 정보는 전국 경찰서에 공유됐다. 경찰 관계자와 범인만 아는 정보인데 이번 헬스장 폭파 사건도 그 연쇄 살인 사건의 연장으로 보였다.

이리하여 나가레야마 경찰서는 경시청 수사1과에 수사에 대해 자세히 보고했다.

***

"세상에나."

폭발 현장에 들어선 순간 미야마는 혼잣말처럼 중얼거렸

다. 옆에 가쓰라기도 있었지만 그를 의식해서 한 말이 아니라 자연스럽게 흘러나온 말이었다.

일반적인 화재와 달리 가스 폭발은 폭발이 일어난 지점으로부터 일정 반경에 있는 것들 대부분을 차례로 무너뜨리고 날려 버리는 특징이 있다. 결국에는 커다란 잔해와 기둥 정도밖에 남지 않아 마치 태풍이 휩쓸고 지나간 듯한 형태가 된다. 태풍과 다른 점이라면 현장이 초토화된다는 점일까.

"대형 버스 폭파 때도 그랬지만 이렇게 현장이 불에 타버리면 증거물을 채취하기 어렵습니다."

가쓰라기가 안타깝다는 듯 말했다. 시선 끝에는 감식원들이 발과 손끝을 시커멓게 물들인 채 돌아다니고 있었다.

정확히 말해 증거물 채취를 어렵게 하는 요인은 폭파가 아니라 불을 끄는 데 사용된 많은 물에 증거가 씻겨 사라졌다는 사실이다. 불길이 번지는 것을 막으려고 물을 뿌리는 것은 당연하지만 나중에 물증을 찾아 헤매야 하는 처지로서 난감했다.

폭발 후 네 시간이 지나고 불씨는 이미 꺼졌지만 가스 냄새와 사체가 타는 냄새는 완전히 사라지지 않았다. 하나같이 비위를 상하게 하는 악취에 미야마는 필사적으로 구토를 참았다.

　나가레야마 경찰서 조사관이 문제의 자전거로 안내했다. 엄마용 자전거*였다. 앞쪽 바구니에 단단히 묶여 있는 것은 분명 예의 황동판이었다. 숫자 '4'도 지금까지와 똑같은 글씨체로 새겨져 있었다.

　"똑같은 물건에 번호만 계속 갱신되다니 기분 더럽네요."

　가쓰라기의 말에 자신도 모르게 고개를 끄덕였다. 버클 모양 황동판을 하나하나 만들려면 몹시 성가시므로 처음부터 여러 개 만들어 놨다고 판단하는 것이 당연했다. 즉 범인=우도 사유리는 처음부터 연쇄 살인을 계획한 데다 그 횟수가 몇 번까지 늘어날지는 본인만 안다는 이야기다.

　어떻게든 우도 사유리의 폭주를 막아야만 한다.

　나가레야마 경찰서 수사관에 따르면 자전거 주인은 후루미 지카라는 여성으로 이미 사망이 확인됐다. 역시 자전거 뒷부분의 흙받기에도 '후루미'라고 이름이 적혀 있었다. 업도미널 크런치의 핸들에 끼어 양팔이 잘린 상태로 발견되었고 즉사한 사람이었다.

　미야마와 가쓰라기는 현장을 떠나 나가레야마 경찰서로

---

*　자전거에 바구니와 안장을 설치해서 아이를 태울 수 있게 만든 자전거로 주로 아이 엄마들이 사용한다.

향했다. 경찰서에는 수습한 사체와 유가족들이 기다리고 있었다.

"후루미 지카의 아버지입니다."

1층 구석에서 만난 후루미의 아버지는 감정을 억누르듯 입술을 꽉 깨물었다. 부모가 본인 확인을 했는데 어머니는 지카의 곁을 떠나려고 하지 않는다고 했다.

"지금은 안사람도 제대로 대화할 수 있는 상태가 아니라서……. 제가 아는 건 전부 말하겠습니다."

개인실로 안내한 뒤 진정시키고 나서 이야기를 들어보니 후루미 지카는 이혼 후 친정으로 돌아왔다고 했다.

"4년 전에 야시로라는 남자와 연애 결혼을 했는데, 간단히 말하면 딸이 사람을 잘못 본 거였죠. 결혼한 지 반년이 지나자 서로 부딪치기 시작한 것 같습니다. 아이라도 생기면 사이가 좋아지지 않을까 기대했는데 결국 아이도 안 생겼어요. 그래서 사위가 밖에서 여자를 만들었더군요."

흔한 이야기라고 생각했다.

"타이밍이 좋았던 셈이죠. 마음 떠난 사람끼리 살아 봤자 서로한테 좋을 게 없으니. 작년에 협의이혼을 하고 친정으로 돌아왔습니다."

"그 헬스장은 언제부터 다녔습니까?"

후루미 지카

미아마는 아버지의 심정을 배려하며 계속 물었다. 한시라
도 빨리 후루미 지카가 살해당한 이유를 알고 싶었지만, 자
신의 조바심으로 아버지를 흥분시키면 본전도 못 찾는다.

"친정으로 돌아온 지 한 달쯤 됐었나. 집안일은 집사람이
하니까 지카는 먹고 자고 먹고 자고 하느라 뱃살이 쪘어요.
어느 날 지카가 이러다가 돼지가 되겠다며 정신을 차리더
니 헬스장에 다니기 시작했죠."

"그 자전거는 제법 오래돼 보이던데요."

"원래 집사람 거였습니다. 한동안 방치했던 걸 다이어트
할 때 좋겠다며 지카가 쓰게 됐죠."

"헬스장 다닐 때 문제는 없었습니까? 회원 중에 유독 사
이가 좋은 사람이 있었다거나 반대로 사이가 안 좋은 사람
이 있었다거나."

"딸은 독한 면이 있어서 한번 목표를 정하면 한눈팔지 않
고 매진하는 타입이었습니다. 회원끼리 어울리는 건 다이어
트에 방해가 된다나, 수다에도 끼지 않고 오로지 운동만 열
심히 한 것 같더군요."

대화를 나누지 않으면 인간관계도 성립하지 않는다. 운동
기구만 상대하면 다른 회원들과 친해지지도 사이가 나빠지
지도 않았으리라.

"딸은 떠오르는 건 뭐든지 바로 말하는 아이였거든요. 전남편과 사이가 나빠졌던 이유 중 하나도 그 때문이었고요. 헬스장에서 마음에 들지 않거나 화나는 일이 있었으면 참지 않고 우리한테 이야기했을 거예요. 그런데 그런 말은 전혀 못 들었습니다."

"실례지만 지카 씨가 누군가에게 원한을 사거나 미움을 받지는 않았습니까?"

"겉과 속이 같은 아이여서 그 말투 때문에 기분이 상한 사람도 있겠죠. 하지만 동네 사람들과는 서로 속사정을 잘 알기도 하고, 이혼하고 친정으로 온 사정을 본인이 거리낌 없이 말하고 다녀서 험담하는 사람도 없었고, 이 동네에서는 적을 만든 적이 없던 걸로 압니다. 뭐니 뭐니 해도 고향에서는 마음이 편하니까요."

고향의 인간관계가 지긋지긋해서 견딜 수 없었던 미야마는 그렇게 생각하는 사람도 있구나 생각했다. 사람마다 고향에 대한 감정은 다양하겠지.

동네에 껄끄러운 인간관계가 없다면 역시 우도 사유리와 어떠한 관련이 있는지 신경 쓰였다. 미야마는 우도 사유리의 수배 사진을 꺼내 후루미의 아버지 앞에 내려놓았다.

"이 여자를 본 적 있습니까? 지카 씨와 아는 사이라거나 친정을 방문한 적 없습니까?"

아버지는 사진을 이리저리 살피다가 고개를 저었다.

"죄송합니다. 모르는 사람이네요."

"그럼 이 세 사람은 본 적 있으십니까?"

이어서 히사카 고이치 의원, 다카하마 유키미, 오오쓰카 히사히로의 사진을 내밀었다. 세 사람 중 한 사람이라도 안면이 있으면 선을 이을 수 있다.

그러나 세 사람의 사진을 본 후루미의 반응은 담담했다.

"……모르는 사람들이군요. 아, 아니지, 히사카 의원은 TV에서 본 적은 있지만 지카와는 아무런 관계도 아닙니다."

예상한 반응이라고는 해도 미야마는 실망감에 가슴이 답답해졌다.

이후에 시간을 두고 지카의 어머니에게도 같은 질문을 했으나 결과는 같았다.

다음으로 질문을 던진 사람은 같은 층에서 땀을 흘렸던 오기노 다에코였다. 다에코의 사정 청취는 긴급 이송된 병원 침대에서 이루어졌다.

다에코는 다행히 왼팔 골절과 전신 찰과상만 입었고 심각하게 다치지는 않았다. 그러나 신체는 몰라도 정신적인 충격이 깊게 남은 듯했다. 안색이 좋지 않고 눈은 여전히 가스 폭발에 대한 공포로 얼룩져 있었다.

"아직 치료 중이신데 죄송합니다. 경시청 형사부 수사1과 미야마라고 합니다."

"가쓰라기입니다."

"경시청, 이시라고요?"

다에코가 이상하다는 듯 되물었다.

"나가레야마 경찰서 형사님이 아니라니, 단순한 가스 폭발이 아닌가요?"

"그걸 수사하고 있습니다. 폭발 직전까지 여성 전용 공간에 있으셨다고요? 뭔가 이상한 점은 없었습니까?"

"저는 레그 프레스를 하던 중이었어요. 헬스장에는 저 말고 지카 씨와 아카리 씨와 가오리 씨가 있었는데 각자 운동하고 있었고요. 그러다가 바닥 밑에서 큰북을 치는 듯한 소리가 나더니 갑자기 운동 기구와 몸이 떠올랐고……."

당시 기억이 되살아났는지 다에코의 목이 멨다. 순식간에 얼굴을 굳히며 고개를 절레절레 흔들었다.

다에코의 흥분이 가라앉기를 기다렸다가 미야마가 다시 물었다.

"후루미 지카 씨와는 자주 대화를 나누셨습니까?"

"아뇨. 지카 씨는 좌우간 다이어트에 열심이었어요. 아무하고도 이야기하지 않고 묵묵히 운동만 하는 사람이었죠."

아버지도 같은 증언을 했으므로 믿어도 좋을 내용이었다. 그러다 보니 자연히 질문의 폭도 좁아졌다.

"최근에 이 사진 속 여자를 본 적 있습니까?"

우도 사유리 사진을 보여 주자 다에코는 잠시 바라보다가 고개를 저었다.

같은 병동에는 구사일생으로 목숨을 건진 스즈키 마유키도 실려 왔다. 아직 20대로 환자복을 입었어도 근육질 몸매임을 알 수 있었다.

미야마와 가쓰라기는 스즈키에게도 같은 질문을 했지만 애당초 회원끼리 이용하는 층이 다르다 보니 대화는커녕 접촉한 적도 없다고 했다.

"개중에는 음란한 목적으로 헬스장에 다니는 사람도 있는 것 같지만 여성 회원은 성실한 사람이 많아서 상대해 주지 않는 것 같았어요. 이상한 비디오를 너무 많이 봤다니까요."

폭발 당시 상황을 묻자 스즈키는 스트레칭을 하는 중이라 운동 기구에서 떨어져 있었다고 했다.

"혼자 날아가서 다행이었네요. 고바 씨랑 사사키 씨는 운동 기구째로 날아가서 압사당했다더군요."

만약을 위해 스즈키에게도 우도 사유리의 사진을 보여 줬지만 이렇다 할 대답은 듣지 못했다.

나가레야마 경찰서로 돌아온 두 사람은 후루미 지카 외 희생자 네 명에 대해서도 신원 확인자와 직접 만나기로 했다. 손상 상태가 심각한 사체도 있어서 신원 확인을 요청하는 데도 시간이 걸렸다.

특히 고바는 잘린 머리가 잔해 더미에 깔리는 바람에 판별할 수 없는 상태였기에 운동복과 목 아래 특징만으로 신원을 확인해야 했다.

사사키 요시타케는 상황이 그나마 조금 나아 목 윗부분은 멀쩡했다. 그러나 온몸이 복합 골절되어서 위를 보고 누운 자세로도 뒤틀린 몸 상태를 숨길 수 없었다. 연락을 받고 온 아내와 딸은 그 모습을 보고 순간 악의적인 장난이라고 생각한 듯했다.

스미노 아카리의 신원을 확인한 사람은 함께 사는 남편과 시어머니였다. 남편은 아카리의 사체를 확인하고는 남들처럼 슬퍼했지만 시어머니는 확인만 했을 뿐 눈물 한 방울 흘리지 않았다.

시어머니가 자리를 비운 틈을 타 남편이 털어놓은 사연은 이러했다.

후루미 지카

"집사람은 예전부터 어머니와 사이가 안 좋았거든요. 헬스장에 다닌 이유도 집에 있으면 어머니와 시끄럽지 않은 날이 단 하루도 없었기 때문이었습니다. 회원들과 이야기하는 것이나 운동을 하는 것이 좋다기보다 아무 간섭도 받지 않는 것이 좋다고 했어요. 분명 유일하게 마음 편한 시간이었을 겁니다."

미야마는 문득 따져 묻고 싶어졌다.

남편은 면목이 없다는 듯 말했지만 집안에 아카리의 자리가 없었던 것은 남편도 시어머니에게 의존한 탓이지 아니었을까.

구라마 가오리는 아파트에서 혼자 살고 있어서 가족이라고 부를 사람이 없었다. 신원 확인을 하러 온 관리인에 따르면 결혼해서 딸도 있었다는데 남편의 가정폭력을 견디지 못하고 도망쳤다고 한다. 이혼 후에는 친정이 있던 스가다이라로 돌아와 독신 생활을 만끽했던 듯했다.

고바 겐이치, 사사키 요시타케, 스미노 아카리의 가족에게도 우도 사유리의 사진을 보여 줬지만 모두 고개를 저을 뿐이었다.

2

CCTV 설치 장소에는 우선순위가 있어서 당연히 번화가와 범죄 다발 지역에 가장 먼저 설치된다. 폭발이 일어난 스가다이라는 번화가나 범죄 다발 지역이 아니었기에 근방에 CCTV가 한 대도 설치되어 있지 않았다.

"남편과도 완전히 헤어진 뒤 친정살이. 누구에게 원한 산 적도 없고 누굴 미워한 적도 없고. 대단한 재산도 없고 본인은 무리 지어 어울리는 걸 싫어하는 웰빙족이라고."

기리시마는 빈정거리는 말투로 한탄했다. 익숙한 말투였다. 생각해 보면 기리시마에게는 빈정과 야유와 불만밖에 못 들어봤다. 같은 반장인 아소도 일 년 내내 뚱한 얼굴이지만 그래도 가끔은 농담을 던지거나 당황한 표정을 짓기에 그런대로 허물없이 느껴지는 구석이 있었다.

"이걸로 네 번째야. 그런데 아직도 네 사람을 잇는 선이 안 보여."

기리시마는 수사가 지지부진한 이유는 너희 탓이라는 듯 미야마와 가쓰라기를 노려봤다. 기리시마와 알고 지낸 지 오래된 구도라면 한 귀로 듣고 한 귀로 흘리겠지만 공교롭게도 미야마는 아직 그 정도 경지에 오르지 못했다. 천성이

고지식한 가쓰라기는 가쓰라기대로 고개를 숙이고 있었다.

"히사카 고이치, 다카하마 유키미, 오오쓰카 히사히로, 그리고 후루미 지카. 각자 번호가 붙었으니 반드시 공통점이 있을 테고 그게 동기와 직결될 거야. 힌트가 이미 네 개나 있어."

"후루미 지카의 출신지, 출신 학교, 소속 단체, SNS 등 떠오르는 건 모조리 뒤졌습니다."

반은 질책을 당하는 상황에서도 가쓰라기는 당황한 기색도 없이 대답했다.

"하지만 현재로서는 무엇 하나 세 사람과 겹치는 게 없습니다. 취미, 취향, 단골 가게. 그뿐만이 아닙니다. 출산을 포함한 통원 이력까지 전부 털었지만 공통점은 아무것도 없었습니다."

막힘없이 흘러나오는 말은 가쓰라기가 가능성을 하나하나 얼마나 꼼꼼하게 검증했는지를 나타내는 증거였다.

"무슨 생각이 있는 모양이군."

"피해자 개개인에게 번호가 매겨지는 바람에 해당 인물들 사이에 어떤 관련이 있는지 알아내려고 애를 먹고 있습니다. 그런데 그 자체가 범인의 목적이라면 어떨까요?"

"수사 교란이 목적이라는 말인가?"

"네."

가쓰라기는 그동안 미야마와 구도에게도 여러 번 주장했다. 범인 우도 사유리의 목적은 복수나 금전이 아니라 그저 수사에 혼선을 줘서 다음 범행을 쉽게 벌이기 위해서다. 맥이 빠지기는 하지만 현 단계에서는 가장 설득력 있는 추측이었다.

달리 보면 범인은 별다른 이유도 없이 피해자에게 번호표를 줘여 준다고 해석할 수 있었다. 그야말로 하치오지 의료교도소를 탈주한 우도 사유리다운 범행 양상이라고 할 법했다.

가쓰라기가 굳이 언급하지 않은 속뜻을 간파했는지 기리시마는 탐색하듯 두 사람을 올려다봤다.

"어차피 정상인인 우리가 정신이상 범죄자의 심리를 쫓는 건 불가능하다는 불평인가?"

"불평한 적 없습니다."

"생각하기를 포기하는 건 다음 범행을 예측할 수 없다고 백기를 드는 것이나 마찬가지다. 탈옥수에게 비웃음을 사는 형사가 되고 싶은 거야?"

가쓰라기는 하고 싶은 말을 참는 기색으로 입술을 한일자로 굳게 다물었다. 인내심이 한없이 강한 남자라고 미야마는 선배지만 감탄했다.

"관리관의 심기가 몹시 불편해. 수사방침을 세울 만한 정보가 너무 적어. 지금은 어쨌든 뭐라도 물고 오라고."

피해자와 유족을 대상으로 진행한 사정 청취가 얼추 끝나자 다음은 야마기시 다케토미의 차례였다.

나이 68세, 덩치가 작고 익살스러워 보이는 외모는 역시 헬스장 주인보다 목욕탕 주인이 더 어울렸다. 태어날 때부터 목욕탕 주인인 사람은 없으므로 아마도 오랜 세월 목욕탕 카운터에 앉아 있던 흔적 같은 것이리라.

"이번에, 저기, 회원분들뿐 아니라 근처 주민과 경찰에까지 폐를 끼쳤습니다."

야마기시는 처음부터 납작 엎드렸다. 궁상맞은 얼굴이 한층 더 궁상맞아 보였다.

"폐라니요. 사장님이 부주의해서 보일러실이 폭발한 것도 아닌데요."

"그렇긴 하지만 오랫동안 동네 손님들 좋으라고 장사하는 저로서는 몹시 괴롭습니다."

나잇값도 못 하고 허둥지둥하는 야마기시를 보니 미야마는 딱하다는 생각이 들었다.

야마기시가 송구스러워하는 이유 중 하나는 본인은 다치지 않았기 때문이리라.

"야마기시 씨 댁은 헬스장과 다른 건물이지요?"

"아버지가 목욕탕 하시던 시절부터 그랬습니다. 집이 있는 건물도 이번 폭발로 반은 무너졌어요."

야마기시는 아내와 둘이 사는데, 사건 당일에는 둘이 장보러 나가서 운 좋게 화를 피했다. 사람들은 운이 좋았다고 생각하지만 본인은 그마저도 고통스러운 듯했다.

"야마기시 씨는 주인이면서 사무도 보시죠? 자리를 비우시면 헬스장에 응대할 사람이 없는 셈이지 않습니까."

"운동 공간이 있는 층 입구는 전자 잠금장치가 설치되어 있어서 회원증이 있어야 들어갈 수 있어요. 물론 남성 전용 공간과 여성 전용 공간이 구분되어 있어서 남성 회원은 남성 전용층만 출입할 수 있습니다."

"기존 회원은 그렇다고 해도 신규 회원이 왔을 때 대응할 사람이 없지 않습니까."

"부끄러운 말씀이지만 신규 회원이 한 달에 한 명 있을까 말까라서요."

기존 회원만 출입할 수 있다면 출입 기록이 데이터로 남아 호스트컴퓨터로 일괄 관리할 수 있다. 직원이 없어도 문제가 없다는 말도 일리가 있었다.

"집이 반쯤 무너졌다던데요."

"지붕 일부가 날아가면서 벽 여기저기에 금이 갔습니다. 지금 상태로는 작은 지진도 버틸 수 없을 거예요. 일단 건물 형태는 유지하고 있지만 도저히 거기서 살 수는 없겠더군요. 지금은 결국 친척 집에서 신세를 지고 있습니다."

"보일러에 폭약이 설치되어 있었던 것 같습니다."

사고 원인에 대해 처음 언급했다. 야마기시는 뜻밖이라는 듯 눈을 부릅떴다.

"폭약이라니…… 보일러가 오래돼서 터진 게 아니었습니까?"

"보일러가 터진 것 정도로 그렇게 큰 참사가 벌어지지는 않습니다. 소방서의 화재 원인 조사관이 보일러가 인위적으로 폭파되면서 어떤 원인으로 실내에 갇혀 있던 메탄가스에 불이 붙었다고 결론지었습니다."

야마기시는 그럴 수가, 라는 말만 내뱉고는 넋이 나간 표정을 지었다.

"무슨 원한이 있기에 그런 짓을 했을까요. 대단히 잘나가는 헬스장도 아닌데요. 동업자와 경쟁하는 것도, 동네에 폐를 끼치는 것도 아니었는데."

당사자가 이해하지 못하는 것도 이상하지 않았다.

인근 주민들에게 야마기시의 평판을 들었다. 선대부터 운영해 온 목욕탕은 동네 사교장으로 오랫동안 장사했지만 각 주택이 목욕 시설을 갖추게 되면서 경영이 어렵게 됐다. 야마기시가 가업을 이었을 때는 언제 문을 닫아도 이상하지 않은 상태였다고 한다. 그래도 향수를 즐기고 싶은 손님들을 위해 근근이 이어가다가 결국 5년 전에 헬스장으로 바꾸었다고 한다.

그런데 안타깝게도 야마기시는 회원 모집 방법을 전혀 몰랐다. 목욕탕은 탕을 지키고 있으면 목욕할 사람이 찾아온다. 그러나 헬스장을 하려면 회원을 유치하기 위한 노하우가 필요했다.

빚까지 내서 문을 연 헬스장이었지만 개점 이후 한 번도 흑자를 낸 적이 없었다. 언제 망해도 이상하지 않은 상태인데도 괜한 오기 때문에 꾸역꾸역 운영하는 것이 아니냐는 소리마저 들었다.

그러나 경영 수완과는 별개로 야마기시 부부의 평판은 대체로 호의적이었다. 사람이 좋아서 부탁을 거절하지 못했다. 추운 날씨에 거리를 서성이는 노숙자를 못 본 척 지나치지 못하고 목욕을 무료로 제공했다. 지역 활동에 앞장서서 참가하는 사람들이었다. 그러하니 절로 인망이 두터워졌다.

"도대체 누가 폭약 같은 걸 설치했습니까? 그거 때문에 저는 목숨을 잃은 회원분들과 동네 주민들한테 얼굴을 들 수가 없다고요."

"야마기시 씨가 화내는 것도 당연합니다. 다만 이번에는 야마기시 씨나 헬스장이 원한을 샀다는 둥의 이야기를 할 상황은 아닌 듯합니다."

"그게 무슨 말씀이십니까?"

"범인의 목적은 헬스장을 폭파하는 것이 아니라 회원 중 누군가를 해치는 것 아니었을까 추측합니다."

"회원 중 누구라고요? 그런 이유로 헬스장을 날려 버렸다고요? 그 때문에 안에 있던 회원 일곱 명이 그런 일을 당했다고요?"

"정상인이라면 생각지도 못할 일이지만 그런 부류의 범죄자가 실제로 존재합니다."

"맙소사. 어떻게 그런……."

야마기시는 고개를 숙이고 울분을 토했다.

"제, 제가 도울 일은 없습니까?"

"수사에 협조해 주시는 게 가장 좋습니다. 그걸로 범인을 체포할 수 있다면 더할 나위 없겠죠."

"하지만 범인을 잡는다고 해서 돌아가신 회원들이 다시 살아나는 건 아니지 않습니까. 이웃에 끼친 피해를 보상할 수 있는 것도 아니고요."

"네. 그래도 돌아가신 분들의 넋을 달랠 수 있겠죠. 재산 피해를 입은 주민들과도 매듭을 지을 수 있겠고요."

이윽고 야마기시는 순순히 고개를 끄덕였다.

"그런데 제가 할 수 있는 협조란 게 있겠습니까? 사고가 났을 때는 외부에 나가 있었으니 제대로 된 증언도 못 할 텐데요."

"우선 호스트컴퓨터의 데이터를 제출해 주세요. 출입 기록을 확인하겠습니다."

"그거면 되겠습니까?"

"헬스장에 CCTV가 없었습니까? 현장이 그 지경이다 보니 카메라 조각조차 못 찾았습니다."

"CCTV는 처음부터 설치 안 했습니다. 운동 층 출입할 때 사용할 IC 카드를 도입하면 그것만으로도 충분히 방범이 되리라 생각했거든요."

야마기시는 민망한 듯 말했지만 운동 공간에 CCTV를 설치하면 거부감을 느끼는 사람도 있으므로 이해했다.

"그럼 건물 도면을 제출해 주세요. 폭파 전에 지하 배치가 어땠는지 당장 알고 싶습니다."

"알겠습니다."

"그리고 하나 더요. 외부인이 보일러실에 들어갈 수 있습니까?"

그러자 야마기시가 갑자기 머쓱한 표정을 지었다.

"보일러실은 운동 층 바로 아래 있습니다. 당연히 문을 잠글 수 있지만 목욕탕을 운영할 때만큼 자주 드나들지 않게 돼서 문단속에 소홀했습니다. 솔직히 사고 당시에 잠겨 있었는지는 기억이 잘 나지 않는군요. 네."

관계자 조사는 끝났지만 중요한 단서는 하나도 얻지 못했다. 황동판 존재로 우도 사유리의 범행이라는 사실은 알았으나 입증할 수는 없었다.

사건 발생 이틀 후, 드디어 감식과에서 주목할 만한 보고가 올라왔다. 폭발 현장에서는 거리가 있지만 인근 역 CCTV에 우도 사유리로 짐작되는 인물이 잡혔다는 소식이었다.

"시공간 데이터 횡단 프로파일링을 활용했습니다."

감식과 사사무라가 기리시마와 사람들 앞에서 설명하기 시작했다. 대형 버스 폭파 사건 때 시험 사용한 분석 시스템을 꾸준히 운용한 결과 본격적으로 활용하기 시작한 것이다. 미야마는 해당 현장을 직접 보는 기분이 들었다.

"이미 수치화한 우도 사유리의 행동 패턴을 영상 데이터에 입력했습니다. 그 결과가 이것입니다."

컴퓨터 화면에 CCTV 영상이 떴다. 촬영 날짜와 시간은 8월 10일 오후 1시 30분. 대략 헬스장 폭파 한 시간 전이었다.

역 이용객이 이리저리 오가는 가운데 롱카디건을 입은 여자의 모습이 노란 선으로 표시됐다. 손에는 작은 가방을 들었다.

"횡단 프로파일링이 우도 사유리를 인식했습니다."

모자를 깊게 눌러 써서 얼굴은 보이지 않았다. 그러나 이전과 마찬가지로 최근 분석 시스템의 눈을 벗어날 수 없었다.

우도 사유리로 보이는 여자가 역 반대 방향으로 가로질러 걸었다. 역에서 현장까지 도보 약 15분. '야마기시 피트니스 클럽'의 보일러실에 가서 일을 꾸미기에 충분한 시간이었다.

"이건 현장으로 갈 때 찍힌 영상일 거야. 돌아올 때 찍힌 영상은 없나?"

기리시마의 지적에 사사무라의 표정이 흐려졌다.

"그게, 우도 사유리가 찍힌 영상은 이것뿐입니다. 이후에는 아무것도 나오지 않았습니다."

"뭐라고?"

"도대체 어떻게 현장까지 갔는지, 역에서 현장 사이에 있는 편의점과 은행에 CCTV가 설치되어 있어서 길을 오가는 행인이 찍히는데 횡단 프로파일링이 우도 사유리의 모습을 인식하지 못했습니다. 아마 범행 후에는 다른 경로와 다른 방법으로 도망친 게 아닐까요?"

"걸리는 게 하나 더 있어. 이 영상을 보면 우도 사유리가 가지고 있는 건 가방뿐이야. 그 속에 경질 나프타나 기폭장치가 들어 있는 건가?"

"사고 현장에서 수거한 보일러는 공식적으로는 무압 온수 보일러인데 외벽은 두께가 8센티미터나 됩니다. 이걸 바깥쪽에서 부수려면 상당한 폭약이 필요합니다."

기리시마는 조바심을 감추지 못했다.

"저 가방에 다 들어가, 안 들어가?"

"모의 폭탄으로 시험 제작해 용량을 확인해 보겠습니다. 시간을 좀 더 주세요."

사사무라는 조금 빠르게 말하더니 더 머물 필요 없다는 듯 허둥지둥 형사부실을 떠났다.

"다 결정적이지 않은 증거들뿐이야."

기리시마는 반 전체를 질책하듯 말했다. 기리시마도 쓰무라 과장과 무라세 관리관에게 똑같이 질책당하고 있다는 증거였다.

조직에 대한 불만은 위로 올라갈수록 줄어들고 스트레스는 아래로 내려갈수록 늘어난다. 구두 밑창이 닳도록 현장을 뛰어다니는 미야마와 형사들도 슬슬 한계를 느꼈다. 앞선 세 사건이 채 해결되기도 전에 터진 사상자 일곱 명을 낸 이번 사건은 기리시마 반의 사기와 체력을 갉아먹었다.

3

"모의 폭탄을 만들어 봤는데 그 정도 규모의 폭파에 필요한 폭약 및 장치 한 세트라면 영상에 찍힌 가방에 간신히 들어갈 것 같습니다."

사사무라는 기리시마와 미야마 앞에 서서 보고하기 시작했다.

"그런데 용의자가 소지한 가방은 그리 부풀어 보이지 않습니다."

"그래서 가방에 들어 있다는 거야, 안 들어 있다는 거야?"

기리시마가 추궁하자 사사무라는 당혹스러운 표정을 지었다.

"저희 감식과는 가능성을 제시하는 곳이지 결론이나 판단을 내리지는……."

"그만, 됐어."

감정이 격해져 선을 넘었다고 깨달은 듯 기리시마는 얼른 말을 수습했다. 조바심이 나는 기리시마의 심정은 미야마도 이해할 수 있었다. 히사카 의원 사건부터 이번이 네 번째, 용의자는 유추했지만 아직 신병을 확보하지 못했다. 더구나 자신들 앞에 있는 것은 정황 증거뿐으로 용의자의 소행임을 나타내는 물증은 여전히 찾지 못했다. 이대로 수사가 암초에 부딪히면 설령 용의자를 체포한다고 해도 공판을 진행할 수 있을지 심히 염려됐다.

선을 이어야 해, 기리시마는 혼잣말로 중얼거렸다.

"히사카 의원부터 후루미 지카까지 네 명의 관계성만 파악하면 검찰이 공판을 유리하게 진행할 수 있어."

이 또한 이해 갔다. 네 명을 죽인 이유, 즉 동기를 밝히는 일도 수사본부의 골칫거리였다.

"선은 아직도 못 찾았나?"

이날 수사회의 석상에 있던 무라세도 초조한 심경을 감

추지 못했다. 어조는 평소와 같았지만 수사관들을 향한 말에 날이 서 있었다.

"애당초 용의자로 간주한 우도 사유리는 하치오지 의료교도소에서 탈주한 인물이다. 까딱하다가 이번 연쇄 테러도 형법 제39조를 들먹이면 공판이 어려울 수 있어. 하지만 우도 사유리가 명확한 의도로 피해자 네 명을 골랐다는 사실을 입증하면 희망이 보일 거야."

하치오지 의료교도소에 수감되기 직전, 우도 사유리는 정신감정을 받는 중이었다. 그러나 달아난 지금, 정신 상태가 어떻게 됐는지는 아무도 모른다. 형법 제39조 적용 요건에 대해 대법원은 피고인의 범행 당시 병세, 범행 전 생활 상태, 범행동기 및 상황 등을 종합해 판정할 수 있다고 판례에서 밝혔다. 따라서 우도 사유리가 범행 당시 뚜렷한 동기하에 계획적으로 범행을 저질렀다면 판세가 달라지리라는 계산이었다. 물론 우도 사유리의 변호인은 그 유명한 미코시바 레이지므로 방심은 금물이지만 유죄 판결을 끌어내는 핵심 요소가 되리라는 것은 확실했다.

무라세의 질문에 대답할 수 있는 사람은 없었다. 옆자리에 앉은 네기시는 눈을 감고 못 들은 척했다.

"다들 아는 바와 같이 우도 사유리는 몇 년 전 한노시에서 사건을 일으켰다. 그대로 기소됐다면 틀림없이 사형 선고를 받았겠지. 그런데 정신감정이 모든 걸 뒤집었다. 피해자와 유족들의 절망은 감히 헤아릴 수 없다. 그러나."

무라세의 다음 말은 쉽게 짐작이 갔다.

"이번 사건을 법정까지 가져갈 수 있으면 과거 사건을 포함해 우도 사유리를 처벌할 수 있다. 피해자들뿐 아니라 당시 사건을 맡은 사이타마 현경과 사이타마 지검의 울분까지 씻을 수 있다."

수사 회의에 참석한 수사관들은 아무 말도 하지 않았지만 아마 미야마처럼 무라세의 말에 동의할 것이다.

형법 제39조에 대해서는 수사관마다 견해가 다르다. 그러나 정신감정이 감정의와 피험자의 질의응답으로 이루어진다는 사실은 모두가 안다. 고생해서 체포한 용의자가 질의응답만으로 심신상실 상태라는 진단을 받아 형벌을 면하는 부당한 현실을 뼈저리게 안다.

"새삼 말할 것도 없지만 이번 사건은 전부 계획 범죄다. 첫 번째 사건에서 사용된 시안화칼륨. 두 번째, 세 번째, 네 번째 사건에서 사용된 경질 나프타. 피해자 곁에 있던 번호표. 실로 심신상실 환자가 저지를 수 있는 범행이 아니다. 다시 말해 우도 사유리의 정신질환은 가짜였을 가능성도 부정할 수 없다."

이 발언 역시 수사관 전체의 의문을 대변하는 말이었기에 동의할 수밖에 없었다. 그렇기에 사망자를 위한 복수전이라는 단어가 머릿속에서 떠나지 않았다.

"수사관 중에는 우도 사유리가 수사에 혼선을 주려고 관계없는 네 명을 희생자로 선택한 것 아닌가 생각하는 사람도 있다. 수사방침과는 방향이 다르지만 나로서는 귀담아들을 만한 의견이라고 본다. 수사를 교란하겠다는 발상 자체가 정상인보다 지적 수준이 높다는 증거기 때문이다."

멀리 앉아 있던 가쓰라기가 다소 놀란 기색으로 단상을 바라봤다. 수사관들의 푸념이나 의심을 절대 흘려듣지 않고 유익한 의견이면 반드시 수사에 반영한다. 무라세는 무슨 생각을 하는지 속을 알 수 없는 남자지만 한편으로는 수사관들의 작은 목소리를 포착하는 세심한 면도 있어서 두렵지만 결코 싫지 않은 인물이었다.

"다만 사건을 하나하나 돌이켜보면 수사를 교란시키려는 목적치고는 손이 너무 많이 간다. 후지미 임페리얼 호텔에서는 독을 준비하는 것 말고도 연회장 시설과 식순, 그리고 도주 경로를 사전에 조사해야 한다. 대형 버스 폭파 사건도 경로와 각 정류장 정차 시간, 좌석 배치. 학교 방화 사건에서는 야간 경비 체제까지 알아야 한다. 또 각 사건의 범행 현장에 도달하기까지 CCTV 설치 여부와 설치 장소를 미리 파악해야 한다. 이를 우도 사유리 혼자 했다면 엄청난 수고를 들여야 했을 것이다. 그 모든 행동의 목적이 수사 교란이라는 것은 앞뒤가 맞지 않는다."

범죄는 일종의 경제라고 들은 적이 있다. 즉 최소한의 노력으로 최대한의 이익을 얻는 법칙에 따라 범죄를 저지른다는 의미다. 확실히 많은 범죄자는 되도록 수고를 줄이려고 한다. 그런 관점에서 보면 가쓰라기가 세운 가설은 확실히 가성비가 떨어진다.

"이상, 수사방침에 변경은 없다. 후지미 임페리얼 호텔 사건까지 거슬러 올라가 피해자들을 연결하는 선과 우도 사유리와의 관련성을 철저하게 조사하라."

회의가 끝나자 기리시마는 미야마에게 폭파 현장 재수사를 명령했다. 이미 감식과 화재 원인 조사관들이 조사를 마친 현장에 무엇이 남아 있을지 매우 막막했지만 사건 현장에 실마리가 있다는 교훈을 거역할 만한 경력은 없었다.

"가쓰라기와 같이 다녀와. 뭐가 됐던 새 걸 물고 오라고."

"무라세 관리관님이요, 전에 없이 초조하신 것 같던데요."

"외부 잡음에는 끄떡없지만 역시 정부 부처가 엮이니 평정을 유지하기 어려울 거야."

초조해하는 무라세 때문에 독기가 빠졌는지 기리시마도 드물게 본심 비슷한 것을 내비쳤다. 무라세와 기리시마두 사람 모두 감정을 드러내지 않는 면모가 무언의 압박을주는데, 이번만큼은 두 사람 모두 철가면이 벗겨진 인상이었다.

"정부 부처가 엮였다니 무슨 말씀이세요?"

"법무성이 공안위원회를 통해 경시총감에게 우려를 표했다는군."

기리시마가 내뱉듯 말했다.

"정신감정으로 책임 능력이 없다는 진단을 한 번 받은 용의자가 의료교도소를 탈주한 뒤 계속 범행을 저지르고 있어. 아까 관리관도 말했지만 우도 사유리의 정신질환은 가짜였다는 의혹이 나오고 있지. 이게 무슨 뜻인지 알아?"

"정신감정의 신뢰도가 의심스럽다는 말입니까?"

"정신감정을 인정한 곳도, 그 진단 결과를 받아들인 곳도법원이야. 그런데 심신상실 상태인 줄 알았던 사람이 대규모 살인을 벌였지. 아직 우도 사유리의 이름은 공개되지 않았지만 일련의 사건을 일으킨 범인이라고 공개되자마자 법원을 향해 거센 비난이 일 수밖에 없어."

법원의 소관 부처인 법무성으로서는 상처가 더 깊어지기 전에 우도 사유리의 신병을 확보하고 싶을 것이다. 게다가 이번에야말로 우도 사유리를 단죄하지 않으면 법원, 나아가서는 법무성의 체면과도 관계된다는 뜻인가.

"단순히 사이코가 저지른 사건이 아니라 법무성이 책임 능력이 없다고 판단한 인간이 일으킨 사건이야. 다시 말해 법무성이 직접 괴물을 들판에 풀어놓은 셈이지. 그 괴물이 선량한 시민을 차례차례 잡아먹으면 언젠가 책임 소재를 따져야 해. 가스미가세키* 인간들은 그게 못 견디게 무서운 거야."

감식과에서 이미 거의 모든 것을 수거해 갔지만 '야마기시 피트니스 클럽'이 있던 자리에는 여전히 출입 금지 테이프가 쳐 있었다.

"몇 번을 봐도 대단하네요."

가쓰라기는 인상 깊은 듯 말했다.

가스 폭발은 건물을 태우다 못해 내부를 전부 쓸어 버렸다. 더욱이 폭발 지점이 지하 보일러실이었기에 반경 5미

---

* 도쿄에 있는 일본 제일의 관청지구. 일본의 주요 행정기관 및 부속기관 대부분이 들어서 있다.

터에 걸쳐 구멍이 뻥 뚫렸다. 마치 공습을 받은 듯한 광경에 미야마도 순간 말을 잃었다.

사고가 발생하고 며칠이 지났는데도 일대에 여전히 그을음과 탄내가 느껴졌다. 사체가 탄 냄새가 사라진 것이 그나마 다행이었다. 헬스장 주인 야마기시는 오로지 이웃에 폐를 끼칠까 봐 걱정했는데 악취가 퍼지는 것도 걱정이었을지 모른다.

"물증 대부분은 불에 타거나 날아간 데다 소화제와 물에 씻겨 갔어. 감식과도 고생깨나 했겠어."

실제로 감식과가 현장에서 채취할 수 있었던 것은 보일러 파편에 묻은 경질 나프타 성분과 기폭장치 일부뿐이었다. 현장에 들어왔을 우도 사유리의 모발이나 체액을 채취했다면 더할 나위 없었겠지만 전개는 그리 유리하게 흘러가지 않았다.

노란색 테이프를 넘기 전에 가쓰라기는 합장하며 고개를 숙였다.

"사체는 벌써 유족들 곁으로 돌아갔는데."

"그래도 이 자리에서 다섯 명이나 목숨을 잃었다고 생각하니……."

믿음이 깊은 집안에서 태어났을까, 아니면 심성이 착하기 때문일까. 어느 쪽이든 피비린내 나는 범죄 현장에는 전혀 어울리지 않는 남자라고 생각했다.

미야마는 가쓰라기와 함께 급조한 사다리를 타고 지하로 내려갔다. 폭발 지점에 가까워질수록 이상한 냄새가 점점 강해졌다. 보일러가 있던 곳에는 아직 기름 냄새가 남아 있었다.

재와 잔해는 밖으로 옮겨져 바닥이 깨끗하게 드러나 있었다. 옮겨진 잔해 양은 경트럭 한 대 분량이었다는데 감식과에서 그 잔해 전체를 훑고 있다. 듣기만 해도 어질어질한 이야기였다. 범죄를 수사하는 사람은 누구나 모래사장에서 바늘을 찾는 고초를 겪는다고 새삼 생각했다.

"반장님께서 새 걸 물고 오라셨어요."

"나한테도 했어, 그 말."

"명령의 의미도 중요성도 잘 알지만 감식이 지나간 자리니 풀 한 포기 안 남아 있겠죠?"

"땅 위가 아니라 땅을 파내서라도 찾아오라는 이야기군."

손전등을 한 손에 들고 둘이서 바닥을 수색했다. 이렇게 넓은 장소에서 유류품을 찾는 경우에는 한 명은 세로 방향으로, 나머지 한 명은 가로 방향으로 수색하며 격자무늬로 움직인다. 칸을 하나씩 수색하다 보면 빠짐없이 살필 수 있기 때문이다.

그러나 수색을 시작한 지 30분이 지나도 이렇다 할 만한 것은 발견하지 못했다. 허리를 굽힌 채 움직이기에 슬슬 허리가 뻐근해졌다.

잠깐 쉬자고 제안하려던 바로 그때였다.

두 사람이 허리를 숙이고 있는 바닥에 순간 플래시가 터졌다.

올려다보니 구멍 위에서 디지털 카메라를 설치한 사람이 보였다.

"누구십니까?"

먼저 정체를 물은 사람은 가쓰라기였다.

"일반인은 출입 금지인데요."

"아이고, 이런 죄송합니다. 저도 일이라서요."

악의 없어 보이는 목소리지만 내버려 둘 수도 없었다. 두 사람은 작업을 중단하고 지상으로 올라갔다.

인상이 온화한 남자였다. 반팔 셔츠에 가방을 든 모습은 어느 회사 영업 직원으로 보이기까지 했다.

"무슨 일인지는 모르겠습니다만 이러시면 곤란합니다. 아직 수사가 끝나지 않았거든요."

남자는 미야마의 주의를 받고도 조금도 동요하지 않는

후루미 지카

271

기색이었다. 말을 걸 기회를 잡아 기뻐하는 눈치이기까지
했다.

"저는 이런 사람입니다."

남자가 내민 명함에는 '가가미 보험조사소 가야부키 마사
미'라고 적혀 있었다.

"보험 조사관 가야부키라고 합니다."

보험 조사관은 비교적 최근에 생긴 직업이었다. 정확히
는 2007년에 시행된 탐정업법에 기초한 것으로 대기업 보
험회사의 의뢰로 보험금이 걸린 안건을 조사하는 일이었다.
즉 보험 전문 탐정인 셈이었다.

"그렇다는 말씀은 이번 사고 피해자 중 누군가를 조사하
신다는 뜻입니까?"

미야마는 경찰수첩을 내밀며 물었다.

"뭐, 그런 셈입니다."

"대상이 누구입니까?"

"그건 말하기 좀 그렇군요. 의뢰인의 비밀 엄수 의무 때문
에."

"보시다시피 의심의 여지 없는 가스 폭발입니다. 피해 상
황은 사람마다 다르겠지만 사고로 인한 희생은 틀림없습니
다."

"사고요? 그런 것 치고는 일어난 지 며칠이나 지났는데 여전히 경찰이 움직이는군요. 그것도 관할서인 나가레야마 경찰서가 아니라 경시청에서 말이죠."

젠장. 경찰수첩을 내민 것은 경솔했다.

경찰이 이번 사건에 관해 언론에 발표한 내용은 보일러실에서 폭발이 발생했다는 사실 뿐이며, 앞선 사건과의 관계와 경질 나프타의 존재는 공개하지 않았다. 따라서 민간조사회사가 아무것도 모르는 것도 당연하지만 개중에는 가야부키처럼 눈치가 빠른 자도 있었다.

"의심의 여지 없는 가스 폭발이라는 건 저도 동감입니다. 직업 특성상 비슷한 사례를 여러 번 겪어 봤는데 정말로 흔적도 없이 다 날아가 버려서 뭘 조사하고 싶어도 조사할 수 없죠."

가야부키는 지하 보일러실을 내려다보며 허무하게 중얼거렸다.

"돌아가신 분께는 사망진단서가, 그렇지 않은 분께는 각각 의사의 진단서가 발급됐을 겁니다."

"사망 원인에 대해서는 아무 의심도 하지 않아요. 진단서를 쓰신 선생님들은 저도 아는 우수하고 성실한 의사들이시니까요."

"그럼 뭘 조사하는 겁니까?"

"이 폭발이 정말 사고인지 아닌지. 사고가 아니라면 누가 무엇을 꾸민 것인지. 신문에는 보일러 폭발 때문에 가스에 불이 붙은 것으로 의심된다고 했는데 정작 보일러를 경찰에서 압수하는 바람에 어찌해 볼 도리가 없군요."

"빠른 결론을 낸 사람은 화재 원인 조사관이었습니다."

"같은 조사관이라도 그쪽은 공무원이고 우리는 민간이죠. 그 둘을 가르고 있는 벽이 높아서 저희 쪽에서 질문해도 답을 듣기가 좀처럼 힘들더군요."

"가야부키 씨처럼 소방서와 경찰한테도 비밀 엄수 의무가 있으니까요."

"사고인가 사건인가. 의뢰인을 굉장히 괴롭히는 문제죠. 하지만 여기서 경시청 형사 두 분을 보니 사건성이 농후해졌습니다."

미야마는 가쓰라기와 시선을 주고받았다.

'가가미 보험조사소'의 의뢰인이 조사를 의뢰한 이유는 계약에 대한 의혹 때문이다.

당장 떠오르는 가능성은 두 가지였다.

1. 사망보험금 수령인이 우도 사유리와 손을 잡고 사건을 일으켰다.

2. 계약자 스스로가 피해자가 되어 보험금을 가로챘다. 우도 사유리와 손을 잡은 것은 1과 같다.

"도대체 보험금이 얼마나 나옵니까?"

"그것도 비밀을 지켜야 하는데, 일부러 조사관을 고용할 정도니 적은 금액이 아닌 건 확실하죠. 그보다 경찰에서는 인위적인 폭발이라는 증거를 확보했습니까?"

"그건 비밀 엄수 의무라기보다 수사 정보거든요."

가야부키와 대화를 나누다 보니 점점 더 초조해졌다. 양쪽 모두 상대가 원하는 정보를 쥐고 있으면서도 비밀 엄수 의무라는 벽에 가로막혀 나누지 못했다. 수박 겉핥기식 대화였다. 가야부키도 같은 생각을 하는지 애가 타는 듯 눈썹 근처가 꿈틀거렸다.

팽팽한 기싸움이 계속되는가 싶었을 때 가쓰라기가 둘 사이에 끼어들었다.

"비밀 엄수 의무를 가볍게 여기는 건 아니지만 이 정도 피해가 난 사안에서 공무원과 민간이 정보를 나누지 못하는 건 서로에게 손해 아닐까요?"

무슨 말이라도 꺼낼까 싶었으나 가쓰라기의 목소리가 부드러우면서 거부감이 들지 않아 계속 듣고만 있었다.

"예컨대 수사 정보라도 시간이 지나면 공개할 수밖에 없는 것들이 있습니다. 생명 보험 계약 정보도 수사 사항 조회서를 받으면 회신해야 하잖아요. 만약 양측 모두에게 유익한 정보를 주고받을 수 있다면 그쪽 의뢰인도 납득하지 않겠습니까."

"그야, 확실히 그렇죠."

가야부키는 분명 안도한 기색이었다.

한편 미야마도 머릿속으로 장단점을 정리했다. 정보 대부분은 머지않아 어떠한 형태로든 유출된다. 무엇보다 중요한 것은 공개 타이밍이었다. 가야부키 측이 경찰과 똑같이 비밀 엄수 의무에 묶여 있다면 적어도 세간이나 언론에 새어 나갈 일도 없었다. 그 점은 경찰도 마찬가지고 아마 가야부키도 그렇게 생각하리라.

"공통점은 이번 안건에 숨겨진 악의를 밝혀내는 것 아닙니까."

가쓰라기의 말이 결정타였다. 미야마와 가야부키는 고개를 살짝 끄덕였다.

지상에는 사람들의 시선이 있으므로 세 사람은 지하로 이동했다. 이곳이라면 편하게 이야기해도 지상에서 들릴 염려는 없었다.

"가야부키 씨, 먼저 말씀하시죠. 그쪽 의뢰인은 계약자를 의심합니까? 아니면 수령인을 의심합니까?"

"둘 다입니다."

"의심하는 근거는요?"

"계약을 새로 체결한 건 아닌데 계약 내용이 변경됐거든
요. 그것도 바로 지난달에. 보험금도 수령액도 거의 두 배로
뛰었습니다."

"지난달이라니 너무 뻔한데요. 의뢰인은 계약 변경 때 이
상하다고 생각 안 했답니까?"

"신청 사유가 매우 정당했고, 이런 의심은 이변이 생긴 뒤
에야 하게 되거든요. 만일 담당자가 무언가 마음에 걸렸다
고 해도 그럴 때마다 조사관에게 의뢰하면 비용이 너무 많
이 들어서 수지타산이 안 맞잖아요. 하지만 보험금을 지불
하는 단계에서 조사를 의뢰하는 안건은 90퍼센트가 빙고
예요."

가야부키가 자조하듯 웃으며 말을 이었다.

"자, 그럼 이제 제가 물을 차례군요. 이 폭발은 누군가가
꾸민 일이라고 생각해도 되겠죠?"

"네. 사고가 아니라 사건입니다."

"구체적으로 어떤 방법을 썼습니까?"

"보일러에 폭약을 설치했습니다."

"용의자는 특정했습니까?"

"수사선상에 오른 인물은 있지만 아직 특정하지는 못했습니다. 현장이 워낙 이 지경이라서요."

상황을 보고 뒷말을 짐작한 듯 가야부키는 사정을 잘 알겠다는 얼굴로 고개를 끄덕였다.

"특정하지는 못했지만 용의선상에 오른 이유는 뭔가요?"

"추적하던 인물이거든요. 이번 사건뿐 아니라 여러 사건에서 용의자로 의심되는 인물이 역에서 현장 방향으로 향하는 모습이 CCTV에 찍혔습니다."

"추적 인물이라고요? 그러면 의뢰인이 우려하는 상황과는 조금 다르겠군요. 계약자든 수령인이든 경찰이 추적하는 인물은 아니니까."

"도대체 의뢰인과 가야부키 씨가 조사하는 대상이 누굽니까?"

"'야마기시 피트니스 클럽' 주인 야마기시 다케토미 씨입니다."

뜻밖의 이름이 등장했다.

"야마기시 씨는 목욕탕에서 헬스장으로 개조했을 때부터 화재 보험에 가입했습니다. 아실지도 모르지만 보험금액은 대부분 건물 평가액과 똑같이 설정됩니다. 따라서 보험 대상인 건물·가재가 전소했을 때 계약 당시 설정한 보험금액 즉 보험금 지급 상한액이 전액 지급됩니다. 그런데 당초 야마기시 씨는 매달 보험료를 줄이려고 보험금액을 건물 평가액보다 적게 설정했습니다."

"그럼 계약 내용을 변경했다는 게……."

"네, 보험금액을 건물 평가액과 같은 금액으로 재설정했어요. 구체적으로는 수령액이 7천 5백만 엔에서 1억 5천만 엔으로 껑충 뛰었습니다."

4

가야부키의 정보 제공으로 사태는 급속히 전개됐다.

우선 '야마기시 피트니스 클럽' 건물을 대상으로 계약한 화재 보험 내용을 확인한 다음 야마기시의 신변을 다시 조사했다.

야마기시가 임의 출두에 응한 것은 8월 15일이었다.

"오시라고 해서 죄송합니다."

심문은 미야마가 맡았고 기록은 가쓰라기가 맡았다. 사전에 3교대로 팀을 꾸렸지만 미야마는 본인 선에서 일단락 짓자고 마음먹었다.

"조사가 끝난 줄 알았는데요."

"새로운 사실이 나와서 본인 확인을 해야 하거든요. 예를 들어 헬스장 화재 보험 건 같은 거 말입니다."

야마기시의 안색이 순식간에 변했다.

"보험회사에 확인했습니다. 지난달 8일에 보험금액을 7천 5백만 엔에서 1억 5천만 엔으로 변경하셨다고요."

"그건 처음에 계약할 때 보험금을 낮추려고……."

"네, 그 이야기도 들었습니다. 저희가 알고 싶은 건 왜 보험금액을 올렸는지입니다. 헬스장으로 새단장했는데 최근 몇 년간 매출은 어땠죠? 실례지만 폭발 사고 당시 회원 수를 고려해도 그리 많이 버시는 건 아닌 듯하던데요."

"동종 업계에서도 잘나가는 곳은 CF를 잔뜩 내보내는 극히 일부 업체뿐입니다. 우리 같이 영세한 곳은 어디든 힘들죠."

"어려운 상황인데 매달 보험료를 올린다는 건 모순 아닙니까? 건물 자체는 아직 튼튼해서 과거에 태풍이나 지진 피해를 본 적도 없고요."

"돌다리도 두드려 보고 건넌다지 않습니까. 언제 초대형 태풍이 올지 모르고 무슨 일이 벌어질지 모르니까요. 다소 비용이 늘더라도 앞날을 대비하는 게 경영이라는 거예요."

야마기시는 분한 기색으로 말했지만 허세 부리는 몸짓은 부정할 수 없었다.

"무엇보다도 극단적으로 낮게 책정했던 건물 평가액을 원래 수준으로 되돌렸을 뿐입니다. 새삼스레 그걸 의심하다니 어처구니가 없네요."

"하지만 야마기시 씨. 계약 내용을 변경한 지 불과 한 달 후에 헬스장이 폭파됐습니다. 우연치고는 타이밍이 너무 좋은 거 아닙니까?"

"어떻게 의심하든 우연은 우연입니다. 그 이상도 그 이하도 아니라고요."

야마기시는 언짢은 듯 얼굴을 찌푸렸지만 그조차 거짓말 같아 보였다. 그만큼 미야마의 질문에 당황했다는 증거라고 생각하면 속이 후련했다.

좋아, 더 당황하라고.

"그럼 다음 질문입니다. 보일러를 작동할 때 어떤 연료를 사용했습니까?"

"A 중유요."

"늘 석유 도매점에서 구매하시죠?"

"'사카모토 석유'에서요. 목욕탕 시절부터 거래했는데 지금까지 쭉 이어온 단골이죠."

후루미 지카

"이번 달 1일에도 구매하셨네요?"

"매달 1일과 15일에 보충하는 걸로 정했거든요."

"네, 저도 '사카모토 석유'에서 그렇게 들었습니다."

"일부러 그쪽에 확인한 겁니까?"

"진위를 확인하는 게 경찰의 일 아닙니까. 게다가 그쪽에는 전표 사본이 3년 치 보관되어 있더군요. 참고로 이것이 이번 달 1일 자 거래명세서 사본입니다."

미야마가 준비한 파일을 책상 위에 펼쳤다.

"곧바로 의문이 떠올랐습니다. 보일러 작동용으로 A 중유를 구매한 건 당연한 일인데, 이날은 평소와 달리 다른 석유 제품도 구매했습니다. 이 '경질 나프타 2리터'는 무슨 용도입니까?"

문제의 제품명은 명세서 거의 한가운데 적혀 있었다. 야마기시의 시선은 그 부분에 못이 박힌 듯 고정됐다.

"무압 온수 보일러를 도입한 다른 목욕탕에도 알아봤는데 다들 하나같이 경질 나프타를 사용할 일은 전혀 없다고 대답하더군요. 개중에는 경질 나프타가 무엇인지 모르는 사람도 있는 듯했습니다. 야마기시 씨, 2리터짜리 경질 나프타를 도대체 어디에 사용했죠?"

"모릅니다."

감정을 간신히 억누르는 어투. 취조실에서 자주 듣는 어투다.

"당신이 구매한 거 맞죠?"

"몇 번을 물어도 모르는 건 모르는 겁니다."

"모르쇠로 일관해서 도망갈 수 있다고 생각한다면 오산이에요."

야마기시는 이미 방어에 들어갔다. 그러나 그 방어막에는 금이 가 있었다.

"그럼 경질 나프타는 모른다고 주장하시는 거로군요."

"네."

"용기를 만진 적도 없습니까?"

"없습니다."

"그건 그렇고 보일러에 연료는 누가 넣으십니까?"

"제가 하죠. 아내가 하기에는 위험해서요."

"연료를 넣을 때 맨손으로 작업하십니까?"

"목장갑을 낍니다. 중유는 손에 묻으면 냄새가 잘 안 없어져서요."

"연료를 야마기시 씨가 넣는다면 그 목장갑을 사용하는 사람도 야마기시 씨뿐이겠군요."

"당연하죠."

"그러면 그 목장갑에 경질 나프타가 묻어 있다면 어떻게 변명하시겠습니까?"

야마기시는 갑자기 입을 다물었다. 아마도 보일러에 폭탄을 설치할 때 목장갑에 경질 나프타가 묻었는지를 필사적으로 떠올리고 있으리라.

타격을 주려면 바로 지금이다.

"실은 야마기시 씨 댁 가택수색 영장이 나왔습니다."

미야마가 영장을 눈앞에 내밀자 야마기시의 눈이 휘둥그레졌다.

"지금쯤이면 다른 수사관들이 헬스장 관련 서류와 야마기시 씨의 개인 물건을 남김없이 압수했을 겁니다. 그중에는 당연히 문제의 목장갑도 포함되어 있습니다."

"날 속여?"

"속이다니요, 듣기 거북하군요. 순서가 다소 바뀌었을 뿐이죠. 영장이 있으면 당신도 가택수색을 거부할 수 없어."

정면에서 날카로운 시선으로 노려보자 야마기시의 시선이 흔들렸다. 증거물을 압수하고 나서는 분석 결과를 기다릴 뿐이니 그가 심적으로 궁지에 몰릴 수밖에 없었다.

"자백하려면 빨리하는 게 좋을 겁니다."

미야마는 부드러운 말투로 바꿔 말했다.

"어설픈 변명을 늘어놓으면 보고할 수밖에 없고, 그러면 법정에서의 인상도 나빠집니다. 이 자리에서 자백한다고 자수가 성립되지는 않지만 반성하고 있다고 정상 참작이 될 수도 있습니다. 어느 쪽이 유리할지 잘 생각해 보시죠."

야마기시는 고개를 숙이는가 싶더니 잠시 책상에 시선을 떨구고 침묵했다.

미야마는 장기전을 각오하고 의자 깊게 몸을 묻었다. 가쓰라기는 키보드를 치던 손을 멈추고 두 사람을 지켜봤다.

"그렇게 위력이 셀 줄은 몰랐습니다."

침묵을 깬 사람은 야마기시였다.

"처음부터 말씀하시죠. 보일러에 폭탄을 설치한 사람은 당신이죠?"

"네."

"역시 보험금 때문입니까?"

"심기일전해서 세운 헬스장이었는데 생각만큼 회원이 안 모여서 매년 적자였습니다. 은행 대출도 두 달 밀려서 이대로는 또 장사를 접어야 했죠."

"그래서 화재 보험에 눈독을 들였군요. 보험금액을 건물 평가액과 똑같이 변경한 뒤 건물을 다 태우면 보험금 전액 1억 5천만 엔을 차지할 수 있으니까."

후루미 지카
285

"1억 5천만 엔만 있으면 대출금을 갚고도 남습니다. 남은 돈으로 다시 시작할 수 있다고 생각했죠."

"회원이나 인근 주민에 대한 손해보상은 어떻게 할 생각이었습니까?"

"그러니까 그렇게 엄청난 폭발일 줄 몰랐다고요. 보일러가 폭발해도 기껏해야 바닥이 무너지고 지하에서 불이 나는 정도겠거니 했는데. 불이 나면 경보장치가 작동해 전자 잠금장치가 해제되고 회원들도 곧바로 탈출할 수 있습니다. 그 일대는 전부 폭이 4미터인 좁은 길이라서 소방차도 늦게 도착할 테고요. 거기까지 계산했는데."

폭파 규모만 잘못 계산했다는 말인가.

"사망자 다섯 명과 중경상자 두 명, 인근 가게와 민가도 피해를 입었습니다. 양심의 가책을 느끼지는 않았습니까?"

"느꼈죠. 양심에 찔려 겁이 나서 자수 못 했습니다. 피해 규모를 들었을 때 화재 보험금만으로는 다 보상할 수 없다는 걸 알았어요. 무엇보다 사람이 다섯이나 죽었잖아요. 이제 속죄할 길도 없죠. 그렇다면 자수해 봤자 무슨 소용이겠습니까?"

이기적이면서 모순된 논리라고 생각했지만 깊게 추궁하지는 않았다. 지금은 먼저 확인해야 할 것이 있다.

"헬스장 폭파 이유는 알겠습니다. 그런데 왜 후루미 지카 씨를 노렸습니까? 지카 씨를 네 번째 희생자로 선택한 이유가 뭡니까?"

"네?"

야마기시는 어리둥절한 표정을 지었다. 도무지 연기 같아 보이지 않았다.

"네? 라니요. 후루미 지카 씨가 타고 다니던 자전거 바구니에 번호를 새긴 황동판을 달아 놓은 것도 당신이 한 짓이죠?"

"그거야말로 전혀 모르는 일입니다. 뭡니까 황동판이라니. 무엇보다 제가 왜 지카 씨를 노리겠어요. 저는 건물만 태우면 됐다고요. 인명피해는 전혀 생각도 못 했다고 자백했잖습니까."

오랜 세월 취조실에서 용의자와 대치하다 보면 거짓말하는 사람의 특징을 알게 된다. 형사의 감 같은 것이 아니다. 얼굴 근육의 움직임, 부자연스러운 동작, 말끝마다 보이는 긴장감 등을 종합한 느낌이다.

야마기시가 거짓 증언을 하는 것 같지는 않았다. 만약을 위해 가쓰라기의 눈빛을 확인했는데 같은 생각인 듯했다.

"야마기시 씨. 폭탄 제조법은 어디서 알았습니까?"

후루미 지카

287

"전 안 만들었습니다."

"편의점이나 슈퍼마켓에서 팔 법한 물건은 아니지 않습니까."

"폭탄은 완제품 상태로 다른 사람이 보내 준 거예요."

"자세히 말씀해 보시죠."

"애초에 화재 보험으로 빚을 청산한다는 것 자체가 제 생각이 아니었습니다. 헬스장 홈페이지에서 블로그를 운영했는데 어느 날 경영 컨설턴트라는 사람이 댓글을 달았습니다. 블로그 글을 보면 경영난에 시달리는 것 같다며. 괜찮다면 상담을 해주겠다고요."

"그래서 헬스장 내부 사정을 말했습니까?"

"설마요. 처음부터 마음을 활짝 연 건 아니었어요. 설령 농담이라도 경영에 관한 일이니까 DM을 주고받으며 이야기했는데 아무래도 진짜 경영 컨설턴트 같아서 그 뒤로는 완전히 믿고 조언을 듣게 됐죠."

"그럼 화재 보험금 내용을 변경하신 것도?"

"네. 장사가 안되면 한번 리셋하는 게 유리하다더군요. 건물을 전부 태워서 보험금을 받는다는 아이디어는 제 발상이지만요."

아니다. 미야마는 생각했다.

자신의 아이디어라는 주장은 야마기시의 착각에 불과했다. 경영 컨설턴트를 자처하는 인물에게 교묘히 조종당해 보험사기라는 선택을 하고 만 것이다.

"보일러를 폭파하려고 폭탄을 만들자고 제안한 사람도 저입니다. 하지만 그 분야는 전혀 모른다고 했더니 폭탄만 준비해 주겠다고 대답하더군요. 설마 싶었는데 다음 날 폭탄이 택배로 배달 왔어요. 그 후에는 제가 직접 경질 나프타 2리터를 준비하기만 하면 됐죠."

"그럼 사고 당일에 야마기시 씨는 폭탄을 설치한 뒤 아내와 외출해서 폭탄을 터뜨린 거네요? 시한폭탄이었습니까?"

"아뇨. 오후 2시 25분이 됐을 때 제가 휴대폰으로 원격 조종해 터뜨렸습니다. 알리바이 때문에 반드시 시간을 지켜야 한다고 했거든요."

본인은 깨닫지 못한 듯하지만 완전히 꼭두각시 노릇을 했다. 다른 사람에게 판단을 떠넘긴 사람은 자신도 모르는 사이에 이렇게 되고 마는 것일까.

"경질 나프타 2리터 정도면 기껏해야 1층 바닥이 날아가는 정도라고 했었는데 설마 그런 엄청난 폭발이 일어날 줄이야."

"폭탄은 택배로 받으셨죠? 보낸 사람 이름과 주소는 어떻게 됩니까?"

"주소는 기억 안 납니다. 송장은 이미 버렸고요."

"그 경영 컨설턴트, 이름이 뭡니까?"

"'아르테미스'요."

야마기시가 자못 엄숙하게 말했다.

"본명 아니죠?"

"본명인지 아닌지도 관심 없었습니다. 저를 경영난에서 구해 주려고 한다. 그게 가장 중요했으니까요."

***

8월 10일 오후 1시 30분.

우도 사유리는 개찰구를 나와 '야마기시 피트니스 클럽'을 향해 걷기 시작했다.

길을 걸으면서 주위를 살폈지만 CCTV는 처음 발견한 한 대 말고는 보이지 않았다. 미치루가 지시한 경로는 완벽했다.

한여름 땡볕에 깊게 눌러쓴 모자와 롱 카디건은 숨이 막힐 정도로 더워 보이지만 둘 다 마 소재여서 통풍이 잘돼 시원했다. 이런 모습으로 밖을 걷는 것이 몇 년 만일까?

집에서 피아노 학원을 운영할 때 이후로 처음 아닌가.

오랜만에 느끼는 해방감에 몸이 가벼웠다. 앞으로 저지를 행위는 범죄의 일부인데 마음이 들떠 어쩔 줄 몰랐다. 사람들이 없으면 콧노래라도 부를 것 같았다.

좁은 도로의 모퉁이를 몇 번 돌자 마침내 목적지인 헬스장이 보였다. 단 이번 일은 헬스장 침입이 아니다.

휴대폰으로 시간을 확인했다. 현재 시각 오후 1시 56분.

헬스장 주차장에 가니 자전거와 오토바이가 어지럽게 늘어서 있었다. 사유리는 뒷부분 흙받기를 보며 목표물을 찾았다. 아무리 오래 걸려도 오후 2시 25분 전에는 이곳을 떠나야 한다.

찾았다. 엄마용 자전거 뒷부분 흙받기에 적힌 '후루미'라는 이름.

사유리는 가방에서 황동판을 꺼내 자전거 바구니에 철사로 매달았다.

뒤쪽으로 돌아가니 지하 보일러실로 이어지는 문이 있었다. 문손잡이를 돌려 보니 미리 약속한 대로 잠겨 있지 않았다. 사유리는 손전등을 꺼내 들고 계단을 내려갔다.

보일러실 내부 지도는 머릿속에 입력해 놓았다. 헤매지 않고 곧바로 온천수를 퍼 올리는 파이프를 발견했다.

파이프에 소형 폭탄을 맸다. 위력은 그다지 크지 않지만 파이프에 균열을 일으키는 정도로는 충분했다.

작업 완료. 이번 일은 이것뿐이었다.

헬스장을 뒤로하고 얼마간 걷다 보니 등 뒤에서 검은색 왜건이 슬며시 다가왔다. 사유리를 따라잡자마자 뒷좌석 문이 열렸다.

차 안은 에어컨을 틀어 시원했다. 길을 걸을 때는 그다지 덥지 않다고 생각했는데 찬바람을 쐬니 피부가 상당히 달아올랐다는 것을 깨달았다.

"수고했어. 결과는?"

"그런 건 애들 장난이지."

앞좌석 등받이에는 여느 때처럼 종이봉투가 끼워져 있었다. 종이봉투 속을 살피니 돈다발이 보였다. 띠로 묶은 백만 엔이었다.

"애들 장난인데 백만 엔이나?"

"난이도가 아니라 결과에 대한 보상. 백만 엔이면 적정 가격이라고 생각하는데."

미치루는 당연하다는 듯 말했다. 독을 타든 대형 버스를 폭파하든 학교 방화를 못 본 체하든 미치루가 지불하는 보수는 큰 차이가 없었다. 차이가 있다면 지난번처럼 직접 저지른 살인 행위는 별 건으로 카운트한 정도였다.

차창 밖을 내다보고 있자니 미치루가 나직이 중얼거렸다.

"이제 슬슬 시간이네."

오후 2시 25분.

사유리는 휴대폰으로 파이프에 장치한 폭탄을 터뜨렸다. 보일러실은 이제 파이프 균열에서 새어 나온 메탄가스로 가득 찰 것이다.

그리고 10분 뒤.

희미한 폭발음이 들렸다. 계획한 대로 야마기시가 설치한 경질 나프타에서 난 불이 메탄가스에 붙었으리라. 이미 헬스장에서 1킬로미터 이상 떨어져 있었지만 이곳까지 소리가 들렸다. 인근 주민들도 놀랐겠지만 가장 놀란 사람은 보일러 폭파를 계획한 야마기시일 것이다. 바닥에 구멍이 나는 정도일 것이라고 알려줬는데 건물 자체가 날아가 버렸으니. 더욱이 가스 폭발과 경질 나프타의 집요한 불길 때문에 사유리가 설치한 폭탄은 흔적도 없이 사라졌다.

한편 사유리 본인도 차창 밖으로 흘러가는 경치를 즐겼다. 지금 일어난 폭발로 몇 명이 죽고 건물이 얼마나 불탈지 상상조차 할 수 없었다.

미치루와 자신은 이러한 점이 닮았다. 두 사람 모두 살육

후루미 지카

293

과 파괴에 공포를 느끼지 않는다. 공포 불감증이기에 무감각하게 일을 벌일 수 있다.

게다가 사고방식도 비슷했다.

처음에는 미치루의 계획이 무엇인지도 모르고 그저 지시하는 대로 움직였다. 그러나 두 번째 세 번째 의뢰를 처리하다 보니 그녀의 의도가 어렴풋이 보였다. 대략 짐작했지만 사유리는 놀라지 않았다.

동류. 다만 세상의 평범한 사람들이 두려워하는 이질적인 부류.

두 사람이 만난 것은 기적 같은 일이라고 생각했다.

우도
사유리

I

"우리는 이 나라에 테러를 용인하고 말았다."

수사회의 석상에 선 무라세가 평소와 같은 어조로 말했다. 그러나 회의에 참석한 수사관들은 무라세가 감정을 억제하고 있다는 사실을 알았다.

"후지미 임페리얼 호텔 대규모 독살 사건을 시작으로 '야마자키 피트니스 클럽' 폭파까지 사망자가 무려 마흔아홉 명이나 나왔다. 게다가 이 사건들은 용의자 우도 사유리가 저지른 테러라고 해도 과언이 아니다. 4백 명이 넘는 우리 수사본부는 한 여자의 손아귀에서 놀아나고 있다."

학교 방화 사건도 '야마기시 피트니스 클럽' 폭파도 '아르테미스'라는 여자가 뒤에서 조종하고 있었다는 사실이 밝혀졌다. 수사본부는 '아르테미스'도 우도 사유리이리라 추측했다.

우도 사유리는 예전에도 한노시에서 살인 사건과 상해 사건 몇 건에 관여했다. 하치오지 의료교도소에서 달아난 뒤 사건을 일으켰을 가능성이 있다. 도대체 그 여자 혼자서 몇 사람을 제물로 삼았단 말인가.

무라세는 굳이 입 밖으로 꺼내지 않았지만, 마흔아홉 명이나 살해한 흉악범이 아직도 길거리를 활보하는 데에 대한 책임으로 기리시마가 이끄는 전담반의 꼴이 우스워졌다. 기리시마 반의 일원인 미야마도 회의에서는 기가 죽었다.

"학교 방화 사건과 '야마기시 피트니스 클럽' 폭파 사건은 각각 실행범이 특정됐고, '아르테미스'이자 사유리가 일부 관여한 것으로 추정된다. 그러나 실행범들의 심리를 조종했다는 건 명백한 사실이다. 타인을 조종하는 재주가 뛰어나다면 우도 사유리에게만 쳐 놓은 그물로는 충분하지 않다는 뜻이다."

직접 만나지 않아도 심리는 조종할 수 있다. 인터넷으로, 혹은 전화 한 통으로 노리는 상대와 접촉할 수 있다. 따라서 우도 사유리의 운신을 막는 것만으로는 연쇄 사건을 끊어

낼 수 없었다.

"실행범들의 휴대폰에서 '아르테미스'에 대한 정보는 나왔나?"

무라세의 물음에 감식과 한 명이 일어섰다.

"야마기시 다케토미에게서 압수한 휴대폰 통신기록에서 '아르테미스'라는 이름으로 등록된 전화번호를 조회했는데, 상대는 SIM 프리 단말기를 사용하는 듯합니다."

단상에서 실망스러운 한숨이 새어 나왔다.

SIM 프리 휴대폰은 아키하바라의 가게 등에서 저렴하게 판매하며 구매할 때 신분증을 제시할 필요가 없다. 사용한 다음에는 버리기만 하면 뒤탈이 전혀 없어서, 수사하는 입장에서는 증거물 자체가 사라지니 어찌할 도리가 없었다.

"도쿄 전역에서 우도 사유리의 모습을 포착한 CCTV는 아직 못 찾았나?"

이번에는 구도가 보고했다.

"우도 사유리의 행동 패턴을 등록했으니 걸리는 즉시 연락이 들어오게 되어 있습니다. 현시점에서 정보는 전혀 없는 상태입니다. 그러나 시험 도입한 시스템이므로 도쿄 밖에서는 효과가 없습니다."

"하치오지 의료교도소를 탈주한 흉악범이라도 인간이라

는 사실은 변하지 않는다. 각 숙박시설에 수배 사진을 배포했으니 아닌 척 숙박하고 다니리라 생각하기도 어렵다. 범행 당시 입은 옷 등으로 미루어 보아 그럭저럭 괜찮은 가게에서 쇼핑하는 것 같지만 여전히 수사망에 걸리지는 않는다. 통신판매로 구매했다고 가정하면 고정 거주지가 필요하겠지만 도주 중인 몸으로는 집도 못 빌릴 거다. 그러면 생각할 수 있는 한 가지는 협력자의 존재다."

수사관 몇 명이 가볍게 고개를 끄덕였다. 우도 사유리를 숨겨 주고 있는 자가 있다는 가설에는 미야마도 동의했다.

제삼자가 보호한다면 집에 틀어박혀 있어도 의식주를 해결할 수 있다.

그러나 미야마는 이전에 미코시바가 했던 말을 떠올렸다.

— 우도 사유리는 구속 전에도 자기만의 세계에 틀어박혀 살았어. 친하게 지낸 사람은 없지.

그 증언은 미코시바 본인의 생각이었을까. 아니면 수사관들에 대한 방어책들이었을까.

"우도 사유리의 교우관계를 다시 조사한다. 당연히 신원 보증인 미코시바 레이지도 예외는 아니다. 돌이켜보면 둘 다 의료소년원 출신으로 알고 지낸 지 오래된 사이이기도 하다. 참고로 미코시바 변호사는 본인의 의뢰인을 지키기 위해서라면 법도 어길지 모르는 인물이다."

이전에 미코시바를 상대했던 미야마는 충분히 그러고도 남는다는 듯 고개를 끄덕이면서도 정말 그가 우도 사유리를 숨겨 주고 있다면 찾기 어려우리라 생각했다.

"우도 사유리가 앞으로도 범행을 저지를 가능성은 충분하다. 아직은 범행 지역이 수도권과 나가노로 한정되어 있지만 행동 범위가 확대될 우려도 있다. 그렇게 되기 전에 어떻게든 신병을 확보한다. 이상."

수사 회의가 끝난 직후 다른 수사관들이 삼삼오오 흩어지는 가운데 미야마는 기리시마가 말을 거는 바람에 그 자리에 남았다.

"아까 들은 대로야. 한시라도 빨리 미코시바의 사무실에 다시 가 봐."

솔직히 말해서 내키지 않았다. 이전 방문 때 단순한 사정 청취에 불과했음에도 경찰관으로서의 자존심에 상처를 입고 의욕이 꺾였다. 과거 촉법소년이었던 자에게 실컷 비웃음을 사고 면담이 끝났을 때는 너덜너덜해진 상태였다.

미코시바의 말은 흉기다. 촌철살인이 아니라 굵은 작살로 온몸과 마음을 찌르는 수준이었다. 심지어 작살 끝이 갈고리형이라 어지간해서는 빠지지도 않는다.

"지난번처럼 혼자 가지 말고 이번에는 가쓰라기와 함께 가. 둘이면 기죽지도 않겠지. 그리고."

기리시마는 저 멀리 서 있는 가쓰라기를 흘긋 돌아봤다.

"저 친구처럼 뼛속까지 착한 사람은 사연 있는 의뢰인이나 눈빛 험악한 형사한테 익숙한 악덕 변호사에게 의외로 효과가 있을지 몰라."

그런 생각을 한 적은 없어서 조금 놀랐다.

"관리관이 한 말은 아니지만 사건이 단순 연쇄 살인이 아닌 완전한 테러 사건으로 보도되고 있어. 안팎으로 수사 진행을 감시당하는 상태라 실수도 수사 중지도 용납되지 않는 상황이다."

"하지만 사건마다 특정 개인을 겨냥한 것이라는 사실, 그리고 번호표 순서대로 살인이 벌어졌다는 사실은 언론사에 공개되지 않았을 텐데요."

"기자 놈들이 만만한 줄 알아? 이미 냄새를 맡은 언론사도 있어."

기리시마가 손에 들고 있던 신문을 아무렇게나 내밀었다.

신문을 펼친 미야마의 시선이 헤드라인에 꽂혔다.

헬스장 폭발, 연쇄 테러인가.

비웃는 숙녀 두 사람

302

이어지는 기사를 읽고 나서 다시 한번 놀랐다. 기사는 '야마기시 피트니스 클럽' 폭발 사고가 테러리스트의 소행이며 후지미 임페리얼 호텔 대규모 독살 사건, 대형 버스 폭파 사건, 학교 방화 사건에서 이어지는 다음 사건이 아니냐며 결론을 내렸다. 물론 여느 때처럼 '수사 관계자에 따르면'이라고 주석이 달려 있지만 그 문구만 있으면 어떤 억측 기사도 쓸 수 있었다. 불안한 순간은 그 주석이 진실일 경우였다.

"반장님. 설마 수사본부에서 정보가 샌 겁니까?"

"그렇다면 수도꼭지를 잠그면 될 일인데 단독 취재라니 질이 더 나빠."

그 말을 듣고 신문 이름을 확인했다. '사이타마 일보', 지방지인데 수도권에도 판매하는 신문사였다.

"사회부에 냄새를 귀신같이 맡는 오노우에라는 기자 놈이 있어. 이름은 안 적혀 있지만 십중팔구 그놈일 거야."

"단독 취재라니 네 사건을 어떻게 연결시켰답니까? 번호표 이야기도 우도 사유리가 용의자라는 사실도 안 새어나갔을 텐데."

"정말 수사본부에서 정보가 새어나갔다면 중대한 사태니까 사이타마 일보에 직접 문의했어. '네 사건 현장에 경시청의, 심지어 같은 멤버가 있었다. 그런데도 사건의 연속성을

눈치채지 못하는 멍청이는 기자 자격이 없다'라고 답변이
왔더군."

"설마요. 나가노와 나가레야마까지 우리를 따라왔다는 말
입니까?"

"설마가 사람 잡는 법이야. 우리 동태를 감시한다고 볼 수
밖에."

"그런데 왜 그러는 걸까요?"

"기사에는 아직 언급되지 않았지만 사이타마 일보는 처
음부터 우도 사유리와의 연관성을 의심했어. 아니, 그보다
는 하치오지 의료교도소 탈주 직후부터 끈질기게 추적해
테러 용의자라고 추측했다고 보는 게 맞겠지."

"후각이 상당히 예리한 것 같은데 근거라도 있던 걸까
요?"

"아까 말한 오노우에라는 기자, 우도 사유리가 한노시에
서 벌인 사건을 담당했어. 게다가 관련 사건 때 심한 부상
도 입었지. 분명 우도 사유리가 의료교도소에서 달아난 직
후부터 그물을 쳤을 거야. 네가 사이타마 현경의 형사와 미
코시바 변호사를 찾아간 사실을 서로 연결하면 수사본부가
우도 사유리를 용의자로 인정한다는 것을 짐작할 수 있지."

"잠시만요. 사이타마 일보 기자가 수사관을 감시했다면

제가 미코시바의 사무실을 다시 찾아갈 때도 미행당할 거라는 말씀이에요?"

"일단 수가 드러났잖아. 대화 내용이 새어나가지 않는 한 신경 쓸 필요 없어. 그런데 미행하는 언론 관계자가 사이타마 일보뿐이리라 생각하지 마. 사이타마 일보의 특종을 보고 중앙지와 주간지가 뒤따라 기사를 쓸 게 분명하니까."

기리시마가 말하는 바는 이해했지만 본래 미행하던 쪽이었던 자신이 역으로 미행당하는 쪽이 되니 기분이 묘했다.

"아무튼 우도 사유리에 관한 정보는 남김없이 긁어모아. 문전박대를 당해도 물어오라고."

기리시마가 엄명을 내렸지만 상대에게 어떤 취급을 당할지는 눈에 선했다.

"다시 오지 말라고 했을 텐데?"

아니나 다를까 미코시바는 미야마와 가쓰라기를 보자마자 얼굴을 찌푸렸다. 마치 길가에 굴러다니는 똥을 보는 눈빛에 지난번 맛본 굴욕이 되살아났다.

"또 시간을 뺏을지도 모르겠다고 저번에 말했죠."

"집요한 것만은 칭찬할 만하지만 이쯤 되면 업무방해야. 돌아가."

사무실 안쪽으로 안내해 준 여성 사무원이 미안한 얼굴로 미야마 일행을 바라봤다. 자신이 거들어도 소용없다고 눈빛으로 말했다.

　"미코시바 변호사님. 지난번에 '교내에 침입해 불을 지른 사람이 우도 사유리라고 단언할 수 없어. 현재 분명한 것은 그 사실이지'라고 단언하셨죠. 그때는 무슨 뜻인지 감이 안 왔는데 수사를 진행하다 보니 변호사님 생각이 딱 들어맞았다는 사실이 밝혀졌습니다. 도대체 어떤 맥락에서 그런 추론을 했습니까?"

　"당신들한테 설명할 필요 있나?"

　미코시바는 냉담했다.

　"애당초 나는 우도 사유리의 변호인 겸 신원보증인이야. 그 사람이 어떤 성격인지, 어떤 행동을 하는지는 당연히 알고 있어야 해."

　"그렇게까지 우도 사유리를 이해한다면 지금 누가 어디에 그 여자를 숨겨 주고 있는지도 대략 짐작하실 거 아닙니까."

　"오호. 드디어 거기까지 생각해 냈나 보군."

　"드디어라니, 그러면……."

　"수사본부 사람들은 병력과 범죄 이력만으로 우도 사유

리를 이해하려고 했어. 하지만 범죄 이력 이전에 그 사람의 성격이 있는데도 한 사람으로서 우도 사유리를 연구하려고 하지 않았어. 내 말이 틀렸나?"

미코시바의 지적에 할 말이 없었다. 우도 사유리의 특이한 병력이 수사진의 판단을 흐리게 했다는 아쉬움은 부정할 수 없었다. 평범하지 않은 사람이라서 홀로 숨어 행동하는 줄로만 믿었다.

"수사가 암초에 부딪혔다고 이제 와 변호인을 찾아오다니. 당신들은 자존심도 없나?"

자존심은 있다.

네 놈이 갈기갈기 찢어 준 덕분에 자존심따위 지킬 필요도 없어졌지만.

"자존심이 아니라 시민의 생명과 재산을 지키기 위해 수사합니다. 변호사도 같은 직업윤리가 있을 텐데요."

"그것도 새삼스럽군. 하필이면 내게 직업윤리를 들먹일 셈인가."

미코시바는 조소가 몸에 배어 있었다. 미야마는 이처럼 조소가 어울리는 사람을 본 적이 없었다. 분명 지금까지 자신을 악덕 변호사라고 멸시해 온 자들에게 이 조소를 되돌려줬으리라.

"아무래도 흥정의 A, B, C, D도 모르는 모양이군. 이런 형사를 보내다니 경시청 수사1과도 어지간히 사람이 없는 모양이야."

"저에 대해 어떻게 말하든 자유지만 수사에는 협조해 주셨으면 합니다."

"협조해도 당신들이 유용하게 쓸 수 있을 것 같지 않군."

"해보지 않으면 모르는 거 아닙니까."

"돌아가. 더는 할 말 없으니."

미코시바가 등을 돌린 그때였다.

"그러고도 우도 사유리의 변호인입니까?"

지금까지 침묵을 지키던 가쓰라기가 입을 열었다. 억누른 말투지만 진지한 분노가 느껴졌다.

미코시바가 천천히 돌아봤다.

"그래, 변호인이네만."

"우도 사유리를 방치하면 계속 범행을 저질러서 죄가 더욱 무거워집니다. 그걸 그냥 내버려 둔다니 변호인이 할 짓이 아니지 않습니까."

점잖은 얼굴을 벗어 버린 가쓰라기는 어린아이 같은 눈을 했다.

"변호사는 의뢰인의 이익을 위해 움직이는 존재죠. 그렇다면 우도 사유리가 더는 죄를 짓지 않도록 하는 것도 당신의 의무 아닙니까."

들는 자신이 낯뜨거울 정도의 정론을 토했다. 숱한 유죄 안건을 뒤집어 놓은 베테랑 변호사에게는 우습기 짝이 없으리라.

"수사본부에는 변호사님이 우도 사유리를 숨겨 주는 거 아닌가 의심하는 사람도 있습니다."

"말도 안 되는 소리."

"네, 말도 안 되는 소리라고 생각합니다. 그게 사실이라면 변호사님이 우도 사유리를 컨트롤할 수 없다는 말이니까요. 그 유명한 미코시바 변호사가 그렇게 멍청할 리 없기 때문입니다."

"흥. 과대평가에 몸 둘 바를 모르겠군."

"변호사님은 이기는 재판만 한다고 들었으니까 말입니다. 그런 사람은 자신이 감당하지 못할 일에는 손대지 않죠."

"이기는 재판만 맡는다는 건 잘못 안 이야기야. 진 재판도 없지는 않지."

미코시바는 돌아서서 가쓰라기를 똑바로 노려봤다. 가쓰라기도 지지 않았다. 성큼성큼 미코시바에게 다가가 똑같이 노려봤다.

"그래도 변호사님이 똑똑하다는 건 누구나 인정합니다. 제가 이해할 수 없는 건 그렇게나 똑똑한 사람이 의뢰인이 불리한 상황에 빠지는 걸 뻔히 알면서도 보고만 있는 겁니다. 변호사님. 당신이 정말 우도 사유리의 이익을 생각한다면 한시라도 빨리 그녀의 신병을 확보해야 하지 않겠습니까?"

"당신한테 지시받을 일이 아니야."

"지시하는 게 아닙니다. 부탁드리는 겁니다."

말을 마치자마자 가쓰라기는 깊숙이 고개를 숙였다. 갑작스러운 태도 변화에 미야마뿐 아니라 미코시바도 허를 찔린 기색이었다.

"수사본부 체면 같은 건 아무래도 좋습니다. 지금은 더 이상 피해자가 나오지 않도록 사건을 해결하는 게 최우선입니다. 가르쳐 주세요. 변호사님은 왜 우도 사유리가 방화범이 아니라고 확신했습니까?"

한동안 가쓰라기와 서로 노려보던 미코시바는 휙 시선을 돌렸다.

"확신한 게 아니었네. 우도 사유리의 범죄 성향상 독살, 원격 조종 폭파, 방화에 의한 살인과는 거리가 멀다고 생각했을 뿐이야."

"왜 그렇습니까?"

"우도 사유리가 과거 저지른 살인을 하나하나 되돌아보면 전부 접근전이었다는 걸 알 수 있지. 찔러 죽이거나 때려 죽이거나, 하나같이 자기 손으로 직접 상대에게 해를 가해서 죽음에 이르게 하는 방법이야. 이번 사건들과는 성격이 전혀 다르지."

듣고 보니 맞는 말이다. 미야마는 단순한 차이를 깨닫지 못한 스스로에게 화가 났다.

"후지미 임페리얼 호텔에서 사용된 독극물은 뭐지?"

"시안화칼륨입니다."

"폭파에 사용된 용제는?"

"경질 나프타입니다."

"시안화칼륨이든 경질 나프타든 그런 걸 사용할 때는 용량 등 최소한의 지식이 필요하지. 그런데 내가 아는 한 우도 사유리에게 그런 기술은 없어. 수감 전에는 동네 피아노 강사, 수감 뒤에는 병실 안 포로. 위험한 전문지식을 익힐 틈 따위 없었지."

"하지만 범행 현장마다 우도 사유리의 존재가 확인됐습니다. 후지미 임페리얼 호텔에서 독이 든 잔을 나눠준 사람도, 대형 버스에 폭탄이 든 가방을 놓고 내린 사람도 우도 사유리였어요."

"두 가지 모순되는 사실을 되돌아봐. 그럼 어떤 추론이 나올 거야."

"……우도 사유리는 단순히 장기짝이라는 말입니까?"

"조제한 독극물을 음료에 섞는 일도 기폭장치의 스위치를 누르는 일도 쉬운 작업이지. 누구라도 할 수 있어. 접근 전밖에 벌이지 못하는 우도 사유리도 말이야. 거기까지 생각하면 주범 격인 인물이 우도 사유리를 숨겨 주고 있다는 것도 쉽게 추론할 수 있을 거야."

이미 확고한 신분과 지위를 얻은 변호사가 테러에 손을 담글 이유는 조금도 없다. 미코시바가 우도 사유리를 숨겨 주고 있을 가능성은 버려도 좋을 듯했다.

"당신들이 두려워해야 할 상대는 우도 사유리가 아니라 그 주범 격 인물이야. 주범이 어떤 이유로 계속 범행을 일으키는지는 모르지만 독극물과 화약에 대한 지식이 뛰어난 데다 정신질환을 앓는 탈주범을 마음대로 조종하고 있는 걸 보면 그 녀석이 얼마나 위험한 존재인지 짐작이 갈 테지."

우도 사유리의 범행 형태는 항상 일대일 접근전이었다. 그러나 이번에는 주로 원격으로 대규모 살인을 벌이는 것으로 보였다. 그런 의미에서 만약 미코시바가 지적한 대로 주범이 존재한다면 우도 사유리보다 훨씬 위험한 존재라고 할 수 있었다.

"주범의 범죄성향은 조종 혹은 유도야. 우도 사유리를 실행범으로 삼고 자기 손을 더럽히지 않지. 독극물이나 폭발물에 대한 지식과 기술이 뛰어나고 전혀 무관한 사람을 죽이는 데 아무런 양심의 가책을 느끼지 않아. 냉철하고 계획적이며 필요한 자금도 충분한 인물이야."

가쓰라기는 한마디도 놓치지 않으려고 미코시바의 입을 주시했다. 미야마도 귀담아들으며 미코시바가 말한 프로파일링을 머릿속에 새겨넣었다.

"계획자와 실행자 모두 반사회적 성향이 있고 대규모 살인을 대수롭지 않게 여겨. 행동은 민첩하고 공판에서 불리할 만한 결정적 증거는 하나도 남기지 않지. 그런 놈들이 바로 당신들 상대야. 이제 알았으면 빨리빨리 쫓아."

"미코시바 변호사님."

"더 할 말 없어."

"변호사님은 우도 사유리의 안전을 걱정하시는군요."

순간 미코시바는 가쓰라기를 뜻밖이라는 듯 바라봤다.

"정말 새삼스러운 이야기군. 신원보증인이 그 당사자를

걱정하지 않을 리가 있나."

"그건 우도 사유리가 거듭 죄를 저지르는 것에 대한 걱정이 아니죠?"

"우도 사유리든 주범이든 성격이 범상치 않아. 모난 성격들끼리의 밀월이 지속되는 경우는 극히 드물어."

미코시바의 시선이 갑자기 흔들렸다.

"하늘 아래 두 개의 태양은 있을 수 없다는데, 모난 성격들끼리는 언제라도 부딪칠 가능성이 있어. 문제는 그 충돌이 어떠한 형태로 현실에서 벌어지느냐지."

두 사람이 수사본부로 돌아가자 형사부실에서 낯익지만 의외의 사람이 기다리고 있었다.

"돌아왔나? 수고했어."

아소는 웃음기 없이 말을 걸어왔다.

"미야마. 잠깐 시간 괜찮아?"

직속은 아니더라도 상사이니 미야마에게 거부권은 없었다. 그대로 아소의 자리까지 끌려갔다.

"미코시바 변호사 사무실에 갔었다며. 뭐 좀 얻었어?"

"얻긴 했는데, 아직 기리시마 반장님한테 보고하지도 않았는데 이러는 건 좀 아닌 것 같습니다."

"뭘 얻었는지 알려달라는 게 아니야. 그 악덕 변호사와 우리 반 이누카이가 한두 번 싸웠어? 절대 방심할 수 없는 자식이라는 건 나도 잘 알지."

"아뇨, 그게 아니라 생각지도 못하게 가쓰라기가 잘해줘서요."

미코시바와 가쓰라기의 대치가 상당히 볼 만했다고 말하자 아소가 히죽 웃었다.

"흥. 나쁜 놈들만 상대해 왔으니 순수한 사람을 상대하는 데는 서툴 수도 있겠군. 재미난 이야기를 들었어. 다음에 그 악덕 변호사와 부딪칠 일이 있을 때 가쓰라기를 빌려야겠어."

"그게 볼일이셨어요?"

"아니, 내 정보를 공유하려고."

"그러면 내일 수사 회의에서 발표하거나 기리시마 반장님께 직접 말씀하시면 되잖아요."

"기리시마와는 안 맞아."

농담하지 마시라고 말하려는데 아소가 한 손을 들었다.

"반농담이야. 어쨌든 그 속 좁은 남자가 내가 제공하는 정보를 고맙게 듣겠어? 무엇보다 정보이긴 해도 잘못 짚은 걸 수도 있어서 말이야. 근거가 빈약하니 수사 회의에서 발언하기도 민망하지. 하지만 네 추론이라면 기리시마도 거부감 없이 들을 거야."

아무리 그래도 그렇게 번거롭게 굴 필요가 있을까 생각했지만 기리시마와 아소의 불화는 수사1과뿐 아니라 형사부 전체에 모르는 사람이 없었다. 마치 아이들 싸움 같다고 비꼬는 사람도 있지만 조직에서 각자의 입장과 직함이 있는 만큼 피할 수 없는 관계일지도 모른다.

"알겠습니다."

사건을 밝히기 위해 다른 반 반장이 미리 의논하려고 한다. 역시 사건을 밝히고 싶어 하는 자신이 응하지 않을 수 없었다.

"그래서 아소 반장님이 생각하신 게 뭡니까?"

"뭐 이리 긴장을 하고 그래. 잡담이라고 생각하고 들어. 전에도 말했지만 우리 반에서 악녀 사건을 다룬 적이 있어. 희대의 악녀였지. 자기 손을 더럽히지 않고 남을 속여 죄 없는 사람을 죽음으로 몰아넣었어. 살인 교사였지만 홀리는 방법이 교묘해서 입건할 수 있을지도 미지수였지. 그런 아주 나쁜 인간이었어."

입건할 수 없는 교사라니 거의 완전범죄 아닌가.

"입건하지 못했다는 건 지금도 세상을 활보한다는 말씀

인가요?"

"아니, 그 여자는 죽었어. 정확히는 죽은 걸로 되어 있지."

"그게 무슨 뜻입니까?"

"제 발등 제가 찍는 바람에 사건 관계자한테 살해당했어."

"자업자득이네요."

"겉으로 보기에는 말이지. 그런데 사체를 확인 못 했어. 살해 후 사체를 산업폐기물 대형 소각로에 태우는 바람에 털끝 하나 안 남았거든. 본인이 쓰던 이불과 옷으로 사망을 추정했을 뿐이야."

"그런데 사망했죠?"

"사건은 일단락됐어. 그런데 몇 년 뒤에 비슷한 사건이 계속 벌어졌어. 죽었다고 알려진 악녀의 사촌이 컨설턴트 간판을 내걸고 그때와 같은 살인 교사 비슷한 범행을 반복했어. 현재 그 사촌은 몸을 숨기고 있는데 내 생각에는 악녀가 신분을 속인 것 같아. 어쨌든 사체가 없으니까."

"그 여자 이름이 뭐예요?"

"가모우 미치루. 사진만 보면 상당히 미인이야. 나쁜 쪽으로 머리 굴리는 건 따라올 자가 없지. 냉정하고 침착해서 사람 목숨 따위는 벌레처럼 보는 인간이야. 계획성과 남의 약점 파고드는 재주가 기가 막혀서 아마 사이코패스 성향이 높을 거야."

이야기를 듣는 사이 소름이 돋았다. 그야말로 미코시바가 프로파일링한 주범 그 자체 아닌가.

"한심한 이야기지만 사건이 완전히 해결되지 않아서 그런지 다른 사건을 쫓는 와중에도 가모우 미치루의 얼굴이 머리에서 떠나질 않아. 이번에 우도 사유리가 일으키고 있다고 간주되는 사건도 그렇고. 그래서 가슴이 철렁하고 섬뜩해."

"아소 반장님의 추측이라는 말씀이시죠?"

"네 사건 모두 어렴풋이 관련 있어."

"왜 지금까지 회의에서 공개하지 않으셨습니까? 회의에서는 아무리 희박한 가능성이라도 공유하는 게 철칙인데."

"시점이 어긋나서야."

아소가 변명투로 말했다.

"후지미 임페리얼 호텔에서는 히사카 고이치를, 대형 버스 폭파 사건에서는 다카하마 유키미를, 학교 방화 사건에서는 오오쓰카 히사히로를, 헬스장 폭파 사건에서는 후루미 지카를 노렸지. 그래서 수사본부는 그 네 명과 우도 사유리와의 접점을 찾으려고 기를 썼어. 그런데 네 사람이 표적이 됐다고 생각한 이유가 뭐지?"

"피해자 네 사람이 번호표를 가지고 있어서요."

"그래. 그런데 그 번호가 그저 눈속임일 뿐이라면? 진짜 표적은 히사카 고이치 의원도 다카하마 유키미도 오오쓰카 히사히로도 후루미 지카도 아니라면 어떻겠어?"

"설마요."

"학교 방화 사건 말고는 많은 사람이 희생당해서 속이기 쉬웠어. 우선 후지미 임페리얼 호텔에서 열린 동창회 말인데, 참석자는 아키가와 제1중학교 졸업생이었지. 그들과 같은 반에 가모우 미치루도 있었어."

"졸업생 명단에 그런 이름은 없었는데요."

"한때 잠시 다녔기 때문에 명단에는 빠져 있었어. 게다가 신문보도로 이미 사망자로 간주되어 명단에서 뺀 것 같아. 생존자인 고노시로 호나미가 기억하더군. 나이답지 않은 미모와 색기를 보였던 학생으로 한때 히사카 고이치 의원과 사귀었다는 듯해. 다음으로 대형 버스 폭파 사건 말인데, 피해자 중에 노노미야 데루에라는 나이 든 여성이 있어. 노노미야 데루에는 가모우 미치루가 잠시 몸을 의탁했던 친척이었지. 가모우 미치루가 꾸민 계획 때문에 가정이 파탄 난 뒤 홀로 살아야만 했어. 그 사람 역시 가모우 미치루를 아는 사람이야. 세 번째 방화 사건에서 불에 탄 학교는 아키가와 제1중학교지. 불에 타 죽은 오오쓰카 히사히로와 우도 사유리가 어떤 사이인지는 모르지만 가모우 미치루가 다녔던 학교라면 분명 그 여자에 대한 기록도 남아 있었을 거야. 그런데 졸업생들의 모든 기록을 보관하던 장소가 발화지점이었던 교무실 옆이었던 바람에 잿더미가 됐어. 네 번째 사건에서 후루미 지카와 함께 폭발에 휘말려 사망한 피해자 중에 구라마 가오리라는 노인이 있었어. 호적을 뒤져서 알아낸 결과 가모우 미치루의 생모였지. 가모우 미치루가 중학생이 될 무렵에 이혼해서 처녀 시절 성으로 돌아갔어."

아소의 설명을 들으면서 형용할 수 없는 공포가 등을 타고 올랐다.

"이제 알겠지? 지금까지 벌어진 사건들은 모두 가모우 미치루와 연관돼. 번호표를 가지고 있던 사람들은 눈속임 재료로 이용했을 뿐이야."

"그럼 우도 사유리는."

"그 여자는 그냥 장기짝이야. 정신질환을 앓는 탈주범이 일으킨 연쇄 테러. 그렇게 보이게끔 위장하기 위한 꼭두각시에 불과해. 적어도 난 그렇다고 봐."

2

―마지막 일이 정해졌어.

미치루의 목소리는 늘 그렇듯 차갑고 사무적이었다.

―실행일과 목적지는 다시 말해 줄게. 그때까지 좀 쉬워 둬. 생필품이라거나 뭐 부족한 건 없어?

"딱히."

―그럼 이만.

상대방이 전화를 끊자 사유리도 통화종료 버튼을 눌렀다. 미치루가 건네준 스마트폰은 아직도 손에 익지 않아서 기껏해야 통화와 문자만 주고받는다. 하치오지 의료교도소에 수감된 사이에 휴대폰은 크게 발달했다. 이 세상에 스마트폰이 등장했다. 기기가 바뀐 것도 그렇지만 기능이 압도적으로 발달해서 이제는 사유리가 감당할 수 없을 정도였다.

사유리가 머무는 곳은 위클리 맨션이었다. 미치루가 가명으로 임대 계약했고 최소한의 전자제품이 비치되어 있어서 굳이 새 제품을 구매하지 않아도 됐다. 생활용품과 식료품은 매일 택배 박스에 담겨 전달됐다. 미치루가 직접 가지고 오는 듯했다. 그 덕분에 사유리는 맨션에서 한 발자국도 나가지 않아도 생활할 수 있었다. 지명 수배로 얼굴이 온 세상에 알려진 사유리에게는 안성맞춤이었다.

방에는 TV도 있었지만 사유리는 뉴스 외에는 잘 보지 않았다. 드라마도 예능 프로그램도 모르는 연예인들뿐이어서 관심이 생기지 않았다. 고작 몇 년 세상과 단절됐을 뿐인데 마치 우라시마 타로*가 된 기분이다.

지금도 무료하게 보던 뉴스에서 '야마기시 피트니스 클럽' 폭파 사건을 속보로 전하고 있었다.

—이런 구조여서 바로 위층에 있던 헬스장까지 폭발의 여파가 미친 겁니다.

—지난번 대형 버스 폭파 사건에 이어 이런 테러 같은 사건이 잇따르는 사태를 선생님은 어떻게 보십니까?

—미국에서는 이런 사태가 5년 전부터 빈번히 일어났습니다. 소규모 종교 집단 같은 조직이 아니라 억압당한 개인이 저지르는 테러 말입니다. 당시 일본에서는 이런 유형 범죄는 일어나지 않는다는 의견이 대세였지만 미국에서 유행하는 건 5년 뒤에 일본에서도 유행하죠. 범죄도 예외는 아닙니다.

---

* 거북을 구해 준 어부가 용궁에 가서 3년 동안 성대한 대접을 받다가 집으로 돌아왔더니 인간 세상은 300년이 흘러 있었다는 일본의 전래동화 '우라시마 타로'의 주인공.

와이드 쇼에서는 여전히 엉뚱한 이야기로 시끄러웠다. 출연자는 한결같이 신묘한 표정을 짓고 있는데 자신들의 말이 공연히 혼란을 부추기고 있음을 자각하고 있는지 모르겠다.

깊이 생각하지 못하는 사유리는 화면을 보던 시선을 창밖으로 옮겼다. 밤부터 시작된 비가 계속 내렸고 유리 저편은 옅은 회색으로 뿌옇게 흐렸다.

미치루와 만난 날은 오늘 같은 날이었다.

그날은 마침내 도주 자금이 바닥나 패밀리 레스토랑에서 시간을 보내고 있었다. 커피 한 잔으로 끈질기게 버티는 중이었다. 결국 내일 밤은 공원이나 어디 길바닥에서 노숙할 수밖에 없겠다고 생각하고 있는데 누군가 말을 걸었다.

"누구 기다리는 사람 있어요?"

같은 여자인 자신도 홀딱 반할 것처럼 생긴 여자였다.

"합석, 괜찮죠?"

다른 자리도 있었다. 되도록 타인과 접촉하고 싶지 않은 마음도 있었다. 하지만 이상하게도 거절할 마음이 들지 않았다. 괜찮다. 조금이라도 자신의 정체를 눈치챌 기미가 보이면 바로 일어나 가게를 나가면 된다.

"괜찮아요."

그 여자가 가모우 미치루였다. 미치루는 사유리 앞에 놓인 컵을 흘긋 보더니 자신도 커피를 주문했다.

"지긋지긋한 비."

"그러게요."

"갑자기 쏟아지더라고요. 이 시간이면 택시도 못 잡는데."

"그러니까요."

"당신 집 가까워요?"

"가깝지는 않아요."

"가깝더라도 발이 젖는 건 싫네요."

처음에는 두서없는 이야기로 시작했는데 이윽고 미치루가 이렇게 말했다.

"당신, 도망치는 중이죠?"

곧바로 자리에서 일어나려는 순간 그녀가 다시 말했다.

"나도 그래요."

일단 의자에서 뗀 엉덩이를 다시 눌러 앉으며 미치루의 이야기를 듣기로 했다.

구체적인 정보는 한마디도 꺼내지 않았다. 그저 자신을 끈질기게 쫓는 자가 있다고 말했다.

"그래도 먹고살아야 하고 일도 해야 하는데."

얼굴만 봐서는 반성의 빛은 전혀 보이지 않았다. 쫓길 만한 짓을 저지르고도 스스로가 잘못했다는 생각은 조금도 하지 않는 듯했다.

미치루에게 친근감을 느낀 것은 바로 그 순간부터였다. 사유리는 몇 사람을 죽였지만 기이하게도 양심의 가책을 느끼지 못했다. 아들을 처리했던 사실만은 유일하게 떠올리려고 해도 기억이 거부반응을 일으켰고, 그밖에는 파리나 모기를 죽인 것이나 다름없었다. 자신에게는 어떠한 종류의 감정이 결여됐다.

"당신, 고정 직업 있어요?"

그 질문에 고개를 저었더니 미치루가 다그쳤다.

"내 일 좀 도와줘요."

'도와줄래요?'가 아니라 '도와줘요'라고 말했다. 강압적이고 제멋대로지만 미치루의 입에서 나오니 묘한 설득력이 있었다. 미치루의 목소리에는 듣는 이의 마음을 사로잡는 울림이라도 있는지 그저 말을 할 뿐인데도 주변의 소음마저 차단되는 듯한 착각에 빠졌다. 마냥 기분 좋게 듣다 보면 고민이나 분노를 잊을 수 있을 것만 같았다.

무엇보다 사유리는 피아노를 가르쳤을 정도니 미치루의 음성을 정확히 분석했다.

미치루의 목소리는 분명 f분의 1 진동*에 해당하리라.

f분의 1 진동은 음파의 한 종류이며 오감을 통해 인간의 생체리듬과 공명한다고 알려졌다. 심장 박동이나 호흡 등 생체리듬도 f분의 1 진동에 해당하는데 이 음파를 듣기만 해도 자율 신경이 교감 신경에서 부교감 신경으로 바뀐다고 한다. 즉 온몸에 저항이 사라져 매우 편안한 상태가 된다. 미치루 목소리의 정체가 바로 이것이다. 그런 목소리로 속삭인다면 누구나 미치루의 목소리에 취해 그녀의 말을 따르고 말 것이다. 그것이 그녀의 지시인 줄 미처 깨닫지 못한 채.

"당신 목소리가 참 아름답네요."

견제의 의미를 담아 말했다.

"아주 특별한 목소리군요. 분명 그 목소리로 여러 사람 홀렸겠죠."

분명 목소리에 대한 말은 처음 들은 것이리라. 미치루는 옷의 얼룩을 지적받은 사람처럼 반은 뜻밖이라는 표정을 반은 불쾌하다는 표정을 지었다.

"소리 전문가 같네요."

---

* 소리의 성질이 1/f 대각선에 가까울수록 안심되고 편안함을 느낀다는 '페리에 주파스와 f분의 1 진동의 법칙'. 파도 소리, 차분히 내리는 빗소리 등이 이에 해당한다.

"피아노를 가르쳤거든."

"그래요. 하지만 상관없어. 날 도우면 현금과 살 곳을 줄 게요. 그리고 매 끼니도."

매력적인 제안이라고 생각했다. 거짓말이나 허세 같지도 않았다.

"보수는 얼마?"

"한 건당 백만 엔."

"제법 되네. 도대체 무슨 일이기에?"

"자세한 건 나중에. 단 합법적이지 않은 건 확실해."

합법적인 일이라면 그렇게 파격적인 보수를 제시할 리 없다. 비합법적인 일이라고 솔직하게 말한 점에서 미치루를 신용했다.

"위험한 일이야?"

"절대 당신이 해를 입는 일은 없을 거야."

바꿔 말하면 다른 사람이 해를 입으리라는 뜻이다.

"잡힐 염려는?"

"그것도 걱정 마. 당신한테 복수를 부탁하려고 해. 그런데 곧 잡힐 방식이면 다음을 기대할 수 없지 않겠어?"

사유리에게는 좋은 제안이었다. 당장 머무를 곳과 식량 도 고맙지만 무엇보다 한 건당 백만 엔이라는 보수에 구미가 당겼다. 그만한 금액이면 국내를 자유롭게 돌아다닐 수 있고 하기에 따라서는 외국으로 달아나는 것도 불가능하지 않았다. 그러나 미치루를 신용할 만하다고 해도 조금 더 확인해 두고 싶은 것이 있었다.

"자세한 건 나중에 말한다고 했지? 구체적이지 않아도 좋으니 대충 이야기해 줘."

"독극물 관련이야. 당신은 서빙."

지금껏 독살을 시도한 적은 없지만 힘없는 여자도 쉽게 할 수 있으면서 실현성 높은 살해 방법이라는 것은 안다.

"소품은 전부 내가 준비할게. 당신은 내 지시대로만 움직여 주면 돼."

사유리는 오래 고민하는 사람이 아니었다. 애당초 어떠한 사람이나 상황을 골똘히 생각하고 궁리하는 것이 서툴렀다. 그 자리에서 바로 결정을 내리고 곧바로 행동으로 옮긴다. 문제가 생기면 그때그때 대처하면 된다고 생각했다.

그에 비해 미치루라는 여자는 계획하지 않으면 화장실도 가지 않을 성격 같았다. 지극히 드물지만 같은 부류의 인간을 안다. 사유리에게 음악요법을 가르쳐 주며 큰 은혜를 베푼 망할 놈의 정신과 의사였다. 그 남자는 언제나 감정을 죽이고 무언가 행동하기 전에는 철저하게 가능성을 따졌다.

아직도 가끔 꿈에 나오는, 사유리에게는 애증의 존재였다.

사유리는 그런 성격의 사람을 좋게 본 적이 없다. 그런데도 이내 끌리고 만다. 자신에게는 없는 것을 무의식중에 찾는 탓일지도 몰랐다.

"좋아."

여차하면 도망가면 될 일이다. 다행히 사유리는 지켜야할 것이 없었다. 만일의 상황에 맞닥뜨리면 자신의 몸조차도 그리 집착하지 않을 것이다.

"거래 성립."

미치루는 호들갑스럽게 기뻐하지도 않고 커피를 맛없게 홀짝거렸다.

사유리는 자신이 미치루의 장기짝이라고 생각했다. 미치루의 계획에는 장기짝이 무언가를 생각할 여지를 남기지 않았다.

후지미 임페리얼 호텔에 잠입하기 직전, 호텔 유니폼과 약병을 건네받았다.

"사이즈는 딱 맞을 거야. 작업이 다 끝나면 바로 주차장으로 와."

독극물은 청산화합물이라고 했다. 연회 대기실에 미리 음료가 준비되어 있을 테니 뚜껑을 따서 독극물을 넣으면 된다. 병당 용량도 설명 들었다.

그밖에 미치루의 사전 조사는 기가 막힐 정도로 상세하고 정확했다. 연회장에서 이변을 확인한 직후 탈출 경로, CCTV 위치, 직원 배치까지 파악해 놨다.

경질 나프타로 만든 폭탄도 그렇다. 미치루는 실로 솜씨 좋게 폭탄을 만들었다. 훌륭한 완성도에 불법 경로로 구매했느냐고 물었더니 태연하게 대답했다.

"고등학생 수준 지식만 있으면 식은 죽 먹기지. 재료도 평범한 것들뿐이고"

광범위한 지식과 꼼꼼한 사전 조사. 그것이 미치루 범죄의 진면목이라고 할 수 있었다. 그 덕분에 사유리는 아무 생각 없이 그저 지시에 따르기만 하면 됐다.

도대체 참가자 중 누가 표적이었냐고 물으면 대답을 피했다. 그것도 장기짝에게는 설명할 필요가 없기 때문이리라. 미치루는 필요한 것만 말한다.

버스 가이드의 가방 속에 번호표를 넣으라고 했을 때도 그랬다. 그 여자에게 무슨 원한이 있는지 물었지만 역시 얼버무렸다.

학교 방화 사건 때도 마찬가지. 오오쓰카 히사히로를 죽여야 하는 이유를 밝히지 않았다. 사유리를 한없이 장기짝으로만 취급했다.

"사정을 털어놓지 않는 이유는 당신을 더는 끌어들이고 싶지 않아서야."

미치루의 변명은 지극히 맞는 말이었다.

"당신은 그냥 청부업자야. 의뢰인의 사정은 굳이 알 필요 없고 알아 봤자 귀찮은 일만 떠안을 뿐이야."

귀찮은 일이라면 사유리도 사양이다. 아는 것이 독이 되는 경우는 드물지 않다. 세상에는 모르는 것이 약인 일도 있는 법이다.

그러나 다행인지 불행인지 사유리는 보통 사람보다 머리가 잘 돌아가는 여자였다. 심지어 나쁜 쪽으로.

미치루가 얼버무려도 범행을 거듭할수록 그녀의 목적이 어렴풋이 보이기 시작했다. 논리가 아니라 혼탁한 사념이 자신에게 전해진다고 표현하는 편이 옳을 것이다.

네 사건에는 각각 미치루의 목적이 있었다. 번호표를 부여한 네 사람은 무시해도 좋았다. 그 번호가 그저 눈속임이라는 점은 얼추 눈치챘다. 히사카 고이치, 다카하마 유키미, 오오쓰카 히사히로, 후루미 지카. 네 사람의 이름을 말할 때 미치루는 조금도 흔들리지 않았다. 마치 전혀 모르는 사람의 이름을 읽는 듯한 목소리였다.

네 사건에는 각각 다른 목적이 숨어 있었다. 그것이 무엇인지는 모른다. 사유리도 관심은 없었다.

문제는 이번이 마지막 일이라는 점이었다. 이미 받은 보수는 현금 4백만 엔. 이 돈만 있으면 한동안 도피 생활을 이어갈 수 있다. 세상의 관심이 식을 무렵에 이력서를 형식적으로만 받는 일자리를 찾으면 된다. 신분 사칭은 미치루에게 배워서 자신 있다.

하지만 미치루가 도무지 그것을 허락할 것 같지 않았다. 깊은 사정은 몰라도 미치루가 그런 계획을 차례차례 실행한 사람은 사유리다. 만에 하나 사유리가 체포되면 미치루에게도 법의 손길이 뻗칠 위험이 있다.

미치루가 그런 위험 부담을 방치할 리 없었다. 만에 하나의 일이 닥치기 전에 사유리의 입을 막으려 들 것이 틀림없었다.

마지막 일이 끝나면 사유리는 필요 없는 존재일뿐더러 유일한 애물단지로 전락한다. 미치루이니 눈썹 하나 까딱하지 않고 사유리를 처리할 것이 분명했다.

그리 될 수는 없지.

학교에서 오오쓰카의 숨통을 끊어 놓았을 때 새삼 실감

했다.

역시 자신에게는 접근전이 딱 맞는다. 오오쓰카의 등에 송곳을 찔렀을 때의 감각은 오히려 반갑기까지 했다.

그러나 미치루는 자신의 손으로 직접 사람을 죽인 적은 없는 듯했다. 그 매혹적인 목소리로 피폐한 마음을 부추기면서 타인을 마음대로 조종한다. 따라서 일대일 접근전이 되면 사유리에게 유리할 것이다.

사유리는 창밖을 바라보며 어떤 식으로 미치루를 죽일까 궁리했다.

3

"내일, 신칸센 좀 타 줘."

사유리가 머무는 곳에 나타난 미치루가 그렇게 말했다. 당연히 그저 타는 것만으로 끝나지 않는다는 것은 이미 잘 알았다.

"신칸센을 폭파하자는 말이야?"

"설마. 목표는 딱 한 명이야. 다만 주행 중에 승객 한 명을 폭살하면 여러 명이 휘말릴지도 몰라."

평균 시속 233.5 킬로미터로 달리는 신칸센이 주행 중에 폭파되면 어떻게 될까. 그 영향은 차량 한 량에 그치지 않을 것이고, 열차가 탈선하면 앞뒤 차량 몇 칸이 문제가 아니라 열차 전체가 막대한 피해를 입을 것이다. 그뿐만이 아니다. 만약 신칸센이 고가 철도를 달릴 때 폭발하면 주택지로 떨어진다. 그러면 인명피해와 재산피해 규모는 어마어마할 것이다.

하지만 미치루는 전혀 개의치 않는 모습이었다. 자신의 목적만 달성할 수 있으면 수백, 수천 명이 죽어도 상관없는 듯했다. 빠져들 만큼 황홀한 냉철함이지만 윤리관이 결여된 점은 사유리도 비슷해서 그녀의 계획을 들어도 공포나 흥분은 조금도 느끼지 않았다.

"표적이 누군데?"

"히사모토 유즈루, 회사원. 현재 도쿄 본사로 단신 부임해서 주말에는 가족이 있는 오사카에 다녀오는 사람이야. 늘 도쿄발 19시 30분 노조미 107호 오카야마행을 이용하지. 회사원은 참 좋아. 일하는 루틴이 정해져 있으니 생활 패턴도 변하지 않아. 끝나는 시간이 같으니까 타는 열차도 같고, 자칫하면 지정하는 열차와 좌석도 매번 같게 되잖아."

생활 패턴이 같아지는 것을 명백히 조롱하는 말투였다. 사유리 역시 비웃고 싶은 마음이었다. 매일 같은 시간에 출근해 시키는 일을 하고 비슷한 메뉴로 허기를 채우고 같은 시간에 잠잔다. 삶을 회사에 바치는 모습은 그야말로 노예라고 해도 무방했다.

"표적이 그 신칸센을 타는 건 확인했어?"

"익스프레스 예약 사이트를 해킹할 수 있으면 좋겠지만 안타깝게도 그런 기술은 없어서. 하지만 역 플랫폼에서 본인이 타는 현장을 확인하면 문제없잖아."

"세부 계획을 알려 줘."

"간단해. 도쿄역에서 히사모토가 타는 차량에 당신도 함께 타. 가능한 한 히사모토와 가까운 좌석에 경질 나프타를 설치하고 두 번째 정차역인 신요코하마역에서 내리면 돼. 신칸센은 나고야역까지 1시간 20분, 멈추지 않고 달리지. 그 사이에 경질 나프타가 폭발해서 히사모토와 차량은 산산조각이 날 거야."

미치루는 노래하듯 계획을 말했다. 신칸센 폭파도 대규모 살육도 마치 윈도쇼핑을 즐기는 것처럼 여기는 듯 보였다.

"폭파는 원격으로?"

"요즘엔 신칸센 내부 와이파이 상황도 개선됐는데, 무료 와이파이는 한 번 이용할 수 있는 시간이 제한되어 있어. 승객 이용 상황에 따라서는 속도가 느려질 수도 있지. 원격보다는 시한식이 확실할 거야."

"폭탄 터지는 건 신요코하마역을 나온 뒤 몇 분 후로 설정할 거야?"

"그건 아직 생각 안 했어. 폭발 장소를 터널 안으로 할지, 주거 지역 바로 위로 할지 타이밍 하나만 다르게 해도 피해자 자릿수가 달라지니까."

자신의 선택에 따라 피해자 수를 좌지우지할 수 있다. 결국 수많은 사람의 생살여탈권을 쥐고 있는 셈인데 미치루의 말투에 희열이나 고양감은 전혀 느껴지지 않았다. 벌레 몇 마리를 죽일지 말하기라도 하듯 무감각했다.

"이번이 나한테 시키는 마지막 일이라고 들었어."

"맞아. 잘 알겠지만 보수는 무사히 결과가 나온 다음에 줄 거야."

"보수가 아니라 이유."

사유리가 정면에서 응시하자 미치루는 뜻밖이라는 듯이 눈을 가늘게 떴다. 지금까지 몇 번인가 미치루의 바로 앞에 선 적은 있지만 눈을 똑바로 쳐다본 적은 없었다. 자신의 눈을 들여다볼까 봐 피했고, 미치루의 속마음을 보는 것이 본능적으로 위험하다고 느꼈기 때문이었다.

"호텔에서의 대규모 독살을 시작으로 네 건의 일을 해냈어. 많은 사람이 죽었지. 고속버스 한 대, 헬스장 한 채가 폭 파됐고. 학교 한 동도 불탔어."

"설마 이제 와서 후회하는 건 아닐 테고."

"일을 벌일 때마다 각각 표적이 있었고 다른 사람들은 말려들었을 뿐이지. 그건 딱히 상관없어. 다만 왜 그 네 명을 죽여야 했는지 아직 이유를 못 들었네."

이해했다는 듯 미치루가 고개를 끄덕여 보였다.

"언젠가 말해 준다고 약속했잖아."

"마지막 일이 끝날 때까지 기다리면 안 되나?"

"실행자한테까지 비밀로 해야 할 필요가 있어?"

"꼭 다 밝혀야 하는 건 아니라고 생각하는데. 하청을 받은 사람은 의뢰받은 부품을 만들기만 하면 돼. 완성품을 알 필요는 없지 않나?"

미치루가 사유리를 응시한 채 웃었다. 그러나 웃고 있는 것은 입뿐이었고 눈은 결코 웃지 않았다.

"사유리 씨도 애당초 보수 때문에 일을 맡았잖아. 호기심이 아니라."

"그래. 사실 그렇게까지 알고 싶은 건 아니야."

"현명해. 호기심이 고양이를 죽인다고도 하잖아."

"그런데 당신의 목적이 무엇인지 알면 다소 우위를 점할 수 있을 것 같았거든."

"우위라고. 묘한 말을 하네. 당신과 나 사이에 서열이 어딨어."

"의뢰인과 청부업자 관계지."

"서로 상대가 한 명밖에 없다면 상부상조하는 관계지. 상하관계도 아니고 서열도 없다고."

"그럼 적어도 내 생각이 맞는지 정도는 확인하고 싶어."

"무슨 생각?"

"당신이 네 사람에게 부여한 번호 자체에 큰 의미는 없지."

"그럴 리가. 사유리 씨가 애써 작업해 준 건데."

"번호를 부여해서 서로 연관 있어 보이게 꾸몄을 뿐이잖아. 그 네 사람은 아무런 관련이 없지. 있다면 같이 휘말렸던 사람들 가운데 묻혀 있어."

"뭘 상상하든 당신 마음이야. 악마라도 남의 마음속에 들어갈 수는 없다고."

사유리는 문득 웃음을 터뜨리고 싶었다. 악마조차 할 수 없는 사람의 마음을 들여다보는 행위. 하지만 미치루도 사유리도 그와 비슷한 일을 해오지 않았는가. 미치루의 말이 사실이라면 자신들은 악마보다 더 악한 존재라는 뜻이다.

"그건 그렇고 괜찮은 선까지 왔어."

미치루는 전부 설명했다는 듯 말을 마치자마자 발길을 홱 돌렸다. 상대의 대꾸를 기다리지 않는 태도가 밉살맞기도 했지만 대단하다는 생각도 들었다.

"번호표 '5'와 폭탄은 당일에 줄게. 마지막 임무에 성공하면 신요코하마에서 만나. 보수도 그때 지불할 테니."

미치루가 방에서 나가자 사유리는 품에 숨기고 있던 송곳을 꺼내 책상 위에 올려놓았다. 흘러가는 상황에 따라서 이 자리에서 미치루를 처리하는 방법도 생각한 것이다.

흉기를 사용하지 않고 끝나서 사유리는 마침내 긴장을 풀었다.

미치루와 붙는다면 자신이 유리하다고 생각했는데 막상 본인을 눈앞에 두자 확신이 흔들렸다. 평소 언행으로 보면 미치루는 직접 손을 쓸 사람은 아니라고 확신했지만 그렇지 않을 가능성도 있었다. 몸놀림이 가볍기도 했고 타인을 죽이는 데도 망설임이 없었다. 또 미치루가 사유리의 행동을 예측하지 못하리라 생각하기 어려웠고 그녀 역시 방에 찾아온 시점에 흉기가 될 만한 것을 준비해 왔을 터였다.

누가 이길지 매우 흥미진진했지만 적어도 지금은 때가 아니다. 사유리는 옷장을 열어 여행 가방에 필요한 옷을 최소한으로 담기 시작했다.

미치루가 정한 실행일은 내일이었다.

사유리는 계획을 듣는 도중 미치루의 계획을 의도를 눈치챘다.

표적은 히사모토 유즈루라는 남자라고 했으나 사실은 알 수 없다. 지금까지 사건들을 돌이켜보면 정해진 표적도 십중팔구 눈속임에 불과했다. 어쩌면 히사모토 유즈루는 가상 인물일지도 모른다. 미치루는 '가능한 한 히사모토와 가까운 좌석에 경질 나프타를 설치하고'라고 설명했다. 바꿔 말하면 히사모토 유즈루라는 인물을 직접 죽이지 않아도 상관없다는 뉘앙스였다. 지금까지 해오던 것처럼 특정 개인을 죽인다는 의도는 없었다.

사유리가 신요코하마역에서 내리고 나서 나고야역에 도착하기 전까지, 그사이에 폭발시키겠다고. 뻔한 거짓말이다. 이번 일이 마지막이라면 사유리를 함께 처리하지 않을 리가 있나. 도쿄역을 출발하고 나서 신요코하마역에 도착하기 전에 폭탄을 폭발시킬 것이 분명했다.

상대의 수가 읽혔다. 이제는 미치루에게 어떻게 반격할 것인가였다.

***

　가모우 미치루.

　아소에게 이야기를 듣고 나서 그 이름이 미야마의 머릿속을 떠나지 않았다. 타인의 마음에서 약한 부분을 파고들어 악의를 키우는 여자. 타인의 목숨 따위 벌레 취급하는 여자. 만약 가모우 미치루가 아소 반장이 말한 성향과 같다면 수단을 위해서는 목적을 가리지 않는다는 설명도 납득이 갔다.

　오랜 세월 형사 생활을 하다 보면 어떤 강력범죄자든 나름의 동기가 있다는 것을 알게 된다. 돈, 성, 자기 보신, 충동. 물론 일반적인 관점에서는 손가락질 받아 마땅한 동기지만 그래도 핑계 없는 무덤 없다고 전혀 이해 못 할 이유는 아니었다.

　하지만 미치루의 범행동기는 지나치게 이질적이다. 욕망과 감정이 아닌 사람을 죽인다. 그것도 자신의 손을 더럽히지 않고 타인을 수족처럼 부리면서. 악의가 아니라 흡사 반 재미로 개미를 짓밟아 뭉개는 느낌마저 든다.

　반 재미로.

　그렇다, 그 말이야말로 가모우 미치루의 범행을 나타내는 말이다. 그 여자에게는 정신병이나 사이코패스라는 용어마저 고상해 보일 지경이었다.

그렇다면 이번 연쇄 테러도 가모우 미치루가 재미나 변덕으로 꾸민 사건이라는 말인가. 솔직히 앞으로의 일을 생각하기 망설여졌다. 단 한 사람의 순간적인 기분으로 이만큼 막대한 인명피해와 재산피해가 났다는 사실이 갑자기 믿기 어렵기 때문이었다.

어쨌든 우도 사유리의 소식은 묘연했다. 수사본부는 수사 범위를 수도권에서 전국으로 확대했지만 믿을 만한 정보는 아직 단 한 건도 확인되지 않았다. 이대로 손가락 빨며 다섯 번째 사건을 기다리기만 해서는 언론과 여론에 경시청이 무능력하다고 떠드는 꼴이나 마찬가지였다.

불길한 생각을 하는데 책상 위 전화가 울렸다. 접수대에서 걸려 온 내선전화였다.

"미야마입니다."

—외선입니다. 연쇄 테러 사건 담당자와 이야기하고 싶다고 합니다.

또야, 싫었다. 후지미 임페리얼 호텔 사건 때부터 자신이 범인입네 지인이 범인입네 하는 제보가 수도 없이 들어왔다. 당연히 전부 장난 전화나 근거 없는 자기주장에 의한 허위 정보였고, 이에 많은 수사관이 휘둘렸다. 이번에도 그런 부류인가 하고 미야마는 진절머리를 내며 전화를 돌려달라고 말했다.

"전화 받았습니다. 형사부 수사1과입니다. 하실 말이 있으시다고요?"

—다음 번호표는 '5'입니다.

전자음이라기보다 음성변조기 같은 것으로 변조한 음성이었다. 그런데 그보다 긴장감을 불러온 것은 번호표 이야기였다.

피해자가 저마다 번호표를 갖고 있었다는 사실은 아직 공개되지 않은, 수사 관계자들과 범인만 아는 '비밀'이었는데 그 비밀을 폭로한 것이다.

"누구십니까?"

—불쌍한 피해자들에게 번호표를 쥐여 준 사람.

순간 역탐지 가능성이 머리를 스쳤다. 휴대폰으로 기리시마에게 연락하자 곧바로 대응하겠다는 답변이 돌아왔다.

그러나 목소리의 주인은 그 대응을 비웃었다.

—말해 두는데 역탐지는 소용없습니다.

"이름이라도 말해 주시죠."

—우도 사유리.

"용건은?"

─다음 범행 예고. 이번 주 금요일, 오후 7시 30분.

내일이잖아.

─노조미 107호 도쿄발 오카야마행. 경질 나프타를 가득
실은 채로 폭발시킬 예정. 어디서 터질지는 그날 기대하도록.

"폭발시킬 지점에서 가장 가까운 역은 어디지?"

─건투를 빕니다.

"잠시만!"

미야마의 저지에도 허무하게 일방적으로 끊어 버렸다.

통보 내용이 타당한지 확인하기도 전에 기리시마 반 사
람들이 미야마 주위로 모여들었다.

가장 먼저 달려온 사람은 기리시마로 드물게 분노를 터
뜨렸다.

"통화 시간이 너무 짧아 역탐지에 실패했어. 범행 예고라
니 우릴 우습게 보는 거야!"

"어떻게 생각하세요?"

"거짓이든 사실이든 예고를 했으니 경계할 수밖에."

기리시마는 미야마 앞에 다리를 모으고 앉았다. 보기 드
문 일로, 사태가 심상치 않다는 뜻이었다.

"그런데 신칸센이라니. 이용객이 많은 데 비해 경계가 취

약한 곳을 골랐군."

기리시마가 약이 오른다는 듯 말하는 것도 당연했다.

2015년 6월 30일, 신요코하마에서 오다와라 구간을 달리던 신칸센에서 71세 남자가 분신자살을 시도했는데 52세 여성을 끌어들이면서 불을 질렀다.

사건 보고를 받은 국토교통성은 긴급회의를 열어 각 철도회사에 역내와 신칸센 차량 내 순시를 강화하라고 요청했다. 철도회사 중 JR도카이와 JR니시니혼은 객실 내를 상시 촬영하는 CCTV를 신설하겠다고 발표했다. 그러나 신칸센의 편리성을 해친다며 가장 중요한 수하물 검사는 개선하지 않았다.

그리고 3년 뒤 2018년 6월 9일, 역시 신요코하마에서 오다와라 구간을 달리던 신칸센에서 22세 남성이 옆좌석 여성을 손도끼로 베었다. 이를 저지하려던 38세 남성에게도 손도끼를 집요하게 휘둘러 사망에 이르게 했다.

해당 사건 발생 직후 각 운영사는 경비원을 증원하고 진압 방패와 사스마타* 등 진압 도구를 설치했으며 나아가 긴급용 그룹 통화 시스템을 정비하겠다고 발표했다. 하지만

---

* 긴 봉 끝에 소뿔 모양 금속이 달려 있어 범죄자의 목이나 팔 등을 짓눌러 제압할 수 있는 일본의 범인진압 도구.

공항과 같은 수하물 검사 시스템을 도입하는 데는 역시 부정적이었다. 편의를 해쳐 이용객이 줄어들까 우려된다는 이유였다.

"우리 경찰은 처음부터 수하물 검사를 해야 한다고 주장했어. 공공의 이익도 중요하지만 테러 대책은 훨씬 더 중요하니까. 하지만 국토교통성과 철도회사들은 귓등으로도 안 들었지. 올해 들어 철도 운수 규정을 개정해 포장하지 않은 날붙이는 반입을 금지했지만 승차 전에 검사하지 않으면 있으나 마나 한 규정이야."

기리시마의 울분은 수사관들의 마음을 대변했다. 만약 각 철도회사가 일찍이 승객의 수하물 검사를 실시했다면 지금쯤 우도 사유리 같은 테러범과 테러 계획에 겁먹을 필요도 없었다.

"밀고자가 우도 사유리 본인이라고 생각하세요?"

"번호표를 언급한 이상 본인이라고 볼 수밖에 없잖아. 하지만 범행 예고 내용은 의심해야 할 점이 많아. 우선 폭파 대상 차량을 특정한 점이야."

"노조미 107호, 도쿄역 19시 30분발. 금요일 이 시간대 승차율은 전부 백 퍼센트를 넘습니다. 현재 주행 중인 700계와 N700계는 열여섯 량 편성으로 1,323석입니다. 만약 주행 중에 차량이 폭파된다면 천 명 단위 희생자가 나오는 데다 폭파 장소가 시가지일 경우 해당 지역 주민이 입을 피해도 막대합니다. 목표 지점으로는 최악이에요. 후지미 임페리얼 호텔이나 고속버스 때와는 차원이 다릅니다."

"예상 피해 규모를 생각하면 그 여자가 노리는 것도 당연해. 하지만 폭파 대상을 지정해 줬으니 상대도 우리가 팔짱 끼고 가만히 있으리라고는 생각 안 할 거야."

"양동 작전을 말씀하시는 겁니까?"

"꼭 그렇다고 할 수는 없지. 양동 작전이라고 생각하게 만든 다음 예고대로 실행할 수도 있어. 우리가 의심하게 만든 단계에서 우도 사유리는 목적을 반은 달성한 셈이야."

기리시마의 말을 이해했다.

양동 작전이든 아니든 범행이 예고된 이상은 도쿄역뿐 아니라 주요 역내 전체에 경찰을 긴급 배치해야 한다. 그것만으로 경찰의 기동력이 크게 줄어든다. 다른 장소에서 사건을 일으키면 당연히 초기 대응이 늦어지게 된다.

"차라리 그날 신칸센 운행 중단을 요청하는 건 어떨까요?"

터무니없는 제안을 한 사람은 구도였다. 그러나 미야마는 웃을 수 없었다. 대형 버스 폭파 사건에 대한 후회에서 비롯된 제안이나 다름없었다.

"이용객의 발을 묶게 되겠지만 목숨을 잃는 것보다는 백배 낫겠죠."

"국토교통성과 JR이 네, 그러겠습니다, 할 것 같아?"

기리시마는 구도의 얼굴을 쳐다보지도 않았다.

"아까 이야기 못 들었어? 화재에 살상 사건에, 중대 사건이 연달아 발생했는데도 철도회사들은 리스크보다 편의성을 택했어. 수사본부가 범행 예고 가능성을 설득하고 경비에 만전을 기해 달라고 요청하는 게 고작이야. 절대 신칸센 운행을 멈추려 하지 않을 거야."

"하지만 반장님. 이건 대테러 대책이에요. 만약 경찰의 권고를 따르지 않고 신칸센을 운행했다가 예고대로 차량이 폭파되면 편의성이고 나발이고 다 같이 죽는 거라고요."

"그렇게 되면 경비가 허술했다며 우회적으로 비난하겠지. 아무튼 철도회사들은 이용객의 편리를 도모한다는 대의명분이 있잖아. 이용객들도 일정에 차질이 생기는 건 싫을 테니 전 노선 운행 중단을 쌍수 들고 환영하지 않을 거야."

기리시마는 일반 시민을 무시하는 경향이 있는데 수사본부, 나아가서는 경찰의 위신을 가장 중요하게 여기는 기리시마다운 발언이었다. 그의 대답에 구도도 예상했다는 듯 체념한 얼굴로 고개를 끄덕였다.

"노조미 107호의 정차역은 시나가와, 신요코하마, 나고야, 교토, 신오사카, 신고베, 히메지, 오카야마로 총 여덟 개다. 각 현경과 부경에 협조 요청해서 경찰을 배치할 수밖에 없겠군."

가쓰라기가 조심스러운 몸짓으로 끼어들었다.

"하지만 역에 경찰관들이 바글거리면 우도 사유리는 역 안으로 들어오지도 않을 겁니다."

"당연히 신칸센 폭파를 막는 게 우선이지만 우도 사유리까지 체포해야 해. 플랫폼에 경찰을 집중 배치하고 이용객으로 위장해서 대기시킨다. 우도 사유리가 플랫폼에 나타나는 순간에 체포한다."

기리시마는 계획을 말한 뒤 수사관들의 얼굴을 둘러봤다. 문제점이 있으면 말하라는 눈빛이었다.

기리시마는 핀 포인트에 인력을 투입한다는 계획이었다. 묘수라고는 말하기 어렵지만 가장 착실한 방법이다. 우도 사유리가 플랫폼에 나타나면 그 순간 퇴로는 차단된다. 폭발물을 갖고 있다고 하더라도 순식간에 붙잡아 신체를 제압하면 심각한 사태는 피할 수 있으리라.

기리시마는 아무도 이의를 제기하지 않는 것을 확인하더니 말없이 일어섰다. 무라세에게 자세하게 보고하러 가려는 것이다.

기리시마가 방에서 나가자 구도가 혼잣말하듯 중얼거렸다.

"인해전술로 밀고 갈 건 이미 예상했던 바고, 신경 쓰이는 건 우도 사유리 본인이 연락을 해왔다는 점이야. 자기 현시욕이 강한 놈이 범행을 예고했다면 납득 못할 것도 아니지만 우도 사유리가 그랬다니 찜찜하단 말이지. 미야마는 어떻게 생각해?"

갑작스러운 이야기였지만 그동안 벌어진 사건에 관해 미야마 나름의 느낌은 있었다.

"우도 사유리의 자기 현시욕이 어느 정도인지는 모르지만 새삼스럽기는 해요. 왜 이번에는 이름까지 대며 범행을 예고했을까. 설사 이번이 마지막 사건이라고 해도 날짜나 대상을 수사본부에 미리 알려 봤자 득 될 게 하나도 없는데."

"그러니까 역시 양동 작전이라는 의견인가."

"네. 하지만 반장님이 말씀하셨듯이 수사본부는 양동 작전을 의심하면서도 각 역의 경계를 소홀히 할 수 없어요. 양동 작전이자 교란 작전이죠. 참나, 잘도 이런 생각을 했네요."

"그리고 표적을 딱 집어 알려 준 점도 교활해. 범행 예고를 어디까지 믿어야 할까. 노조미 107호라고 지정하는 바람에 수사본부는 어떻게 해도 모든 게 의심스러울 수밖에 없어."

구도가 짓씹듯 말했다. 뛰어난 검거율을 자랑하는 구도에게 우도 사유리는 성가시기 짝이 없는 적이리라.

"어차피 우리는 우도 사유리가 판을 짠 게임에 어울려 줄 수밖에 없어."

"불리한 게임에 말이에요."

"그러니까 말이야. 하지만 불리한 게임일수록 이겼을 때 쾌감이 더하지."

구도가 자리에 모인 수사관들을 둘러보며 말했다.

"우도 사유리에게 다시 건강한 식단과 규칙적인 생활을 제공해야 하지 않겠어?"

수사관들이 저마다 고개를 끄덕였다.

새로운 긴장감이 다시 미야마의 몸을 뒤덮었다. 우도 사유리가 지금까지 보이지 않던 행동을 하고 나서면서 사건의 마지막을 예감했다.

문제는 그 결말이 어떠한 모양새가 될 것인가였다.

기리시마의 보고를 받은 무라세는 즉시 긴급 수사 회의

를 열어서 내일 도쿄역에 경찰관 5백 명을 종일 배치하기로 결정했다. 그 정도 인력을 도쿄역 한 곳에 투입하는 방침에 쓰무라 1과장이 이의를 제기했지만 무라세는 다음 한마디로 물리쳤다고 한다.

"헛수고로 끝나면 비웃음 좀 사면 그만이야. 하지만 만약 예고대로 신칸센이 달리다가 폭파되면 그때는 울거나 웃는 걸로는 끝나지 않아."

4

"사유리 씨는 뭘 입어도 다 잘 어울리네."

미치루가 들뜬 목소리로 말했지만 정작 사유리는 조금도 기쁘지 않았다. 가볍게 움직일 수 있도록 슬림핏 데님 바지와 셔츠를 입고 아폴로 캡을 썼다. 열 살 어렸으면 어울렸을지 모르지만 지금 나이에는 몹시 어울리지 않았다.

미치루도 똑같은 차림이었는데 이상하게도 잘 어울려 조금 아니꼬웠다. 목에 두른 새빨간 스카프가 잘 어울렸다.

"얼굴을 감추려는 이유뿐이라면 여배우가 쓸 법한 챙 넓은 모자도 괜찮지만 배낭을 메려니 아무래도 스포티한 옷을 입을 수밖에 없더라고. 옷이 마음에 안 드나 봐?"

"별로 입어 본 적 없는 스타일이야."

"그래. 하지만 곧 끝나니까 조금만 참아."

한동안 머문 위클리 맨션을 떠나면서 이불과 헌옷, 지문이 묻은 식기는 전부 쓰레기로 내다 버렸다. 남은 것은 얼마 되지 않는 옷과 현금뿐이었다. 마지막 일을 마친 뒤에는 도피할 예정이니 짐이 적은 편이 가장 좋았다.

맨션 앞에서 택시를 잡아 뒷좌석에 올라타 도쿄역으로 향했다. 운전기사 눈에는 마음 맞는 여자끼리 가까운 곳으로 여행을 떠나는 사람들처럼 보일 것이다. 택시에 탄 뒤로 미치루는 순식간에 말수가 줄었다. 사유리가 말을 걸어도 "응"이나 "그래"라고만 대답했다. 되도록 인상을 남기지 않으려는 행동에 대단하다 싶었다.

생각해 보면 후지미 임페리얼 호텔에서부터 시작한 일련의 사건들에서 겉으로 드러난 사람은 사유리 혼자이고 지시한 미치루는 줄곧 그늘에 숨어 있었다. 범행 현장에 얼굴을 내미는 것은 이번이 처음이다. 히사모토 유즈루가 신칸센에 탑승하는지 확인한다는 어쩔 수 없는 사정이 있다고 하더라도 이번 예외의 상황은 사유리에게 뜻밖의 행운이라고 해도 좋았다.

이 기회를 놓칠 수는 없다.

우도 사유리

미치루의 속셈을 눈치챈 뒤로 줄곧 반격할 기회를 엿봤다. 아마도 이번이 처음이자 마지막 기회이리라.

미치루가 도쿄에서 신요코하마로 이동하는 구간에서 경질 나프타를 폭발시킬 계획이라는 것은 안다. 기폭장치는 시한식이라고 사전에 공개했지만 미치루가 계획한 일이니 틀림없이 원격식으로 변경했을 테고, 그렇다면 자신의 생살여탈권을 미치루가 쥐고 있다는 뜻이다. 상황을 역전시키려면 우선 대등한 관계로 만들어야 했다.

사유리가 생각한 계략은 노조미 107호에 미치루를 함께 태우는 것이었다. 폭탄은 처음 계획대로 신칸센이 신요코하마역을 출발하고 나서 터뜨리면 되고, 만약 그전에 폭발시키려고 해도 미치루 본인도 타고 있기에 스위치를 누르지 못한다. 미치루의 선택지는 도중하차뿐이고 사유리는 그러한 상황에서 담판을 지을 생각이었다.

데님 바지 앞주머니에 송곳을 숨겨 놓았다. 날카로운 끝이 옷감을 뚫고 나오지 않고 얌전히 들어 있었다. 빳빳한 천에 흉기 윤곽이 가려져서 미치루는 눈치채지 못했다.

"끝나고 신요코하마에서 만나는 거지?"

"응."

"다 끝내고 축배라도 들 생각?"

"당신은 어쩌고 싶은데?"

"빨리 돌아가고 싶어."

"어디로?"

"글쎄."

사유리는 잠시 생각하더니 말을 이었다.

"나도 몰라."

오후 7시 9분, 두 사람을 태운 택시가 도쿄역 야에스 입구에 도착했다. 지방으로 돌아가는 단신 부임 직장인도 많은 듯 이 시간대 역은 이용객으로 붐볐다. 쇼핑객이나 누군가와 만나기로 약속한 사람도 있으리라. 역을 지배하는 분주함은 행복의 상징일지도 모른다.

사유리는 가슴 깊은 곳에서 따끔한 통증을 느꼈다. 과거 가족이 있던 시절, 자신도 분주한 시간을 보냈다. 아이를 학교에 보내고 가족들의 빨래를 하고 청소를 하고 저녁 식사를 준비했다. 그사이에 틈틈이 피아노를 쳤다. 당시에는 그렇게 바쁜 나날이 싫었지만 가족과의 평범한 삶을 잃은 지금에 와서는 그 시절이 그리웠다.

미치루는 자동발매기에서 지정석 특급 티켓을 샀는데 확인하니 미치루가 선택한 곳은 5호차 좌석이었다.

"설마 이번 '5'의 번호표가."

"맞아. 차량 자체가 번호표야."

마치 콧노래라도 부르는 듯한 표정으로 미치루가 티켓을 내밀었다.

"수수께끼치고는 맞히기 힘들지 않겠어?"

"괜찮아. 수사본부는 '5'라는 숫자에 예민하니까 눈치챌 거야."

"하지만 피해자가 히사모토 유즈루라고 특정하지는 못하잖아."

"딱히 그렇게까지 연결시킬 생각은 없어. 내가 만족하면 그만이니까. 그럼 이거 부탁할게."

갑자기 뒤를 빼앗겼다.

몸을 비틀 겨를도 없이 사유리는 미치루가 메고 있던 배낭을 등에 메게 됐다. 미리 조절했는지 끈이 빈틈없이 조여 스스로는 그 자리에서 벗을 수 없을 정도로 딱 맞았다.

"그 안에 경질 나프타와 기폭장치가 들어 있어."

미치루가 나직이 말했다.

"신칸센에 타면 배낭 내려놓는 거 도와줄게. 열차에 타고 나서 히사모토 근처에 놔둬. 좌석 밑에 두면 경비원 눈에도 안 띌 테니 가장 좋겠지?"

속이 뻔히 들여다보였다.

사유리는 속으로 욕을 퍼부었다. 이제 자신이 폭탄을 짊어졌다. 미치루가 휴대폰을 탭하는 순간 사유리의 몸이 튕겨 나가며 화염에 휩싸일 것이다. 장소는 어디라도 상관없다. 열차 안이든 열차 승강구 발판이든 미치루 마음먹기 나름이었다.

"대우가 엉망이네."

"뭐가? 배낭을 손에 들고 개찰구를 지나는 건 부자연스럽잖아. 방심하지 말라고."

미치루는 사유리를 이끌 듯 앞장섰다. 폭탄을 짊어진 사유리는 뒤따를 수밖에 없었다. 목숨줄을 쥐어 준 모습은 몹시 굴욕적이었지만 거부할 수 없었다.

하지만 지금부터 반격이다.

사유리는 데님바지 뒷주머니로 손을 뻗었다.

앞에서 힘차게 걷는 미치루의 손목을 잡고 주머니에서 꺼낸 수갑을 채웠다.

찰캉.

상대가 뒤를 돌아보는 사이 수갑 한쪽을 자신의 손목에 채웠다.

철컹.

미치루는 일단 멈춰 서서 자신의 손목을 이상하다는 듯

응시했다.

그래, 이 얼굴이 보고 싶었다. 사유리는 속으로 쾌재를 불렀다. 수갑은 성인용품 매장에서 구매했다. 경찰이 사용하는 물건과는 비교가 안 되지만 요령과 완력만으로 풀 수 있는 물건도 아니었다.

"무슨 속셈이야?"

예상과 달리 미치루의 목소리는 매우 침착했다. 사유리의 착오를 의심하는 듯도 보였다.

"같이 갔으면 해서."

"갑자기 소심해지기라도 한 거야?"

"마지막이니 당신도 현장에 가고 싶지?"

"안 가도 되는데, 사유리 씨를 믿거든."

미치루는 부드럽게 항의하면서 목에 두른 스카프로 수갑을 덮어씌웠다.

"좋아. 그럼 같이 가죠."

사유리는 어리둥절했다. 폭탄을 등에 멘 사람과 동행한다니 위험하기 그지없지만 미치루는 여자들의 모임에 나가기라도 하는 듯 다시 경쾌하게 걷기 시작했다.

드문 일이지만 사유리는 혼란스러웠다.

도대체 이 여자는 공포를 느껴본 적이나 있을까. 예상치 못한 상황에 당황한 적이 있기나 할까.

몇 달 알고 지내면서 감정 기복이 없는 여자라는 것은 알았다. 감정 기복이 없고 냉철하기에 수많은 무고한 사람들을 끌어들이는 테러를 연출할 수 있다. 미치루는 동정도 자비도 공감 능력도 없었다. 그저 목적을 효율적으로 달성하기 위한 계획만 있을 뿐이었다. 아마도 사람을 사람으로 생각하지 않을 것이다. 미치루의 눈에는 타인이 벌레 정도로 보이는 듯했다.

사유리도 타인의 목숨 따위 눈곱만큼도 신경 쓰지 않지만 적어도 상대를 동족이라고 인식하기는 한다. 동족으로 인식하기에 상대의 생명을 빼앗는 행위에 흥분과 희열을 느낀다. 하지만 미치루는 그 감정조차 결여된 듯했다.

너구리와 라쿤처럼 겉모습은 비슷하지만 실제로는 다른 생물. 자신과 미치루는 분명 그러한 관계이리라.

수갑에 묶인 채 미치루는 사유리를 개찰구로 이끌었다. 아무래도 열차에 함께 올라탈 각오를 한 듯하다. 천성이 뻔뻔한 것일까, 역시 공포심 그 자체를 느끼지 않는 것일까.

그런데 미치루가 자동개찰기 앞에서 걸음을 멈췄다.

"어머나, 이런."

미치루가 걸음을 멈춘 이유는 사유리도 알았다.

경찰이다.

개찰기 너머에서 오가는 이용객 중에 경찰이 보였다. 제복을 입은 사람은 몇 명뿐이지만 사복 경찰은 그 네 배쯤 됐다. 일반인으로 가장할 생각이었겠지만 설령 전통의상을 입든 작업복을 입든 오랜 경찰 생활로 몸에 밴 냄새는 도저히 지울 수 없었다.

특히 사유리처럼 경찰에게서 도망치는 사람에게는 강렬한 악취이기도 했다.

"사유리 씨도 알아봤지?"

"훤히 보이네."

"플랜 B로 변경."

"무슨 소리야, 플랜 B라니. 그런 말 못 들었는데."

"오른쪽으로 돌아."

미치루는 전부 말하지 않고 방향을 바꿔 앞장섰다. 왔던 길을 되돌아가 역을 빠져나갈 생각인가 싶었는데 놀랍게도 미치루가 향한 곳은 전철 개찰구였다.

"잠깐."

사유리의 목소리를 듣는 시늉도 하지 않고 미치루가 개찰구로 들어갔다. 수갑으로 이어진 사유리도 마지못해 끌려갔다.

경찰이 보인 곳은 신칸센 개찰구뿐이었고 이상하게도 이쪽은 경찰 그림자도 눈에 띄지 않았다. 아무래도 핀 포인트에 인력을 배치한 듯했다.

계획이라도 한 듯 미치루는 주저 없이 내선 순환 야마노테선의 탑승구인 4번 플랫폼으로 올라가는 에스컬레이터를 탔다. 두 사람 사이에는 스카프로 가린 수갑이 이어져 있었다. 옆에서 보기에도 이상했는지 주변 이용객들이 힐끔힐끔 쳐다봤지만 참견하지는 않았다. 어쩌면 중년 동성 커플이라고 착각하는지도 몰랐다.

미치루가 갑자기 사유리를 끌어안았다. 순식간에 벌어진 일에 사유리가 미처 대응하지 못하는 사이 미치루가 사유리의 데님바지 뒷주머니로 손을 뻗었다.

놀랄 틈도 없었다. 미치루가 수갑 열쇠를 빼내자마자 믿을 수 없게도 에스컬레이터 위에서 던져 버렸다.

"이걸로 한배를 탄 셈이네."

이윽고 미끄러져 들어오는 전철에 둘이서 올라탔다. 승차율이 120퍼센트라고 했던가, 퇴근하는 회사원들이 피로와 해방감이 뒤섞인 표정으로 전철 손잡이를 잡고 있었다.

─출발합니다. 문이 닫힙니다.

문이 닫히고 전철이 움직이기 시작하자 미치루가 귓가에

속삭였다.

"왜 야마노테선을 선택했는지 알아?"

"그냥 즉흥적으로 고른 건 아닌 모양이네."

"계속 황궁 주위를 돌잖아. 종착역이 없으니 계속 타고 있을 수 있어. 직장에서 잘린 회사원이나 우리같이 한가한 사람들이 시간 때우기 딱 좋은 곳이야."

"당신과 똑같은 취급 마."

"왜? 사유리 씨도 시간이 남아돌 텐데? 도망 중이기는 하지만 급한 일은 없잖아. 인생에 목표가 없으면 제한 시간도 없어. 악행이라는 이름의 자유. 자유라는 이름의 지루함."

미치루의 자아도취에 같이 어울릴 마음은 털끝만큼도 없었다.

"등에 폭탄을 지고 있는데 뭐가 자유로워."

사유리는 배낭을 벗으려고 몸을 뒤틀었지만 끈이 꽉 조여 벗겨낼 수 없었다.

그 순간, 사유리는 자신의 실책을 깨달았다.

만약 배낭끈을 잡아 내린다고 해도 오른 팔목이 미치루와 수갑으로 연결되어 있었다. 수갑을 풀지 않는 한 사유리는 폭탄이 든 가방에서 벗어날 수 없었다.

"이제야 상황 파악을 했나 보네."

미치루가 사유리의 반응을 즐기듯 눈을 빤히 들여다봤다.

"사유리 씨는 이제 나한테서 못 도망가."

"왜 이런 짓을 한 거지?"

"당신 잘못이야. 먼저 배신하려고 했잖아."

"그 말 그대로 돌려줄게. 먼저 배신하려고 한 건 당신이잖아."

"배신이라니. 마지막에 공범자를 처리하는 건 당연한 이야기라고."

"반격도 예상했어?"

"그냥 얌전히 시키는 대로만 할 멍청이가 아니라는 건 처음부터 알았지."

문득 사건의 전모가 보인 기분이었다.

—다음 역은 간다, 간다역입니다. 내리실 분은 왼쪽입니다.

"역 안에 경찰이 바글바글한 것도 당신 작품이지?"

"수사본부에 사유리 씨 이름으로 찌르면 순식간에 긴급 배치할 테니까. 어차피 신칸센에 나를 같이 태우고 폭발시킬 생각은 아니었겠지만 그렇다면 직전에 계획을 변경하면 좋았을 텐데. 피해 규모는 작아지겠지만 신칸센을 고집하지 않아도 탈 열차를 얼마든지 있다고."

미치루는 스카프로 흘긋 시선을 던졌다.

"그런데 설마 이런 걸 준비할 줄은. 역시 읽을 수 없는 사람이야."

그래도 울분이 터지는 상황은 변하지 않았다. 여전히 자신은 폭탄을 짊어지고 있고, 상대는 손가락만 움직여 기폭 스위치를 누를 수 있다. 그나마 위안이 되는 점은 미치루 또한 자신이 안전해질 때까지는 기폭 스위치를 누를 수 없다는 점이었다.

그러자 미치루가 사유리의 속마음을 꿰뚫어 본 듯 엷게 웃었다.

"내가 내 몸 생각하느라 스위치를 못 누를 여자 같아? 아까 말했잖아, 지루하다고."

"죽는 게 두렵지 않아?"

"죽는 것보다 지루한 게 더 두려워."

미치루의 눈을 들여다봤다. 유리 세공처럼 아름답지만 감정은 전혀 보이지 않았다. 두려움도 욕망도 동정도 없이 그저 텅 비어 있을 뿐이었다.

위험해. 동물적 직감이 경보를 울렸다.

송곳을 꺼내 배낭끈을 마구 찔렀다. 그러나 아무리 자르려고 해도 끈은 멀쩡했다. 그래서 직접 물어뜯으려고 했지만 말 그대로 이도 안 들어갔다.

"열심히 하는데 미안하지만 그 배낭은 케블라 섬유로 만들어서 여간해서는 안 잘려."

그렇다면.

사유리의 송곳이 미치루의 가슴을 겨냥했다.

"휴대폰 내놔."

"싫은데."

경고의 의미로 송곳에 힘을 줬다.

뜻밖에도 송곳은 1밀리미터도 들어가지 않았다.

"모처럼 애쓰는데 이 셔츠도 케블라 섬유로 만들었어. 이 안에는 방탄조끼를 입었고. 접근전에 자신 있는 것 같은데 여차하면 좋은 승부가 될지도 모르겠네. 하기야 내가 기폭 스위치를 누르면 모든 게 끝나지만 말이야."

두 사람의 대화에 슬슬 주위 승객들이 눈치채기 시작했다. 재빨리 휙 물러나는 사람, 쭈뼛쭈뼛 거리를 두는 사람 등 다양했는데 개중에는 차량을 옮기는 사람도 있었다. 어쩌면 차장을 부르러 갔을지도 모른다.

철도경찰대에 신고라도 들어가면 끝이다. 한시라도 빨리 이 열차를 탈출해야 한다.

―간다, 간다역입니다.

공포를 느낀 듯 보이는 사람까지 포함해 승객이 한꺼번에 열차에서 내렸다. 그러나 반대로 아무것도 모르는 승객들이 전철에 탑승하며 여전히 혼잡했다.

—열차 출발하겠습니다. 문이 닫힙니다.

미치루를 어찌저찌 죽인다고 해도 수갑으로 손목이 연결된 상태로는 오도 가도 못한다. 애초에 서로 싸우는 중에 미치루가 기폭 스위치를 누르지 않으리라는 보장도 없다.

"지금 죽을힘을 다해 생각 중이지?"

미치루가 심술궂게 물었다.

"배낭을 내려놓지 않으면 당신은 언젠가 폭발하거나 불에 타 죽을 거야. 그런데 가방을 벗으려면 수갑을 풀어야 하는데 정작 열쇠는 내가 던져 버렸지. 나를 여기서 죽이면 휴대폰은 뺏을 수 있겠지만 당신은 무거운 시체를 끌고 다니며 움직이는 처지가 될 거야. 발이 묶이면 철도경찰대가 와서 당신을 체포하겠지. 후지미 임페리얼 호텔부터 헬스장 사건까지 전부 당신이 실행범인 데다 의료교도소를 탈주범이야. 체포돼도 항변 하나 못하겠지. 유일한 무기인 송곳으로는 배낭끈 하나 자르지 못해."

양쪽 입꼬리가 서서히 올라갔다. 요염하다고도 할 수 있는 매혹적인 미소. 그러나 사람이라고 생각할 수 없는 비웃는 얼굴.

별안간 사유리는 이해했다. 이 조소야말로 미치루의 본성이다. 타인의 고뇌, 고통, 절망, 단말마. 오로지 그것들을 오만하게 내려다보며 비웃기 위해서 인생을 허비한다.

무엇 때문일까.

방금 미치루 본인이 직접 대답했다.

지루함을 달래려고.

"이런 게 바로 진퇴양난이라는 건가? 자, 사유리 씨. 이 위기를 어떻게 벗어날래? 정말 흥미진진하네."

순간 미치루의 눈이 더욱 반짝였다. 벼랑 끝에 몰린 사유리가 발버둥 치는 꼴을 마음껏 즐기자는 눈빛이었다.

―다음 역은 아키하바라, 아키하바라역입니다. 내리실 분은 왼쪽입니다.

전철 내의 연락을 받은 철도경찰대가 아키하바라역이나 그다음 역인 오카치마치역에서 기다리고 있을지도 모르고 그들이 덮치기라도 하면 끝장이다. 이제 일각의 여유도 없다. 사유리는 결단을 내려야 했다.

"인생은 선택의 연속이지. 사유리 씨."

저 즐거워하는 얼굴이라니.

이윽고 전철이 속도를 줄이기 시작했다.

사유리는 미치루를 노려보며 입을 크게 벌렸다.

물어뜯어 주마.

***

전동차가 아키하바라역에 도착한 뒤 문이 열리자 승객이 일제히 쏟아져 내렸다. 원래 아키하바라역에서 내릴 예정인 사람도 있었겠지만 전철 안에서 벌어진 참사에 겁에 질려 뛰쳐나온 승객도 적지 않으리라.

방금까지 사유리가 서 있던 자리에는 핏자국 조금과 배낭이 떨어져 있었다. 홀로 남겨진 미치루가 배낭을 집어 들고서 하차하는 승객들 틈에 섞여 전철을 벗어났다.

역 안은 이용객으로 북적였다. 그 속에 제복 경찰 무리도 보였는데 다소 소란스러운 상태였다. 경찰들이 허둥대는 모습으로 보아 사유리의 신병을 아직 확보하지 못한 듯했다.

정말로 예상 밖의 행동을 하는 여자다.

미치루는 오랫동안 느끼지 못한 감각을 음미했다. 자신의 예상을 뒤엎는 일이 이토록 분하고 기분 좋을 줄은 지금껏 몰랐다.

진퇴양난에 빠진 사유리가 보인 행동은 도마뱀의 꼬리

자르기와 비슷했다. 사유리는 갑자기 자신의 엄지손가락을 물어뜯어 손을 수갑에서 억지로 빼낸 것이다.

케블라 섬유로 만든 배낭끈은 물론 수갑은 치아로 물어뜯을 수 없다. 하지만 인체라면 가능하다. 엄지손가락을 두 마디를 자르면 수갑에서 손을 빼낼 수 있다. 이론상으로는 알아도 실행하는 사람은 거의 없다. 칼로 잘라도 상당히 고통스럽다. 스스로 물어뜯는다니 제정신으로 할 짓이 아니다.

그런데 사유리는 했다. 그리고 미치루가 정신이 팔린 틈을 타 배낭을 내던지고 전철을 뛰쳐 내렸다.

감탄할 만한 근성이라며 감탄했다. 예전에 피아노를 쳤던 사유리에게 엄지손가락을 잃는다는 것은 상상하기 힘든 상실일 텐데 그녀는 조금도 망설이지 않았다. 스스로 물어뜯은 엄지손가락을 들고 간 이유는 접합 가능성을 생각했기 때문일까.

아무튼 사유리는 미치루의 지배에서 벗어났고 미치루는 사유리의 반격을 최소한으로 제압할 수 있었다. 이번에는 무승부라고 해도 되겠지.

원래 미치루의 계획에는 적극적인 동기 따위 그다지 존재하지 않았다. 단지 이후 행동에 장애가 되는 요소를 제거하고 싶었을 뿐이다. 후지미 임페리얼 호텔에서의 대규모 독살은 단 일 년 동안이었더라도 같은 반이었던 사람들을 처리하고 싶었기 때문이었다. 히사카 고이치의 블로그에서 동창회 소식을 입수한 미치루는 즉시 전원 독살할 계획을 세웠다. 그 계획을 실행하려면 동창들에게 얼굴이 알려진 자신이 직접 나설 수는 없었다. 다른 누군가를 실행자로 내세워야 했다.

그런 상황에서 만난 사람이 우도 사유리였다. 의료교도소를 탈주했다는 사실은 나중에 알았는데 심야 패밀리 레스토랑에서 발견한 순간, 살인에 면역이 있는 사람이라는 느낌은 정답이었다.

두 번째 고속버스 폭파는 친척 중 유일하게 남은 노노미야 데루에의 입을 막을 목적이었다. 미치루는 지금까지도 정기적으로 노노미야 데루에의 동향을 살폈다. 집에 몰래카메라를 설치해서 기회를 엿봤다. 데루에가 도가리 온천 1박 여행에 참가한다는 사실을 알고 모든 참가자와 함께 묻어버리기로 했다.

세 번째 학교 방화 사건은 미치루의 재적 기록을 없애는 것이 진짜 목적이었고, 오오쓰카 히사히로 살해는 수사에 혼선을 주기 위한 장치였다. 미치루는 자신이 작성했던 전과자 명단에서 현재 교사로 재직하는 오오쓰카를 선택해 페이스북으로 그를 협박했다. 그다음은 재학생 가운데 학교에 불만을 품은 학생을 부추기면 됐다. 직접 인터넷에 고민을 업로드한 가라스마 다카야를 낚는 일은 조작도 필요 없는 일이었다. 사실 '아르테미스'라고 소개한 미치루의 유도에 가라스마 다카야는 손쉽게 사로잡혔다.

미치루의 생모인 구라마 가오리의 일상을 파악하는 일은 훨씬 간단했다. 이혼하고 친정으로 돌아갔다는 사실을 알고 나서 정기적으로 우편함을 훔쳐봤더니 우편물 종류만 봐도 어떤 생활을 하는지 알 수 있었다. 물론 생모가 '야마기시 피트니스 클럽' 회원이라는 사실도 쉽게 알 수 있었다. 경영자 야마기시 다케토미가 개설한 블로그를 살펴보니 블로그 글에서 경영난에 허덕이는 야마기시의 모습이 보였다. 경영 컨설턴트라고 자신을 소개하며 야마기시를 보험금 사기로 유도하는 일은 식은 죽 먹기였다.

수사본부도 속수무책으로 속임수에 걸려들었다. 희생자 가운데 한 명에게 번호표를 부여한 것만으로도 엉뚱한 방향으로 나아갔다. 경시청에는 과거에 미치루의 사건을 쫓았던 형사도 있기에 언젠가 그녀가 사건에 관여했다고 의심하는 자도 나올 테지만 적어도 지금은 아니었다. 그들이 깨달을 무렵이면 미치루의 과거를 아는 사람과 기록은 사라진 뒤일 것이다.

모든 것이 계획대로였지만 유일한 계산 착오가 있었다면 바로 사유리의 생존 능력이었다. 사유리의 숨통을 끊어 놓지 못한 건 절실히 후회된다.

그러나 한편으로는 은밀한 낙이기도 했다. 자신과 사유리는 전혀 다른 생물이지만 공통점도 적지 않았다.

운 좋게 다시 만날 때 또다시 한 팀으로 싸울지 아니면 서로 죽이려 들지 몹시 흥미로웠다.

하지만 되도록이면 어딘가에서 객사했으면.

미치루는 한 손에서 덜렁이는 수갑을 스카프로 가리면서 전기상점가 출구 개찰구로 향했다. 금요일 밤 아키하바라 거리는 들뜬 행인들로 북적였다.

미치루는 그 무리를 바라보며 은밀히 비웃었다.

비웃는 숙녀 두 사람

우도 사유리, 그리고 가모우 미치루

오래 기다리셨습니다! 드디어 그 콤비가 등장했습니다!

나카야마 시치리의 '비웃는 숙녀' 시리즈를 좋아하는 독자라면 손꼽아 기다리셨을 테지요. 작가가 처음 『비웃는 숙녀』를 집필할 때부터 이미 머릿속에 그려놓았다던 속편이 시리즈 3탄에서 마침내 모습을 드러냈습니다. 나카야마 시치리의 대표작 중 하나인 '연쇄 살인마 개구리 남자 시리즈'는 국내에서도 많은 사랑을 받은 작품인데 이 시리즈에 등장하는 우도 사유리와 피도 눈물도 없는 가모우 미치루가 『비웃는 숙녀 두 사람』에서 만났습니다. 심상치 않은 두 사람이 한 팀을 이루어 움직이는 만큼 이번 작품에서는 심상치 않은 사건이 연달아 발생합니다. 대규모 독살 사건, 대형 버스 폭파 사건, 학교 방화 사건, 헬스장 폭파 사건, 그리고 대망의 대치 장면까지.

『비웃는 숙녀 두 사람』은 초반부터 대규모 살상 사건들이 잇달아 등장하다가 점점 두 여자 주인공을 집중 조명합니다. 이 작품의 백미는 행동파 우도 사유리와 두뇌파 가모우 미치루의 흥미로운 대결이라고 생각합니다. 우도 사유리와 가모우 미치루 두 사람 모두 반사회적 인격 장애 성향의 범죄자입니다. 그러나 적어도 인간을 같은 종이라고 인식하는 우도 사유리와 달리 아무런 감정도 느끼지 못하는 가모우 미치루의 모습을 대조하며 두 사람의 차이를 부각하고 작품 마지막까지 긴장감을 유지한 점이 흥미롭습니다.

이번 작품에서는 가모우 미치루가 전면에 나서지는 않지만 그녀의 존재감과 영향력은 여전합니다. 다만 시리즈 이전 작품인 『비웃는 숙녀』와 『다시 비웃는 숙녀』에서는 '가모우 미치루는 성녀인가, 악녀인가'라는 기조를 유지했다면 이번 『비웃는 숙녀 두 사람』에서의 가모우 미치루는 확연히 악녀의 모습을 드러냈다고 봐도 좋을 것입니다. 인간으로서의 감정이 완전히 결여된, 파충류처럼 차가운 면모가 강조됐습니다.

한편 『비웃는 숙녀 두 사람』에는 반가운 얼굴이 여럿 등장합니다. 나카야마 시치리 월드를 사랑하는 독자분들이라면 바로 알아보셨을 테죠. 우선 우도 사유리의 변호인 겸 신원보증인이자 '미코시바 레이지 변호사 시리즈'의 주인공인 미코시바 레이지가 변함없이 신랄한 언변을 뽐내며 등장해 경시청 형사를 팩트로 두드려 패며 곤죽을 만들어 버립니다. '연쇄 살인마 개구리 남자 시리즈'에서 우도 사유리와 격렬한 몸싸움을 벌였던 고테가와 형사도 등장해 수사에 한마디를 보탭니다. 그 밖에도 '이누카이 하야토 형사 시리즈' 주인공인 경시청 수사1과 아소 반 소속 이누카이 형사와 아스카 형사도 언급되거나 잠깐 스치듯 등장하죠. 작가만의 세계관을 구축해 작품 속 등장인물들이 서로 유기적으로 연결되어 있는 나카야마 시치리 월드에서 맛볼 수 있는 또 다른 묘미가 아닐까 생각합니다. 그리고 이러한 설정 덕분에 작가가 다음에는 어떤 그림을 설계했을까, 또 어떤 인물이 등장할까 벌써부터 설레는 마음으로 기다리게 되는 듯합니다. 매번 독자를 기대감으로 설레게 하니 이 작가를 어떻게 좋아하지 않을 수 있을까요.

처음에는 치밀어 오르는 기쁨을 참지 못한 채 광기에 차 비웃었습니다.

두 번째는 오랫동안 나지막하게 조롱 섞인 웃음을 쏟아

냈습니다.

세 번째는 들뜬 행인 무리를 바라보며 은밀히 비웃었습니다.

네 번째는 이 악녀가 어떻게 비웃을지, 가모우 미치루를 저지할 적수는 도대체 누구일지, 어떤 최후를 맞이할지 무척 궁금합니다.

2022년 봄
문지원